Edvard Hoem
Heimatland. Kindheit

Roman

Aus dem Norwegischen
und mit einem Nachwort
von Ebba D. Drolshagen

Insel Verlag

Titel der 1985 erschienenen Originalausgabe:
Heimlandet. Barndom

Die Übersetzung wurde durch NORLA gefördert.

Satz: TypoForum GmbH, Seelbach
Druck: Pustet Regensburg
Printed in Germany
Erste Auflage 2009
ISBN 978-3-458-17427-1

1 2 3 4 5 6 – 14 13 12 11 10 09

Heimatland. Kindheit

Kümiland

Als ich über Kümiland, das Dorf meiner Kindheit, schreiben wollte, fand ich es nicht wieder.

Die blauen Busse, die damals auf den Straßen zwischen Molde und Ytre Frænen rumpelten, waren schon lange, mitsamt ihrem Geruch nach altem Tabak, saurem Schweiß und Benzin, in der Vergessenheit versunken. Die winzig kleine Busgesellschaft Julsund-Linie war in die neue Atlantic Auto hineingesteuert worden, deren moderne Karossen durch den gesamten äußeren Distrikt westlich von Molde brummten. Die großen schwarzen Tücher, die alte Frauen in den Herbststürmen umlegten, waren ebenso verschwunden wie Schildmützen, Lodenhosen und Pferdedecken. Was Anfang der fünfziger Jahre eine rückständige bäuerliche Gesellschaft gewesen war, ist, nach einer umfassenden Urbarmachung der Allmenden und beträchtlichen Investitionen in neue Betriebsgebäude, eine moderne landwirtschaftliche Kommune geworden.

Ich wurde nicht von Wiedersehensfreude gepackt, sondern Staunen befiel mich über all das Neue. Auch Berge, Hänge und Holme waren nicht mehr sie selbst. Das Gras war früher nicht grüner, aber Mitte Juli erheblich höher gewesen. Es war viel Zeit vergangen, aber Menschen, die nach der Zeitrechnung der Kindheit uralt oder tot hätten sein müssen, liefen noch umher, und zwar im besten Alter.

Wenn ich über Kümiland schreibe, schreibe ich über eine in Dunkel gehüllte Landschaft. Zwischen den Höfen, auf denen Petroleumlampen einen bleichen Schein in die Nacht schikken, liegen große Abstände. Irgendwo hinter diesem Dunkel gibt es Farben, die sich zu »meiner Kindheit« vermischt haben. Wenn ich mich falsch erinnert oder etwas dazugedichtet habe, was macht das schon? Meine Kindheit ist meine Kindheit. Gut möglich, daß die Zuchtbullen nicht so groß waren wie Häuser und daß nicht alle Fischer Schnurrbärte trugen. Meine Kindheit wird von einem unzuverlässigen, klatschsüchtigen Menschen verwaltet, und ich rufe Kümiland!, damit er herausrückt, was er da mit sich herumträgt.

Ende des 18. Jahrhunderts war A. I. Høyem Pfarrer im Pfarrbezirk Aukra in der Propstei Ytre Romsdal, zu der damals auch Kümiland sowie die Kirche auf der Insel Vågøy unmittelbar daneben gehörten. Von allen frommen Pfarrern war Høyem einer der frommsten, seine Pfarrkinder waren unangefochten gottesfürchtig und rechtschaffen. Am Ausgang des Frænfjords lag Hustadvika, ein legendär gefährlicher Meeresabschnitt, dort ging der Schiffsverkehr nach Trondheim und Archangelsk vorbei. Oft mußten Leute aus Kümiland Seefahrern, die in Seenot gerieten, helfen und die Boote in Bjørnsund oder Bud an Land bringen. Die Kümiländer waren ausgezeichnete Seeleute, sie ließen sich ihre Hilfe von denen, die sie benötigten, nicht bezahlen, und selbstverständlich bezahlten sie pflichtschuldigst ihre Steuern. Erlitt ein Boot Schiffbruch, bargen die Kümiländer Gold und Gut und lieferten noch die letzte Flaschenscherbe beim Amtmann des Königs ab. Nur eines konnten sie nicht: Hände schütteln.

Damit das anders werden möge, stellte der Gemeindepfarrer meinen Verwandten Lars Olsen Hoem als Schulmeister in Kümiland an. Lars Olsen war damals siebzehn Jahre alt, er hatte in jenem Jahr bei der Konfirmation in der Vågøy-Kirche einen guten Eindruck gemacht. Lars sollte die Kümiländer das Händeschütteln lehren und sie an die Kunst des Lesens erinnern, die Mutter und Vater ihnen beigebracht hatten. Aber bevor er den Schulkindern auch nur Guten Tag sagen konnte, mußte er in den Krieg ziehen. Napoleon und die Engländer konnten nicht Frieden halten und zwangen die Kümiländer in einen Krieg hinein, mit dem sie nichts zu schaffen hatten. Lars war dabei, 1801 kämpfte er mit bei der großen Seeschlacht von Kopenhagen, da kam ihm zustatten, daß er gelernt hatte, nicht gleich loszuflennen, wenn die Nase blutete. So wurde er ein erwachsener Mann und zum Heimkehren und Schulehalten zu rastlos. Als Seemann und Abenteurer streifte er durch die Städte am Skagerrak und an der Ostsee, und wohin er kam, überall tat er das Seine, damit die Nachwelt eine gute Geschichte zum Weitererzählen haben sollte. Vor dem undeutlichen Hintergrund gottesfürchtiger Fischer, von denen ich abstamme, zeichnet sich plötzlich ein Mann ab, der ohne Schuhe und Strümpfe drei Ellen maß und von gewaltiger Statur war. Als wenige Jahre später der Krieg zwischen Norwegen und Schweden ausbricht, taucht Lars in Göteborg auf. Er soll verhaftet werden, zwei Polizisten kreuzen vor dem Haus auf, in dem er wohnt. Da zieht er aus der einen Hosentasche eine gewaltige Messingdose, aus der anderen ein Klappmesser, und mit diesen Gegenständen teilt er dermaßen aus, daß die Polizisten umfallen. Er schafft es zum Hafen und flieht auf einem holländischen Schiff. Ich meinte lange, daß dies der Ursprung des Ausdrucks »der fliegende Holländer« sei.

1809 wurde Lars Steuermann auf einer Galeasse, die Roggen nach Archangelsk brachte. Auf dem Rückweg wurde sie vor Trondheim von einem englischen Schiff gekapert, und die Engländer verfrachteten die Besatzung als Kriegsgefangene übers Meer. Während des Aufenthalts auf Gefangenenschiffen in Plymouth lernte er von einem Franzosen, der mit ihm gefangen war, das Geigenbauen. Selbstverständlich besagt die Legende weiter, daß er aus der Gefangenschaft floh und 1814 heimkehrte, als Norwegen frei wurde.

Ich hatte immer gedacht, 1814 seien die meisten Norweger in Eidsvoll gewesen und hätten unser Grundgesetz verfaßt, aber Lars' Eltern waren zu Hause. Sie erkannten den bärtigen Recken nicht, der eines Abends ankam und um Unterkunft bat. Sie sagten, er möge im Nachbarhof um ein Nachtlager bitten, sie hätten so wenig Platz. Aber Lars stieg direkt auf den Dachboden und schlief dort mit Getöse ein. Morgens kam der Vater nach oben, er betrachtete den Riesen, der da schnarchte, und weckte ihn mit diesen Worten: »Bist du etwa mein Sohn, der Lars?« Da war die Wiedersehensfreude groß. Sie schlachteten, wie es geschrieben steht, das gemästete Kalb, und sie aßen und waren fröhlich.

Als sein Bruder, der Landpolizist war, heimkam, hörte er die Fiedelmusik und fand in der Scheune das Fell des Mastkalbs. Das machte ihn nicht froh, aber der Vater sagte, daß bei ihnen im Bortehof größere Freude herrschen solle über einen verlorenen Sohn, der aus der Gefangenschaft heimgekehrt sei, als über einen daheim gebliebenen Sohn, der nur Landpolizist war und sich in Kümiland herumtrieb.

Vielleicht war es der neunzehnte Mai, als Pfarrer Høyem kam und Lars fragte, ob er nicht bald einmal Unterricht halten wolle, immerhin sei es vierzehn Jahre her, daß er die Stelle bekommen habe. Da nahm Lars die Hand des Pfarrers und drückte sie so, daß der Daumen brach. Jeder begriff, daß Lars nicht mehr zum Schulmeister taugte, und er wurde in Gnaden aus dem Amt entlassen. Lars reiste nach Kristiansund, dort ließ er sich als Geigenbauer nieder und baute Instrumente, wie er es von dem Franzosen gelernt hatte. Sie war makellos, die Hoem-Geige, aber obwohl er viele hundert baute, sind nur einige wenige erhalten geblieben. Auf diesen berühmten Stammvater, Seemann und Geigenbauer, folgte der Niedergang, der in Kümiland bis in meine Zeit andauerte. Nicht leicht zu sagen, ob es an den äußeren Umständen oder unserer eigenen Sündenschuld lag, daß die Kümiländer in Not und Schwierigkeiten gerieten. Es sollte sich allerdings bald erweisen, daß die Fiedelmusik, die in allen Bauernhöfen erklang, des Teufels war. Aus dem Osten des Landes, der Provinz Østfold, kam ein Mann namens Hans Nielsen Hauge, der sagte, die Leute sollten selbst Bibel lesen und nicht auf die Pfarrer in Aukra hören. Seine Worte fielen auf fruchtbaren Boden, er öffnete ihnen die Augen und zeigte, wie wenig Gutes sie von den Pfarrern zu erwarten hätten. Er sagte auch, es sei Zeitverschwendung, zum Klang von Musik herumzuhüpfen, und lehrte sie statt dessen Holz sägen. Rundum im Distrikt Fræna zerschlugen Spielleute ihre Fiedeln, als sie begriffen, daß es Sünde war, ihre Mitbürger zum Tanzen zu verführen. Nur an einem Ort gab es weder Erweckung noch Bekehrung, und das war in Kümiland, denn weil Lars nie mehr nach Hause gekommen war, hatten sie dort das Alphabet vergessen, und wer nicht lesen kann, ist kein Haugianer, was man schon daran sieht, daß die Haugianer sich selbst auch *Leser* nennen. Die Kümiländer blieben unter der Knute der Pfarrer und mußten sich weiterhin für die Abgaben krummlegen und Fuhrdienste leisten. Die Pfarrer in Aukra waren nicht mehr gottesfürchtig. Sie hatten nicht einmal in Wittenberg studiert, wo man doch in Norwegen meinte, alle Pfarrer hätten in Wittenberg studiert. Sie befahlen den Leuten, Kartoffeln anzupflanzen, statt an ihr Seelenheil zu denken. Aber was soll man mit Kartoffeln, wenn man sie nicht zu Schnaps brennen kann? Die Haugianer beherrschten diese

Kunst, brachten sie aber den Heiden von Kümiland nicht bei. Dort *aß* man die Kartoffeln, darum wurde keiner von ihnen größer als zwei Ellen.

Wäre Lars heimgekehrt und hätte seinen Leuten geholfen, alles wäre anders gekommen. Aber in Kristiansund war er ein bedeutender Mann, da wollte er nicht seinen Leuten beibringen, wie man Hände schüttelt. In Kümiland nickten sie nur mit dem Kopf, sie wurden beim Handeln übervorteilt und in der Liebe verraten. Das einzige, woran es ihnen nicht mangelte, war Kümmel, die Gewürzpflanze wucherte auf den dortigen Feldern. Und die Kümiländer taten Kümmel auf den Fisch, Kümmel aufs Brot, und sie kauten Kümmel statt Tabak. So bekamen sie ihren Namen, denn *Kümi* ist ihr Dialektwort für Kümmel. Sie lebten und starben in Kümmelgestank, bis einer namens Dick Pfarrer in Aukra wurde und sie dazu brachte, aufzuwachen.

Nach Dicks Zeit stimmt im Kümiland meiner Kindheit absolut nichts mehr. Karte und Gelände trennten sich. Dick war ein außerordentlich frommer Pfarrer, ein Haugianer. Er ließ die Kartoffeln Kartoffeln sein und konzentrierte sich auf das einzig Notwendige. Andererseits legte er sich mit den Leuten von Kümiland wegen eines erbärmlichen Fleckchens Land an, das in deren Allmende lag. Seit unvordenklichen Zeiten hatte der Pfarrhof von Aukra in Vågøy einen Witwensitz gehabt. Als die Kümiländer in Storvika das Gelände eines Kleinbauernhofs absteckten, forderte der Pfarrer Pacht, weil die Pfarrwitwe dort Holzrecht gehabt hatte.

Da war für die Kümiländer das Maß voll. Sie gruben ihre alten Grundbucheinträge aus und studierten die vergilbten Dokumente. Da sie nicht lesen konnten, war deren Inhalt mündlich vom Vater an den Sohn weitergegeben worden. Jetzt verglichen sie ihre auswendig gelernten Bestimmungen mit den Schnörkeln auf Papier. So kamen sie zur Kunst des Lesens, um die Lars Olsen sie betrogen hatte. Sie brachten die Sache gegen Dick vor das Höchste Gericht und bewiesen 1867, daß ein paar einfache Bauern gegen einen Pastor gewinnen konnten.

Das hätte der Beginn einer neuen Zeit für Kümiland werden können. Aber als sie den Sieg über den Pfarrer feierten, kamen zwei Brüder im Bortehof auf die Idee, daß sie beide Hofbesitzer seien, und teilten den Hof unter sich auf. Das war eine grobe Verletzung des elften Gebotes, das besagt, daß du das Erbrecht nicht geringachten sollst. Die Strafe ließ nicht lange auf sich warten. Schon bald erkannten beide Brüder, daß sie zuwenig zum Leben hatten. Der eine rammte den Spaten in die Erde, versteigerte alle seine Hoem-Geigen und wanderte nach Amerika aus, wo ihn ein Pferd tottrat. Der andere wurde Haugianer und spielte niemals Geige, aber seine Frau bekam keine Kinder. Irgendwie schlug er sich als Schreiner durch, und zu diesem Schreiner kam mein Großvater, als er sieben Jahre alt war, als Neffe und als Hoferbe eines halben Bauernhofs mitten in Kümiland. Er nahm den Namen Edvard Hoem an und beschloß, Ordnung zu schaffen.

Sieben Jahre lang hatte Großvater mit Mutter und Vater auf einem kleinen Hof nahe Molde gelebt und in dieser Zeit das Händeschütteln gelernt. So entging er dem Fluch, der auf dem Geschlecht lastete. Im Jahr 1900 wurde die Vågøy-Kirche vom Blitz getroffen und brannte ab. Großvater war dabei, als eine große Kupferspitze auf den Turm der neuen Kirche gesetzt wurde. Auf einem Gerüst stieg er bis hinauf zum Wetterhahn und erfuhr, was es hieß, frei zu atmen. Dann ließ er aus achtunddreißig Metern Höhe einen Kupferdraht zum Blitzableiten hinab. Seit jenem Tag war er bemüht, das Schicksal blinder Katastrophen von seinen Nachkommen abzuwenden. Bei den eingeschworenen Haugianern auf der anderen Seite des Gjendemsfjells fand er eine Ehefrau, er baute ein neues Haus und sah sich nach einer Lebensaufgabe um. Ihm kam der Gedanke, daß man in dem heidnischen Kümiland ein Bethaus errichten müsse, und er ging daran, Geld dafür zu sammeln.

Großvater war Haugianer, er verurteilte das Fluchen und mißbilligte die Wunschkonzerte im Radio. Eins aber war schlimmer als alles andere, und das war das Wort Kümiland. Ich wußte nicht, daß ich aus Kümiland kam, bevor ich in den Laden im Nachbardorf kam. »Ihr baut wohl immer noch Kümmel an«, sagten sie im Laden, als ich versuchte, die Nase bis zur Theke hochzubekommen. Es war keine Ehre, aus Kümiland zu kommen. Sprach einer von außerhalb diesen Namen aus, gab das den Leute von Hoem das Recht zuzuschlagen. Ich konnte nicht hart genug zuschlagen und mußte den Spottnamen überhören. Den Geruch von Kümmel nahm ich zwanzig Jahre lang nicht einmal wahr. Das Gewürz gibt es zwar in Geschäften und in den meisten Küchenregalen, es weckte aber die ganze Zeit nicht die geringsten Assoziationen. Er klingelte nirgends, wenn ich den Deckel von duftendem, süßsaurem Sauerkraut hob oder in den herrlichsten Kümmelkäse biß.

Aber in Wahrheit bin und bleibe ich Kümiländer.

Der Sohn des Sohnes

Als der Sohn des Sohnes 1949 zur Welt kam, sammelte Edvard Knutsen Hoem im dreißigsten Jahr Geld für das Bethaus, seine Lebensaufgabe. Das konnte er anhand der Bethaus-Versammlungsprotokolle beweisen, die mit jener tiefen Ehrfurcht vor dem geschriebenen Wort geführt worden waren, die in Kümiland seit dem Streit mit Pfarrer Dick herrschte. Wenn er das Bethaus nicht fertigbekommen hatte, obwohl er fast siebzig Jahre alt war, dann unter anderem, weil er meinte, Gottes Reich dürfe nicht bei dieser Welt in der Kreide stehen. Daher war es ausgeschlossen, für den Bau des Bethauses Geld aufzunehmen, und die jährlichen Bethausbasare brachten keine üppigen Summen ein. Hinzu kam, daß Edvard Knutsen – wie alle ihn nannten – einen ernsten Fehler begangen hatte. Irgend jemand hatte ihn überredet, das Bethausgeld der Frænen-Sparkasse anzuvertrauen, statt es in einer verschlossenen Kiste auf dem Dachboden zu verwahren. Die Frænen-Sparkasse ging 1936 bankrott, das Bethausgeld verschwand in den Taschen der größten Gläubiger. So machte Edvard Knutsen die schmerzliche Erfahrung, daß man sich nicht auf weltliche Institutionen verlassen, sondern an seine eigene Urteilskraft glauben und, wenn der Menschenverstand nicht hinreicht, auf den Heiligen Gott vertrauen soll.

Auch wenn Menschen ein solches Durcheinander anrichten, daß einer einen halben Bauernhof erbt, will Gott, daß wir ein ganzes Leben leben. Daher widersetzte Edvard Knutsen sich nicht, als sein Sohn, der Hoferbe Einar, erst eine Schreinerlehre machen wollte, bevor er den Hof übernahm. Aber Mitte der dreißiger Jahre schlug das Schicksal zu. Einar starb an

Tuberkulose, der zweitälteste Sohn bei einer Hirnoperation. Der Hof mußte an den dritten Sohn Knut gehen, der Laienprediger geworden war und im Dienste der Norwegischen Lutherischen Gesellschaft der Inneren Missions umherreiste. Es blieb dabei, daß er in den Wintermonaten unterwegs war, um zu verkünden, im Sommer aber war er zu Hause auf dem Hof. Das war eine Zeitlang machbar. Unser Leben währet siebzig Jahre, und wenn's hoch kommt, so sind's achtzig Jahre. Edvard Knutsen bezweifelte nie, daß er zur zweiten Kategorie gehörte. Aber irgendwann begann er den Tag herbeizusehnen, an dem er einen Enkelsohn bekommen würde. Im großen Spiel des Lebens war der Sohn Übergang und Intermezzo. Der Sohn des Sohnes sollte, wenn die Zeit gekommen war, ein ganzes Erbe bekommen, auch wenn es nur ein halber Hof war. Mit beharrlicher Arbeit würde es ihm vielleicht gelingen, neues Land urbar zu machen und so für den neugeborenen Erben von Hof Bakken gutzumachen, was die Vorfahren vertan hatten.

Es waren also keine geringen Erwartungen, die der Sohnessohn erfüllen sollte, der sich am Vormittag des zehnten März mit heftigen Wehen meldete und dann geschlagene zwölf Stunden brauchte, bis er endlich herauskam. Nur der Großvater wußte, daß der Neugeborene ebenso groß war wie sein ferner Vorfahr, der Geigenbauer Lars Olsen Hoem in Kristiansund, der übrigens bei der Geburt ebenfalls seine Mutter fast das Leben gekostet habe. So oft wurde die Geschichte von der Geburt des Sohnessohns erzählt, daß der Junge lange überzeugt war, sich erinnern zu können, wie er auf die Welt gekommen war. Denn daß es die Welt war, auf die er gekommen war, begriff er, kaum daß er die Augen geöffnet hatte. Indes ahnte er nicht, was er da sollte. Er erinnerte sich daran, daß der Hebamme ein Schreckensruf entfuhr, als sie ihn gewaschen und auf den Tisch gelegt hatte, um ihn zu wickeln: »Himmel hilf, ich glaube fast, er sieht mich an!«

Dieser Blick sollte den Sohnessohn teuer zu stehen kommen, denn sofort galt als bewiesen, daß er ein ganz ungewöhnliches Kind war. Als Hausgeburt und Hoferbe wurde er umgehend zum Fenster getragen, um den Hof zu sehen, der einmal ihm gehören würde. Der Mond war leider halb von einer Wolke über dem Gjemdemsfjell verdeckt, aber er konnte die Scheune unterhalb des Hauses ausmachen und die Wiesen bis zur Landstraße hinunter. Es hatte ein wenig geschneit, obwohl es auf das Frühjahr zuging. Lange blaue Schatten streckten sich, die Hausecken zeichneten sich scharf ab. Der Mietschlitten, mit dem die Hebamme gekommen war, stand ohne Zugtier an der Scheune, die Scheunentore waren zwei weitgeöffnete schwarze Löcher. Mehr bekam er nicht mit. Im Schein der 14linigen Petroleumlampe, die von der Stubendecke hing, wurde er erst der Mutter gezeigt, die mehr tot als lebendig im Bett lag, dann dem Vater, der ganz bleich war nach dem lang andauernden Geburtskampf. Es gab eine Großmutter mütterlicherseits mit einem langen weißen Zopf um den Kopf, die bald ins Dachgeschoß hinaufging und sich zu seiner Halbschwester schlafen legte. Diese Halbschwester war nicht die Tochter des Vaters, daher war er der »Erstgeborene«. Das entnahm er der Art, wie sie über *ihn* sprachen, der dalag und zu den ungestrichenen Deckenbalken hochstarrte. Auch die Holzwände der Stube im Schein der Lampe waren ungestrichen. Er lag da, in einem großen, sanften Wogen, während sich die Welt unmerklich im Raum drehte. »Ja, mich sieht er auch an!« konstatierte Edvard Knutsen, den man feierlich herbeigerufen hatte, damit er den Hoferben in Augenschein nehme, und der zur Feier der Stunde ein sauberes

Hemd angezogen hatte. Er kam gar nicht auf den Gedanken, die Stimme zu senken, obwohl es auf Mitternacht ging und noch das geringste Geräusch durch die dünnen Wände und Decken drang. »So ein Unsinn!« sagte da die Großmutter auf dem Dachboden, die gerade ihren langen Zopf gelöst hatte und zu Bett gehen wollte. Das lange weiße Haar reichte ihr bis zur Taille. Für Großmutter war es alles andere als eine gute Partie, als ihre Tochter auf diesen Hof in einem westnorwegischen Weiler fern jeder Zivilisation geheiratet hatte. Sie kamen aus dem kleinen Ort Øyer im Gudbrandsdal und hatten seit vierzig Jahren elektrisches Licht. Hier hingegen mußte man sich immer noch im Dunkeln ausziehen.

Der Großvater sagte: »Wenn er zwölf Jahre alt wird, werde ich achtzig! Das ist doch kein Zufall, will ich meinen!« Diesen Satz fand er so gelungen, daß er ihn mehrfach seiner Frau gegenüber wiederholte, bevor sie zu Bett gingen, und jedesmal wisperte sie, leise wie ein Geist: »Ja.« Er gab seine Berechnung zum besten, als er morgens das Pferd fütterte, und auch, als er in den folgenden Tagen auf den Nachbarhöfen die Geburt bekanntgab und von dem großen Hoferben berichtete, der zur Welt gekommen sei.

Auf der Waage wog der Sohnessohn trotzdem nicht mehr als fünf Kilo, aber der Großvater benutzte immer nur die alten Maße der Gegend, und da waren das zwanzig Mark. Beim Geigenbauer, dem er angeblich glich, waren es achtundzwanzig gewesen. Der Erbe war siebenundfünfzig Zentimeter lang, während der Fiedelmacher bei seiner Geburt über eine Elle gemessen hatte! Es war also nicht ausgemacht, daß der Sohnessohn in allem Lars Olsen gleichen würde, und das war, um die Wahrheit zu sagen, vielleicht auch ganz gut so.

Die Großmutter aus dem Gudbrandsdal blieb, bis sie sicher sein konnte, daß ihre Tochter die Niederkunft im Barbarenland überleben würde. Dann kehrte sie zu ihren kleinen Verhältnissen, aber in aufgeklärte Zustände zurück. Die Geburt war so schwer gewesen, daß das Gedächtnis des Sohnessohns erst fünfzehn Monate nach seinem allerersten Schlummer auf dieser Welt zu funktionieren begann. Da bewies er zum Ausgleich, daß *er* es war, der sich erinnerte, und nicht der Großvater. Es war ein Junitag im folgenden Jahr, die Mutter war wieder guter Hoffnung. Er saß hinter dem Wohnhaus, auf dem abschüssigen Wiesenstückchen zwischen Vorratsschuppen und Windfang, an eine Dorschschnur gebunden. Eine Treppe führte zum Windfang, und von dort ging es in die Küche. In der Küche war die Mutter, aber zu ihr krabbelte er nur selten, um nachzusehen, ob sie wirklich da war. Die Treppenstufen waren so hoch, daß sie schwer zu erklimmen waren. Darum blieb er draußen, er saß meistens im Gras und dachte. Ein wenig entfernt stand auf hohen Beinen das Vorratshaus, und damit es nicht gen Himmel flatterte, lag oben drauf ein schweres Torfdach. Das Torfdach paßte auf das Vorratshaus auf, die Dorschschnur auf ihn. Eine große Fliege setzte sich auf die Dorschschnur, er scheuchte sie fort. Niemand dankte ihm dafür.

Die Schwester hatte oft keine Lust, bei ihm zu sein. Jetzt war sie gerade hinter dem Hügelrand verschwunden, um »zum Süden« zu gehen. Er wußte, daß das ein anderer Hof war, aber er war noch nicht dort gewesen. Er sah nur die Haarschleife verschwinden, als sie über den Hang wegging.

Es war ganz sicher, daß die anderen Mittagsschlaf hielten. Großvaters Schnarchen drang durch die Holzwände nach draußen. Die Großmutter schlief sicher auch, denn er hörte sie nicht singen. Sie sang immer mit leiser und behutsamer Stimme. Der Lärm von Großvaters Schnarchen machte ihn ganz wach, und plötzlich begriff er etwas. Die Dorschschnur, die Leine, an die er gebunden war, schlief mehr als alle anderen. Die Schur schlief immer, darum konnte sie ihn nicht festhalten. Er schob die Schnur vorsichtig über dem Hosenboden hin und her. Zum Schluß gab die Dorschschnur auf. Er war frei und konnte gehen, wohin er wollte. Aber er hatte ein bißchen Angst, er wußte nicht, ob er sich traute, irgendwohin zu gehen. Würde er den Weg zurück finden? Auf der anderen Seite des Hauses schien die Sonne. Er war im Schatten festgebunden gewesen.

Auf dem Hof war es völlig still. Das ferne Muhen der Kühe auf der Weide erreichte ihn nicht. Vögel waren keine zu sehen. Die Fliegen verharrten reglos auf der Windfangtreppe, als dächten sie nach. Wenn er sich bewegte, wäre es mit der Ruhe bestimmt vorbei. Der Großvater würde jäh aufwachen, angelaufen kommen und dabei so laut rufen, daß es weh tun würde.

Aber in der Luft lag etwas, das »auf seiner Seite« war. Es war ein Knistern und ein Klingeln, in dem dieser »er« ganz lautlos wurde. Es war ein Surren und ein Summen von allem, was im hohen Junigras lebte, von Hummeln und Bremsen, die die zerzausten Blüten des Wiesenkerbels und die glänzenden Butterblumen an der nassen Böschung hinter dem Vorratshaus umschwirrten. Halbhoher Wiesenhafer und saftiger Klee schwappten im Gras, Pollen sausten durch die Luft, und die sanfte Brise flatterte durch die Wäsche auf der Leine.

Die Schlaufe der Leine lag wie ein Ring um seine Beine, er mußte es nur schaffen, über sie hinwegzusteigen. Das mit dem Füßehochheben war nicht so einfach. Es ging, er kam drüber. Er holte tief Luft, stapfte auf die Hausecke zu und aus dem Schatten, hinaus ins Sonnenlicht, hinaus in die Welt.

Das Licht blendete ihn zuerst. Die Pupillen zogen sich zusammen, aber nach kurzer Zeit konnte er sehen. Vor ihm lag die riesengroße Scheune, die Scheunentore weit geöffnet. Das Torfdach ragte über die Dachsparren. Das Gras war hoch. Er ging auf die Scheune zu, hinter der Scheune erahnte er die Welt, den Wald und die Landstraße, die Häuser auf der gegenüberliegenden Seite des Fjordarms, in dem die Nachmittagsflut anstieg. Er konnte den Fjord entlangsehen, wo die alte Frachtschute »Verma« Richtung Land heranschäumte, er kannte den Namen nicht, aber das war es, was er sah. Auf der anderen Fjordseite waren Häuser und noch mehr Berge. Der Himmel war sein hoher, blauer und schweigender Zeuge. Alles stand still. Nur die »Verma« glitt unendlich sacht in den Fjord hinein, auf die Landzunge namens Katthammar zu, und einen kleinen Moment lang konnte er nicht genau ausmachen, was sich bewegte, Katthammar oder die Schute. Er hatte zwei Wörter, und es ging genau, wie er gedacht hatte. Das »Schiff« war plötzlich »weg«. Weg wie die Schwester, weg wie die Fliegen. Er entdeckte, daß er allein war. Er wollte zum Stall gehen und das Kalb suchen. Selbst wenn alle weg waren, mußte es auf dieser Welt doch noch ein Kalb geben? Aber auf dem Weg zum Stall mußte er am Stallbrunnen vorbei, und als er dorthin kam, entdeckte er, daß der Deckel nicht auflag.

Er kam ganz bis zum Brunnenloch und setzte sich hin. Auf der anderen Seite der Bucht rief jemand. Die Welt war nicht ganz leer. Bald würde jemand kommen und ihn finden.

Er versuchte sich vorzubeugen, um hineinzugucken. Es war dunkel im Brunnen. Er wußte, daß das Wasser war, aber er sah noch etwas anderes, und das war völlig unerwartet. Da war ein Junge im Brunnen. Wenn er lächelte, lächelte der Junge auch. So etwas Seltsames hatte er noch nie gesehen. Jetzt konnten alle weg sein, denn er hatte einen Freund gefunden.

Er wollte sich noch weiter vorbeugen, als er etwas spürte, das ihn am Hosenbund packte. Es war ein Engel, das wußte er gleich, als er sich umdrehte. Der Engel stand da im weißen Kleid, zusammengenäht aus Laken wie denen, die auf der Wäscheleine hingen, von einer Wolke aus Hühnerfedern umgeben. Der Engel hielt seinen Hosengummi fest umklammert, so daß er die Hand nicht weit genug ausstrecken konnte. Aber er wollte mit dem Jungen im Brunnen reden! Dann hörte er eine Tür knallen, und die Mutter kam laut schreiend angelaufen. Der Engel befestigte seine Hose an einem Nagel im Brunnendeckel und verschwand Richtung Himmel. Als die Mutter bei ihm war und ihn hochhob, zerriß sie die Hose. Sie weinte und drückte ihn an sich. Er wurde sofort hineingetragen.

Der Vater kam, die Augen schwarz vor Angst. Der Großvater kam und gab dem Vater die Schuld dafür, daß der Brunnendeckel nicht auflag. Sie redeten laut aufeinander ein. Was war denn so schlimm? Warum war es so schlimm, ihn zu verlieren? Bekamen sie nicht bald einen neuen? Hatte es etwas Besonderes damit auf sich, daß sie gerade ihn nicht verlieren konnten?

»Es steht nicht gut um einen Hof, wo man den Erben ertrinken läßt!« sagte der Großvater. Das machte klar, wie schlimm die Lage war. Er hatte Eltern erwischt, die nicht gut genug aufpaßten. Die Großmutter kam, ängstlich und durcheinander, und wollte wissen, was los war. Aber der Großvater hatte beschlossen, daß sie nichts erfahren sollte. Das machte sie noch ängstlicher. Immer wieder fragte sie: Was ist denn Schlimmes passiert?

Nach der Mittagsruhe gab es Kaffee. Die Mutter und der Vater sagten fast nichts. Ein Hof, wo man den Erben ertrinken läßt ... War er auf einen solchen Hof gekommen? Einen Hof, wo Unglücke geschahen? Im Grunde gefiel es dem Sohnessohn, daß er sie alle erschreckt hatte. Das hatte ihm eine Art Macht verliehen. Er saß auf Vaters Schoß und genoß es, wiedergefunden zu sein. Aber er hatte beschlossen, daß er zum Jungen im Brunnen gehen würde, sobald er die Möglichkeit dazu bekäme. Er wollte gehen, um den Jungen zu treffen, und auch, um noch einmal wiedergefunden zu werden.

»Der Engel hat auf mich aufgepaßt!« sagte er zu den Eltern. Sie lächelten, obwohl die Mutter gerade geweint hatte. Wie gut er schon reden konnte! Aber er sah, daß sie nicht glaubten, was er sagte. Das machte ihn ärgerlich, er wollte auf den Fußboden. Er wand sich, geriet dabei mit dem Fuß in Vaters Kaffeetasse und verbrannte sich schlimm. Er brüllte los. Das war das zweite Unglück an diesem Tag. Der Großvater kam, außer sich: Was war jetzt los? Wollten sie den Bub ein für allemal los werden? Wollten sie ihm jetzt die Füße abbrennen? Die Großmutter kam hinterher und sagte: »Aber lieber Edvard, es ist doch nicht das erste Mal, daß ein Kind sich verbrennt!« »Das ist nicht irgendwer!« sagte Großvater.

Es wurde Salbe daraufgeschmiert und ein Verband drumgewickelt. Er mußte sich ins Bett legen und schlief ein. Während er schlief, kam der Engel mit dem anderen Jungen. Engel erfüllen einem Wünsche. Neben dem Bett stand ein Junge, und der Engel verschwand hinaus in den Abend, zusammen mit einer dicken Hummel, die unendlich lange vor der Gardine hin- und hergekreuzt war.

Er lag in der Kammer, die Schmerzen im Fuß gingen langsam weg. Der kleine Junge stand da in einer kurzen, blauen Hose, wie er sie selbst am Tag zuvor angehabt hatte, einem grauen Baumwollhemd und mit weißen Schnürschuhen. »Wie heißt du?« fragte der verbrannte Junge im Bett.

»Ich heiße Øre«, sagte der andere.

Von diesem Tag an hatte der Sohnessohn vom Bakken-Hof einen Freund, der Øre hieß und in der Küche wohnte, in der dunklen Ecke an der Brandmauer. Wegen der Verbrennungen an der Ferse durfte der Sohnessohn ein paar Tage nicht hinaus. Die fünfjährige Schwester hatte Muscheln für ihn gesammelt, das seien Schafsmuscheln, sagte sie, und so saßen er und Øre in der Ecke und spielten mit ihnen. Die Schafe gingen in langen Reihen zu einem Pappkarton auf dem Fußboden. Edvard hatte die Schafe, aber Øre sollte sie kaufen, und sie wurden sich nicht einig, welches Schaf als erstes dran war. Die Erwachsenen sagten: »Hör nur, jetzt redet er wieder mit sich selbst.« Ein anderer antwortete: »Gott sei Dank, daß er überhaupt spricht!« Der Großvater kam herein und sagte: »Wenn er nur lernt, sich selbst zu achten!« Øre zog eine Lumpenpuppe über den Fußboden. Die Schwester kam und nahm die Lumpenpuppe weg, ohne daß Øre etwas sagte. Øre sprach wie ein Erwachsener: »Es wird Zeit, in den Stall zu gehen.« Oder: »Ich frage mich, wann wir die Fensterrahmen streichen sollen!« Oder: »Jetzt müssen wir bald die Wiese unten beim Bootshaus mähen!«

Mutter sah immer aus, als ob sie an etwas dächte. Ihr Bauch war dick, aber sie stand nie still, und sie saß nie. Sie heizte den Ofen an, obwohl es Mitte Juni war, um das Bügeleisen warm zu halten. Auf dem Küchentisch lag ein Berg Kindersachen. Sie ging vom Tisch zur Küchenanrichte und von der Küchenanrichte zum Ofen. Sie ging in den Keller hinunter und holte die Wäsche, zum Holzschuppen, um neues Feuerholz zu holen. Sie war nie untätig. Wenn es Abend wurde, mußte sie in den Stall. Aber bevor sie ging, steckte sie die Hand in die Hafertüte, die auf dem dritten Brett im Küchenschrank stand.

»Sie ißt Haferflocken«, sagte Øre.

»Warum ißt Mutter Haferflocken?«

Die Schwester paßte auf ihn auf, bis die Mutter aus dem Stall zurückkam. Er schlief vielleicht, wachte aber auf, als die Mutter zurückkam und das Abendbrot richtete. Er wachte auf und sagte: »Haferflocken.« Vom Kaffeekessel kam ein starker Geruch. Øre fuhr in der Ecke Auto. Er ging in die Ecke und sagte:

»Wohin willst du, Øre?«

»Zum König mit einer Fuhre Kartoffeln.«

»Wieviel kosten sie?«

»Dreißig Kronen die Tonne.«

»Die Kartoffeln sind nicht in Tonnen, die sind im Sack!« rief Edvard.

In einem Spalt hatte er eine Münze, eine großes Fünførestück, das ihm keiner wegnehmen sollte. Wenn der König bezahlte, wohin sollte er das Geld tun? Øre verschwand. »Øre weg.« Als er nach dem Fünførestück sah, hatte die Schwester es genommen. Oder war es Øre gewesen? »Ich will mein Geld!« Da stand die Mutter hinter ihm. »Mit wem redest du?« Er sagte: »Øre.«

Sie lächelte ein fernes Lächeln und strich ihm übers Haar. Als sie ihm übers Haar strich, schien ihr etwas einzufallen. Keine Bewegung war verschwendet. Sie holte eine große Schere und schnitt die langen Locken ab, die ihm in den Nacken wuchsen, blonde, dicke Locken. Als sie sah, was sie getan hatte, weinte sie. Die Windfangtür quietschte, der Vater kam herein. Er drehte den Wasserhahn auf, daß es nur so spritzte, und wusch sich die Hände.

»Jetzt habe ich es gemacht«, sagte die Mutter.

»Was denn?«

»Siehst du es denn nicht?«

»Was sehe ich nicht?«

»Siehst du nicht, daß ich ihm die Haare geschnitten habe?«

»Ach ja«, sagte der Vater leichthin. »Jetzt sehe ich es.«

»Dein Vater hat die ganze Zeit so darauf gedrängt.«

»Deswegen hättest du es nicht machen müssen.«

Der Vater setzte sich an den Tisch. Ihm wurde aufgetragen. Es gefiel ihm, zu Hause zu sein und daß sie ein zweites Kind erwarteten. Er rief den Jungen mit einem Kosenamen, den er aus dem Batterieradio hatte: »Komm und setz dich her, Papagos!« Der Junge faßte sich an den Nacken. Der Vater sprach in Reimen, um seine Frau, die erschöpft und kindschwer war, bei Laune zu halten. »Jetzt am Abend ist deine liebende Sorge so erquickend und labend.« Die Türen zum Abend hinaus standen offen, die Schwester lief raus und rein. Im Altenteil des Hauses sang die Großmutter. Der Großvater kam herein, in der Hand einen Zollstock. Ein Nachbar fuhr mit Milchkannen auf einem Wagen am Küchenfenster vorbei.

Der Großvater stellte den Jungen an eine Wand und maß ihn mit dem Zollstock. »Das wird ein ordentlicher Kerl«, sagte er.

»Sind wir nicht alle ordentliche Kerle?« wunderte sich der Vater.

»Na ja, es hat auch andere gegeben«, sagte der Großvater.

»Was meinst du damit?« fragte die Mutter, die sich sonst nicht um Familiengerede scherte.

»Dazu sage ich nichts mehr«, sagte der Großvater und maß den Jungen weiter. »Seit dem letzten Mal ist er einen Zoll gewachsen «

»Das ist ja ungeheuer, dieses Gewachse!« sagte der Vater. »Er paßt bald nicht mehr durch die Tür.«

»Ich sehe immer noch gut«, sagte der Großvater bockig. »Es ist, wie ich sage. Einen Zoll.«

»Warum mißt du ihn nicht in Zentimetern«, sagte die Mutter. »Dann würde auch ich verstehen, wie groß er eigentlich ist.«

»Zentimeter sind ein Weibermaß, damit mißt man Bettleinen! Das benutze ich nicht!« sagte der Großvater und verwies damit die Mutter auf ihren Platz als Zugereiste. Die Mutter wollte sich nicht als Zugereiste von oben herab behandeln lassen und lächelte nicht mehr.

»Und wie groß waren denn die Kerle, die nicht so ordentlich waren?« sagte die Mutter.

»Darüber wird nicht mehr geredet!« sagte der Großvater schroff.

»Ich bin auch nicht sehr groß«, tröstete der Vater.

»Der Junge ist bald siebenundzwanzig Zoll groß!« verkündete der Großvater. »Das ist über eine Elle!« fügte er versöhnlich hinzu, um sich zu erklären.

Ich, der Sohnessohn, glaubte, daß ein großer Mann über drei Ellen, oder sechs Fuß, groß sein müsse, um den Kopf aus der Erde stecken zu können, wenn er tot war, denn ich hatte gehört, daß ein Grab auch sechs Fuß Erde genannt wurde. Dieses Kunststück hatte in unserer Familie bisher nur der Geigenbauer Lars Olsen fertiggebracht, aber ich wollte gern werden wie er.

In der kurzen Zeit, die wir uns in der Küchenecke unterhielten, war mein Spielkamerad Øre etwas größer als ich, aber als ich selbst größer wurde, war es, als verstecke er sich in mir. Insgeheim begann ich, mich selbst Øre zu nennen. Wenn sie mich um etwas baten, dachte ich: »Øre will nicht, aber Edvard will.« Dann tat ich, was sie sagten, obwohl ich keine Lust hatte. Die Großmutter lehrte mich singen: *Welch ein Freund ist unser Jesus!* Ich würde in meinem Dorf ein großer Mann werden, durfte überallhin mit und sog Kümiland mit weitgeöffneten Sinnen ein.

Der Hoferbpfarrer

Die Welt, in die er gekommen war, war eine blaugestrichene Küche mit Paneelverkleidung, einer Tür zum Windfang auf der Rückseite, wo sich die Stallkleidung und die Milchkannen befanden, und einer anderen Tür zur Diele auf der Vorderseite, wo die Leute hereinkamen, die zur Begrüßung die Hand schüttelten. Durch den Windfang kam der Nachbar Ole Rødal, wenn er telefonieren wollte. Er war der dickste Mann auf der Welt, und weder er noch Großvater klopften an. Ole Rødal hatte eine kleine, dünne Ehefrau, die mit einem Joch auf den Schultern kam, um aus dem Brunnen vor dem Bakken-Haus Wasser zu holen, wo sie dann Lovise vom Bortehof traf, die auch ein Joch hatte und ein großes schwarzes Tuch gegen den Wind trug. Das alles konnte er sehen, wenn er auf einem Stuhl an der Küchenanrichte stand und aus dem Fenster sah.

Neben der Küche war eine Kammer, dort schlief die Mutter mit dem kleinen Bruder. Es gab auch eine Stube, wo im Winter nicht geheizt wurde. An der gemauerten Wand in der Küche hing der Wasserkran, der Holzherd hatte ein langes schwarzes Rohr. In der anderen Ecke stand ein Tisch. In der Nähe der Küchenanrichte hing eine Petroleumlampe vom Deckenbalken, eine zweite hing über dem Tisch. Der würde bald zu klein sein.

Es war Sonntag, sie wollten zur Kirche, er, der Vater und die Schwester. Die Mutter war wieder dick geworden, obwohl der kleinste Bruder noch kein Jahr alt war. Der Kirchweg führte an den Bauernhöfen von Ytre Hoem vorbei. Als sie zum Südhof kamen, verschwand das Haus vom Bortehof, und als sie vom Südhof weiter nach Süden gingen, verschwand auch der hinter einem Wald aus Ebereschen und Haselnüssen, Wacholder, weißen Birkenstämmen und Stille. So lernte er die Himmelsrichtungen, sobald er laufen konnte. Er begriff, daß es andere Küchen gab, mit Kindern, die auf dem Fußboden herumkugelten, und Müttern, die zwischen Küchenanrichte und Holzherd hin und her gingen. Hinter allen dunklen Scheiben waren Menschen. Es gab Gemuhe in allen Ställen, angebundene Kühe auf den Weiden davor, Hühner zwischen allen Gebäuden. Auf jedem Telefonmast saß ein Vogel, und im Wald klang das Vogelgezwitscher wie ein Brausen. »Du, hör mal, der Star! Eine Drossel! Ein Kuckuck dort drüben im Gjendemsfjell!«

Unten an der Landstraße, kurz vor der Weggabelung zur Vågøy-Kirche, standen die Sommerställe in Reih und Glied. Ein paar Kirchgänger fuhren in Autos vorüber. Auf dem Hügel bei dieser Gabelung, dem Valbakken, saß der Junge auf Vaters Schultern und konnte über Vågøy sehen, über die ganze Insel mit Bauernhöfen und Scheunen und vor allem mit der großen weißen Kirche auf der Landzunge. Bis hinauf zum Himmel war es weit. Er hatte große weiße Wolken, sie trieben fort, und weit draußen war das Meer.

Am Fuß des Valbakken, an der Grenze zwischen Nutz- und Gemeindeland war ein Straßengatter. Da stand ein anderer Junge, er öffnete das Gatter für die Autos und paßte zugleich auf, daß die Schafe dabei nicht von der Allmende aufs Weideland und in die Felder liefen. Die Autofahrer warfen Münzen hinaus, und der Junge, der einen Marmeladenrand um den Mund hatte, lief barfuß hin und hob die Zweiøremünzen auf.

In der Kirche war es hell. Sie war außen ganz weiß, aber das Licht war trotzdem drinnen. Der Sonnenschein wurde durch große Fenster gesiebt, er floß durch die Gardinen und breitete sich über die Bankreihen. Dunkel gekleidete Männer kamen herein und setzten sich auf die eine, Frauen auf die andere Seite. Als die Tür zur Sakristei einen Spalt weit geöffnet wurde, ging der Vater hinein, um dem Pfarrer beim Anziehen zu helfen. So zog die Mutter morgens immer den Hoferben an, er erkannte sich gleich wieder und begriff, daß er Pfarrer werden mußte. Pfarrer waren solche wie er, die sich nicht selber anziehen konnten.

Er folgte dem Vater auf dem Fuß hinter die Altarschranke, der Vater zündete mit einem Streichholz die Kerzen an, bis er sich die Finger verbrannte. Er verschob einige Gegenstände aus Silber. Die Glocken begannen zu läuten. Die Schwester hatte die ganze Zeit in der Bank gesessen. Jetzt gingen sie zu ihr. Hinter ihnen, hoch oben, begann die Orgel zu spielen, und den, der spielte, konnte man nicht sehen. Als es still wurde, ging der Vater mit einem Buch zwei Stufen hoch. Er las aus dem Buch, auch wenn es aussah, als könne er das, was er sagen sollte, auswendig. Wenn er das Buch hatte, war deutlich, daß das, was er sagte, nicht seine eigenen Worte waren. Es waren keine Worte, die Menschen sich ausgedacht hatten, es waren Gottes Worte: Er begann sich daran zu gewöhnen, daß der Vater stehend aus einem Buch vorlas, während andere zuhörten.

»*Herr, ich bin in dieses Dein heiliges Haus gekommen.*« Als das Kirchenlied einsetzte, drehte sich der Hoferbe um und betrachtete die Menschen. In den Rückenlehnen war eine große Öffnung, so konnte er die im Auge behalten, die weiter hinten saßen. Auf der Frauenseite waren es meist alte Bäuerinnen mit scharfen Stimmen. Aber zwischen den Frauen und ihnen saß ein Mann mit einer Warze auf der Nase. Es wußte, daß das der Teufel sein mußte. Denn in der Kirche von Vågøy lernte er den Teufel kennen. Bevor er zur Kirche kam, hatte er noch nie von dem Kerl gehört. In der blaugestrichenen Küche wurde der Teufel nicht erwähnt. Es war etwas Furchtbares mit dem Teufel. Er saß da und behielt sie im Auge, und man konnte überhaupt nicht fortkommen, bevor der ganze lange Gottesdienst vorbei war.

Der Pfarrer sah von all dem nichts. Er stand, den Rücken zur Gemeinde, hinter der Altarschranke. Der Junge drückte sich näher an den Vater. Direkt über dem Pfarrer saß Jesus mit seinen Schülern. Über dem Mittelgang hing eine Schute mit den schönsten Segeln. Alles war so groß. Aber es gab keinen Ort, wo man sich vor den Augen des Teufels verstecken konnte, der ihn durch das Loch in der Rückenlehne anstarrte. Er hatte solche Angst, daß er einschlief. Als er aufwachte, war der Pfarrer verschwunden.

»Wo ist der Pfarrer«, fragte er den Vater.

»Warte, wir gehen gleich zu ihm rein!«

Nach neun Schlägen der Kirchenglocke gingen sie wieder zur Sakristei, dieses Mal war auch die Schwester dabei. Der Vater half dem Pfarrer, den Talar abzulegen. Die breite weiße Halskrause schob er einfach wie ein Akkordeon zusammen und legte sie in eine Metalldose. Dann war der Pfarrer ein Mensch im Anzug wie der Vater auch. Pfarrer waren Pfarrer, wenn sie wollten, und Menschen, wenn sie das lieber wollten. Als sie auf den Weg hinaustraten, sagte er zum Vater, daß an diesem Tag in der Sakristei der Vågøy-Kirche zwei Pfarrer gewesen seien.

An der Scheune spannte der Vater Perle an, das schöne Fjordpferd war genauso alt wie der Hoferbe. Dann hob er das

Kind, das Mütze und Hosenträger bekommen hatte, in die fürstliche Equipage, auf einen Heuwagen mit einem Strohsack. Der Wagen hatte eisenbeschlagene Holzräder, er ruckelte auf dem unebenen Kiesweg bei den Lindsethöfen. Die Straße kroch unter den Wagen und schlüpfte dann hinten heraus, wurde wieder zur Straße, die verschwand und dann hinter vielen Kurven »weg« war. Sobald die Straße eben war, schlug der Vater vorsichtig die Zügel auf den Pferderücken, und Perle lief. Aber der Hoferbe hatte keine Angst, er war am rechten Platz und ganz in seinem Recht: Er fuhr vor, der Vater war der Kutscher.

Nach der ersten Kurve auf der kleinen Anhöhe Aurehaugen konnte er Ytre Hoem nicht mehr sehen. Er war in eine Landschaft mit Kiefergekräusel an wassersatten Mooren gekommen, mit Hügeln und Hängen, wo Birkenwald stand. Es war kurz vor dem neuen Jahr, in dem er sein drittes Lebensjahr beginnen würde, und es lag kein Schnee in dem heiligen Land, über das er herrschen sollte als Mann Gottes und Mann der Erde.

An der kleinen Kreuzung in Ytre Hoem lag ein eingezäunter Platz. Das an Eisenpflöcken befestigte Drahtnetz umschloß ein Fleckchen heidebedecktes Land mit blaßgelben Grasbüscheln, denen die Winterstürme schwer zugesetzt hatten. Der Vater sagte: »Hier soll das Bethaus stehen!«

Womöglich sagte er es mehr zu sich als zu dem Jungen.

Für ihn da auf dem Wagen war das etwas unfaßbar Großes, etwas Ungetanes, aber Heiliges, etwas Rätselhaftes, aber doch Natürliches. Das Bethaus war Großvaters Haus. Hier würde Großvater wohnen, wenn er alt war und nicht mehr auf dem Gerüst über dem Turm der Vågøy-Kirche stehen konnte. Er wußte, daß auch er selbst ins Bethaus gehörte, wußte aber nicht, wie das sein würde. Aber das Gotteshaus, das entstehen sollte, nahm in ihm ungeheure Dimensionen an. Vielleicht war es so, daß alle Tiere und Menschen der Gemeinde Vågøy unter einem großen Dach versammelt werden sollten, zum Schutz vor dem Regen, und unter diesem Dach würden sie Milchrampen und Altarbilder, Scheunenbrücken und Taufbecken erbauen, bis ein neuer Himmel und eine neue Erde entstanden. Aber das alles war noch nicht, das war etwas, was kommen sollte, es sollte »etwas Großes werden«, wie er selbst »groß werden« sollte. Noch war er nur ein kleiner Hoferbpfarrer auf einem großen Heuwagen. Es roch streng nach Pferdeäpfeln, und der Strohsack war flach, wenn er darauf saß. Der Weg war uneben und holprig, und dann war die Sonne weg, verschwunden hinter einer Wolke über dem Gjendemsfjell.

Vielleicht war er dünn angezogen, vielleicht fürchtete der Vater, der Junge könne frieren. Als sie zu einer leichten Steigung kamen, wo Kiefergekräusel am Wegrand stand, wurde er vom Wagen gehoben.

Es gab viel, was er anschauen wollte, daher fiel er etwas zurück. Er mußte auf die richtige Art gehen, Zehenspitzen nach außen, den Himmel anschauen und dabei den Überblick behalten, wohin er die Füße setzte. Der Himmel war unruhig, große Wolken fuhren hierhin und dorthin, und unten, in der Indre-Hoem-Bucht, war das Meer grau. In den Kieferkronen waren seltsame Gesichter, die ihn ansahen, die Möwen schweiften dicht über seinem Kopf, groß wie Flugmaschinen. Jäh blickte er auf, Vater und Pferd waren weg.

Genau so etwas hatte er erwartet. Er hatte nicht aufgepaßt. Er bekam keine Angst, wußte aber, daß er jetzt mit keinem zusammen war. Perle war ein wenig zu schnell gegangen, das

Band zwischen ihm und dem Vater war ohne einen Laut zerrissen, und er mußte aushalten, daß das so war. Ein paar Tannenzapfen lagen am Wegrand. Er starrte sie leer an. Lebten sie? Die Bäume, die beidseits des Moors standen, lebten *sie*? Hier war kein Gottvater. Das war nicht sein Land. Aber hier war auch kein Teufel mit Warze auf der Nase. Wer herrschte über das hier? Er sah die Landschaft an, wie der Pfarrer das Altarbild mit Jesus ansah. Er wollte singen, aber es kam kein Ton. Vielleicht verlief er sich? Er hatte sich nach den Zapfen umgedreht und wußte, daß er bergauf ging, aber vielleicht sollte er jetzt bergab gehen? Was war zurück, was war vor? Er würden den Zapfen predigen. Plötzlich war der Vater da. Er hatte das Pferd gewendet und war zurückgekommen. »Woran hast du gedacht?« sagte der Vater, und er hätte gern geantwortet, doch er bekam auch jetzt keinen Ton heraus.

Er saß wieder auf dem Wagen, aber jetzt hatte er etwas Wachsames um die Augen und war nicht mehr sicher, ob alles wahr war, was der Vater ihm sagte. Der Vater war ein Mann, den er nicht immer kannte. Im Winter war der Vater fort und »reiste«, und wenn er eine Zeitlang gereist war, kam er mit einem der blauen Schnabelbusse der Julsund-Linie zurück, die jeden Abend am Briefkasten hielten. Jetzt war er ein Mann, der mit dem Pferd zum Laden fuhr. Jeder von ihnen hing seinen Gedanken nach, das war deutlich. Wenn der Junge ihn ansprach, antwortete er manchmal nicht. Da war er in der anderen Welt, wo Gott und die Engel wohnten. Ein Vater ist nicht nur ein Vater, und ein Berg ist nicht nur ein Berg. Der Berg veränderte sein Gesicht, während sie um ihn herumfuhren. Er hatte nicht mehr die großen, halbgeschlossenen Augen, die man von Hoem sehen konnte. Das Halbrund des Gipfels wurde zu einer scharfen Spitze. Die Spitze verzog sich zu einem Grat und schließlich zu einem scharfen Dreieck, das in den grauen Himmel schnitt. Aber jedesmal, wenn er fragte, ob das ein anderer Berg sei, war es derselbe Gjendemsfjell.

An der Kreuzung in Aure lagen zwei Geschäfte. Als sie sich der Kreuzung näherten, kamen auf einem Seitenweg zwei Männer gegangen. Diese beiden Männer hielten beim Gehen die Hände auf dem Rücken gefaltet, während sie sich unterhielten. Sie hatten ihre Hände abgelegt, sie gingen, aber trugen nichts. Diese Art des Gehens hatte er in Kümiland noch nie gesehen, es war die erste Warnung, daß in seinem Reich nicht alles vollkommen war. Warum ging der Großvater nicht mit den Händen auf dem Rücken? Sie hatten auch kein eigenes Geschäft, aber hier, hier gab es zwei Geschäfte direkt nebeneinander. Die beiden Männer blieben nah bei ihnen stehen, als das Pferd vor dem Laden stehenblieb. Aber sie nahmen nicht die Hände vom Rücken, um zur Begrüßung Hände zu schütteln. Der eine hatte Bartstoppeln schwarz wie Erde und große, buschige Augenbrauen:

»Guten, Tag, Edvard Knutsen!« sagte er zum Hoferbpfarrer.

»Ich heiße nicht Edvard Knutsen, ich heiße Edvard Hoem«, protestierte die Gestalt auf dem Heuwagen, und da grinsten sie, der Vater und die beiden Männer, alle drei.

»Du schreibst dich Edvard Hoem«, sagte der Mann, »aber du kannst sicher sein, daß wir dich Edvard Knutsen *nennen* werden.«

Dann lachten sie wieder.

Was sollte das denn?

Warum widersprach der Vater ihnen nicht? Er wollte sich verstecken, war aber gelähmt. Konnten sie nicht einmal seinen Namen in Ruhe lassen? Er würde ihnen verzeihen. Sie wußten es wohl nicht besser. Er wußte, mußte aber jetzt nichts sagen. Er war stärker von dem Wunder auf der anderen Seite der Kreuzung in Anspruch genommen. Da kam ein großes Auto, und aus dem Auto stieg ein Mann mit einer großen Kiste voll Brot.

Der Vater benutzte einen Einkaufszettel, als er an der Reihe war. Zum Schluß wollte er vier linierte Hefte. Es gab so furchtbar viel, was er aufschreiben wollte. »Willst du Loshefte?« erkundigte sich die Frau, »ich habe Hefte mit Nummern!« Dann bekamen sie ein Heft mit gedruckten Zahlen auf den Seitenrändern gezeigt. Sie kosteten eine Krone mehr das Stück, aber der Vater mußte nicht lange überlegen. Sie wollten Hefte mit gedruckten Zahlen.

»Und was willst du haben?« fragte die Ladenbesitzerin, als sie alle Einkäufe des Vaters in eine Pappschachtel gelegt hatte.

Er sagte: »Haben Sie Leuchter aus Gold?«

Sie sah ihn erschrocken an, dann brach sie in Lachen aus. Es gab Unruhe und Fragen, was er gesagt habe. Die Antwort wurde wiederholt, das führte zu Lachen und Reden um sie herum. Manche fanden, das sei eine erstaunliche Frage, andere wunderten sich, woher er das hatte.

»Wir haben heute keine Leuchter aus Gold«, sagte die Frau, »aber ich kann sie für dich bestellen, dann kannst du sie später einmal abholen.«

»Ha, ha! Erstaunlich, was Kinder so alles sagen.« Ach ja, das wußte er doch. Er hatte nicht vorgehabt, Leuchter zu kaufen, er hatte gefragt, um bemerkt zu werden, und war fast erstaunt, als er sah, wie leicht es war, Mittelpunkt zu werden. Es war am besten, wenn alle gleich wußten, daß hier einer war, der es zu etwas zu bringen wollte. Darum drehte er sich nicht um und sah nicht zurück, als er und der Vater das Geschäft verließen. Er hatte die Nase oben und die Beine nach außen, damit deutlich war, daß er wußte, was für einer er war.

Er wurde auf den Wagen gesetzt, neben den Pappkarton mit den Waren, und auf dem Heimweg trug er alles zusammen, was er gesehen hatte, um es der Mutter zu erzählen, die dann ihm zuhören und sich nicht immer nur mit seinem kleinen Bruder beschäftigen würde. Mit sich trug er den Gestank von der Benzinpumpe vor der Tür, den Tabakgeruch aus den Tabaksdosen, die neben der Kasse lagen, die pling-pling machte, den Duft des Kaffees, wenn er auf der großen Mahlscheibe gemahlen wurde, dann lief der gemahlene Kaffee in einem dünnen Strahl in die grauen Papiertüten, die auf der Waage gewogen wurden. Er brachte die Aromen vom Gewürzregal mit, den Ledergestank von Schuhen, die unter der Decke baumelten, den Geruch von Brot, das der Mann aus dem Auto hereintrug, frischen Lack- und Farbgeruch von Heugabeln und Mistgabeln, die an der Wand entlang aufgestellt waren, er brachte den Schimmer der Schläuche, Gießkannen, Waschbretter, Zinkeimer und Werkzeugkästen mit. Alles war neu im Geschäft, zu Hause war nicht alles neu. Er erzählte das alles, er führte alles auf, was sie gekauft hatten, und er erzählte die Geschichte von dem Berg, der sich veränderte.

»Er ist wirklich ein ungewöhnlicher Junge!« sagte der Vater und nahm aus dem Einpackpapier vier Schreibhefte mit numerierten Linien.

Das Bethauskalb

Niemand behauptete, daß in Kümiland Wunder geschähen, und doch wurde er in jenem Frühjahr im Stall von Bakken Zeuge eines Wunders. Die prächtige Kuh Fagerlin, die jeden Morgen und jeden Abend große Kannen voll Milch gab, gebar ein schneeweißes Kalb mit einem so wohlgestalteten und makellosen Kalbskörper, daß ihnen kein passender Name einfallen wollte. Mitten im dunklen Stall stand das Kälbchen, und wenn sie an dunklen Abenden die Stallampe anzündeten, füllte es den ganzen Raum mit einem sonderbaren Leuchten. Das Kalb kam am 2. Februar, Mariä Lichtmeß, zur Welt, dem Tag, an dem die Kümiländer traditionell die Weihnachtszeit beschließen, indem sie ihre Weihnachtsbäume zu Feuerholz zerhacken. Vater kam von seiner ersten Nachweihnachtsreise zurück und ging direkt in den Stall, um sich das anzusehen, er hatte nicht einmal die Zeit, seine guten Kleider auszuziehen. Das Kalb hatte einen Lichtkreis um den Kopf, der dem Kreis des Jesuskindes, Marias und der drei Weisen ähnelte. Abends wurde ein Beschluß gefaßt, den der Hoferbpfarrer gleichermaßen verstand und nicht verstand. Die numerierten Hefte kamen aus der Kommodenschublade hervor, auf jedes wurde mit großen, deutlichen Buchstaben BETHAUSKALB geschrieben. Der Vater ging zum Telefon und rief den Lensmann Harald Aarønæs von der Polizeibehörde in Vågøy an, um die Erlaubnis zu erhalten, in Hoem eine Lotterie zugunsten des Bethauses zu veranstalten, Hauptgewinn war das Kalb. Das Tier wurde auf den Namen »Hoffnung« getauft, so hieß auch das zu errichtende Gebäude. Der Vater setzte sich in der kurzen Woche, die er zu Hause war, aufs Fahrrad und radelte nach Gjendem und Aureosen, um die

Leute dazu zu bewegen, sich in die Loshefte einzutragen. Abends kam er nach Hause, die Seiten vollgeschrieben mit Namen. Bevor er wieder auf Reisen ging, waren zwei der vier Hefte voll. Das war in dem Frühjahr, als der Schnee, lange bevor die Zeit dafür gekommen war, wie auf ein Fingerschnipsen verschwand. Die Weiden an den Hängen von Ytre-Hoem brodelten vor Grün, als der fähnchenschwenkende Kinderumzug am 17. Mai singend den Valbakken zur Kirche von Vågøy hinunterging und das Batterieradio den ganzen Nationalfeiertag lang Hurra rief. Das weiße Kalb »Hoffnung« sprang in der saftigen Pracht umher und fraß so viel, daß es in den wenigen Wochen des eiligen norwegischen Sommers zu einem makellosen Zuchttier wurde.

Die Schwester wollte ihn nicht dabei haben, aber er bat und bettelte so lange, bis die Mutter schließlich einlenkte und ihm die Erlaubnis gab, als Wenche zu den Höfen gehen und Namen für die Loshefte sammeln sollte. Den ganzen Sommer über gingen er und die Schwester von Hof zu Hof. Wenn man Lose für das Bethaus verkaufte, war es nicht schwer zu erfahren, wie die Menschen hinter ihren dunklen Küchenfenstern lebten. Die Schwester führte das Wort. Er mußte sich damit abfinden, eine Art Kontrolleur zu spielen, dieser Aufgabe aber widmete er sich mit großem Ernst. Er guckte sich die Augen aus dem Kopf, um aufzupassen, daß sie beim Geld nicht betrogen wurden. Er hatte keine Lust auf das freundliche Geschwätz, das auf sie wartete, nachdem sie ihr Anliegen vorgebracht hatten, und die Schwester mußte die langen und weitschweifigen Gespräche allein bewältigen, die nach der Sitte des Landes zu führen waren, bevor die Leute aus dem Marmeladenglas im Schrank oder der Pferdehändlerbörse in der Tischschublade unter dem Wachstuch die Zehnøremünzen hervorholten. Im Bortehof saß ein Ehepaar am Tisch. Ihm war nicht wohl, als er eintrat, denn es roch nicht wie zu Hause, und ihm wurde von dem Geruch übel. Der alte Hausherr Edvard Eliassen saß auf der Bank und spuckte schräg zur Seite, da half es dem Hoferbpfarrer nicht, daß sie gleich hießen, er fand die Namensvetterschaft nur furchtbar. Aber was mußte er nicht alles ertragen, wenn es darum ging, Geld für das Bethaus einzutreiben? Edvard Eliassen hatte endlos Zeit, er riß ein weiteres Stück Kautabak ab und wollte, daß sie ihm Antworten gaben, über die er lachen konnte.

»Ist das nicht der neue Edvard Knutsen?« sagte er und piekte mit krummem Fingernagel nach dem Hoferbpfarrer. Der Junge wich zurück. Die Schwester hatte geknickst, als sie eingetreten waren, jetzt stand sie da und sagte: »Wir sind unterwegs, um Lose für das Bethauskalb zu verkaufen!« Edvard Eliassen trug sich schließlich ein, aber dann sagte er, daß er kein Geld habe. Da begann der Hoferbpfarrer zu schreien, aus Angst, daß das die ganze Lotterie kaputtmachen würde, und der Mann lachte und holte seine Kronen. Aber die Frau wurde böse, weil der Junge heulte, und zischte: »Sei still, Bub!« Die Schwester zog ihn, schimpfend und zornig, mit sich, an den Beerenbüschen vorbei zum Eingang vom Südhof.

»Wie geht es der Großmutter?«

»Danke, sehr gut.«

»Will jemand einen Apfel?«

Nein, er wollte keinen Apfel, aber die Schwester nahm einen, und danach sagte sie, daß er ein Idiot sei. Sie gingen bis zur Kirche von Vågøy, aber die Toten schliefen in den Gräbern, und die Lebenden schliefen zu Mittag, daher bekamen sie dort keinen einzigen Namen. Die Leute in Vågøy taten ihm eigentlich leid, weil sie ihren Namen nicht im Buch haben würden, wenn der entscheidende Tag kam. Auf dem kleinen

Valenhof saß ein Mann allein und aß, er blickte nicht auf, wollte nicht mit ihnen sprechen. Was sollte man mit solchen verhärteten Seelen tun? Aber in Krekjen trugen sie sich mitsamt allen Kindern und dem blinden Großvater Hans ein, der auf den Feldwegen und der Landstraße ging und dabei mit einem Stock fuchtelte, der so weiß war wie das lebende Kalb »Hoffnung«.

Es war eine lange Reise durch ganz Ytre Hoem, und als er nach Hause kam, schlief er vor Müdigkeit ein, während die Schwester über jedes einzelne Wort, das gefallen war, Bericht erstattete und schmutzige Zehnøremünzen aus der Tasche klaubte. Sie trug das Geld, weil sie groß war und bald mit der Schule anfangen würde. Am folgenden Tag gingen sie nach Indre Hoem. Das wurde ein weiter Weg, und die Schwester mußte ihn hinter sich herschleifen. Die große Aufgabe, die alle auf Bakken sozusagen gemeinsam meisterten, war ihm jetzt völlig entfallen. Geblieben war nur eine furchtbare Müdigkeit. Sie waren schon so weit gekommen, daß sie das Haus in Bakken sehen konnten, aber er glaubte nicht, daß er es dorthin schaffen würde. Es war nicht recht von Gott, ihm eine Schwester zu geben, die nicht groß genug war, ihn auf dem Rücken zu tragen.

»Wenn du nicht schneller gehst, verhungern wir!«

Zehn Meter vor ihm stand sie und schimpfte.

»Ich kann nicht mehr«, maulte er.

»Wir sitzen hier noch, bis es anfängt zu schneien und du erfrierst!«

Er hatte sich einfach auf den Schotterweg gesetzt. Da erklang hinter ihnen ein Rumpeln, ein Mann kam mit einem Pferd gefahren. Die Schwester guckte erleichtert, er bekam Magenschmerzen vor Angst. Denn er sah, wer das war. Es war der Teufel, der mit der Warze auf der Nase. Wenn er beim letzten Mal gezweifelt hatte, war er jetzt ganz sicher. Der Mann war unrasiert, und selbst sein Pferd war bis hinauf zur Brust schmutzig. Er grinste sie an und zeigte ein zahnloses Maul:

»Wollt ihr mitfahren? Hä?«

Er zog an der Schwester. Nicht mit dem!

Aber die Schwester sagte ja und hob ihn ohne viel Federlesens auf den Wagen.

»Du hast wohl Angst vor mir, oder?« brummte der Mann. »Du bist wohl ein Angsthase, was?«

Sie saßen auf einer Karre mit zwei Rädern, so einer, die für Steine, Sand und Mist gemacht war, sie war vielleicht nicht schmutziger als andere Karren, aber er mußte alle Hoffnung fahrenlassen. Wie konnte er Pfarrer werden, nachdem er mit dem Teufel gereist war? Jetzt war er dazu verdammt, nur Bauer zu werden! Aber wenn der Leibhaftige und die Schwester ihn gezwungen hatten? Das half nicht. Nach dem hier konnte er Jesus nicht mehr ins Antlitz blicken. Er fühlte, daß er dem Tod nah war. Paßte Gott nicht auf ihn auf? Er wollte abspringen, er hätte auf seinen eigenen Beinen gehen können, egal wie weit es gewesen wäre, wenn er nur entkam, aber es gab keinen Ausweg. Er war starr vor Angst und konnte keinen Ton herausbringen. Sie passierten den Lindsethof. Dort wohnte eine liebe Frau, aber sie kam nicht an die Tür.

»Halt an«, piepste er. »Da wollten wir auf dem Heimweg Lose verkaufen.«

»Wir müssen eher zusehen, daß wir dich heimkriegen, du Hosenscheißer!« sagte die Schwester.

Ihre Worte waren nichts gegen die Scham wegen der Fahrt. Er versuchte, an etwas anderes zu denken, sah Blaubeeren, die am Wegrand wuchsen, und Heidekraut, das rot leuchtete. Draußen bei Vågøy sah er ein Boot, das auf dem spiegelglatten Fjord lag und Tang hochholte, auf dem Nordhof hängte die Bäuerin Wäsche auf.

»Wir wollen zum Sommerstall«, sagte Wenche, »ich glaube, Mama ist da.«

»Findet ihr, daß ich nicht schnell genug fahre?« sagte der Mann.

Doch, doch!

Der Mann hörte nicht, er schnalzte die Zügel auf den Pferderücken, daß der Gaul einen Sprung machte und losgaloppierte.

»Stop, stop«, rief jemand, es war irgendwie nicht seine Stimme, sondern eine gequälte Kleinkinderstimme.

»Deine Scheißangst werde ich dir austreiben!«

Die alte, schmutzige Mähre galoppierte ruckend voran, während der Mann immer lauter schrie! »Mach zu! Schneller, schneller!« Die Schwester jauchzte vor Freude. Aber er selbst war nicht mehr sicher, ob er Edvard war, als der Wagen vom Weg abhob und mit schwirrenden Rädern in die Lüfte stieg, dann kreisten und kreisten sie hoch über der Staubwolke, die sich unter ihnen auf den Weg legte.

Seither habe ich die deutliche Erinnerung, daß ich an jenem Tag Ende Juli, an dem der Teufel mich auf den Wagen geholt hatte, über ganz Ytre Frænen geblickt habe. Ich erinnere mich, daß ich die Inseln in Richtung Hustadvika sah, sogar bis zu den fernen Fischerdörfern Bjørnsund und Ona, weit draußen in leichtem Dunst. Ich sah eine flache Küstenlandschaft, von zahllosen großen und kleinen Buchten zerrissen, ich sah, daß Vågøy nur durch eine lange, schmale Steinbrücke mit dem Festland verknüpft war. Im Landesinneren waren

Berge und Tannenwälder mit hellen Lichtungen, Almen mit Hütten, Seen, die den Himmel spiegelten. Der Wald bewegte sich, als wehe ein starker Wind, die grünen Grummetwiesen glichen einem wogenden Meer. Aber ich weiß auch, daß ich erst viele Jahre später zum erstenmal den Gipfel des Gjendemsfjell erklomm und diesen Ausblick hatte.

Aber plötzlich hatte der Hoferbpfarrer keine Angst mehr. Denn neben dem Wagen flog jemand. Der Engel war vom Großvater ausgesandt, um darauf zu achten, daß ihm nichts passierte. Er schenkte dem zwitschernden Lachen der Schwester keine Beachtung mehr. Er wußte nur, daß sie in sicheren Händen waren, und als es um sie herum still wurde, berührte der Wagen vor der Kreuzung, an der der Sommerstall stand, unmerklich den Boden. Die Schwester stieg ab, um das Viehgatter zu öffnen, das die Straße versperrte. Wie ein Blitz sauste er vom Wagen herunter, er rannte durch das Gatter und hinüber zum Sommerstall, direkt in den Schoß der Mutter, die herauskam.

»Ich finde, du machst dem Jungen mit dieser wilden Fahrerei Angst!« sagte die Mutter zum Teufel. Er versteckte sich in der Schürze und hoffte, sie würde dem da tüchtig Bescheid geben.

»Er ist ein Angsthase und muß abgehärtet werden!« sagte der Mann.

Die Mutter zog den Jungen an sich. Der Mann schnalzte dem Pferd zu, sie verschwanden in einer Staubwolke Richtung Gjendem. Die Schwester schwenkte triumphierend die Tüte, in der sie das Geld und das Losheft hatte. Oh, war er wütend auf sie! Auch wenn ein Pfarrer nicht wütend sein konnte. Er legte sich im Sommerstall auf einen Heuhaufen und sah der Mutter beim Melken zu. Zum erstenmal hatte er etwas erlebt, was er ihr nicht ganz erzählen konnte. Es war ausgeschlossen, den furchtbaren Grund dafür zu nennen, daß er niemals Pfarrer werden würde. Im Grunde hatte er ja selbst Schuld, daß ihm die Beine müde geworden waren. Er blieb allein, mit einem dunklen Fleck in sich.

Die Mutter machte weiter, als wäre es ein normaler Tag! Die Schwester ging zum Südhof, die Mutter legte dünne, saubere Tücher ins Melksieb. Die fette Milch sickerte in die Milchkanne. Eine neue Kuh, neue Strahlen von den Zitzen brausten klar und scharf auf den Boden einer neuen Milchkanne, je voller sie wurde, um so stumpfer wurde der Ton. Zum Schluß war es nur das Knistern des Schaums, der sich auflöste, als die Milch den Rand erreichte.

Großvater kam mit Perle angefahren, um die Kannen zu holen. Er wollte ganz genau wissen, wer Lose gekauft hatte. Die Mutter erzählte von dem Mann, der wie ein Verrückter gefahren war, und Großvater wollte wissen, ob sie *ihm* Lose verkauft hatten.

»Daran hast du doch sicher gedacht, Edvard?«

»Er wollte keine«, log der gefallene Hoferbpfarrer. »Er hatte wohl kein Geld dabei.«

»Das ist komisch, wenn er zum Einkaufen nach Gjendem wollte!«

»Er sagte, er werde ein andermal welche kaufen«, sagte der Junge leise.

So log er zum zweitenmal. Die Sonne ging mit Getöse unter, die Landschaft um ihn herum erlosch. Gab es denn keine Menschenseele, die begriff? Er war verloren, und als Verlorener ging er abends zu Bett. Es war still und halbdunkel, die Gardinen waren vorgezogen, die Sommernacht draußen war hell. Durch den Boden hörte er im Wohnzimmer des Altenteils eine helle Stimme singen. Das war Großmutter.

»Bleib bei mir, Herr! Der Abend bricht herein. Es kommt die Nacht, die Finsternis fällt ein. Wo fänd ich Trost, wärst du, mein Gott, nicht hier?«

Leise ging die Tür zur Dachkammer auf, und er sah, wer hereinkam: Jesus mit seinem Schäferstab.

»Was willst du?« fragte der Junge ängstlich.

»Ich vergebe dir«, sagte Jesus. »Ich bin gestorben, damit dir alle Sünden vergeben werden.«

»Weißt du, daß ich gelogen habe!«

»Alle deine Sünden sind vergeben.«

»Ja, aber kann ich Pfarrer werden?«

»Ich *will*, daß du Pfarrer wirst«, sagte Jesus.

Er sprach in seiner stillen, ruhigen Art. Sein Blick war unendlich sanft. Unten sang Großmutter: »Hilf dem, der hilflos ist: Herr, bleib bei mir!« Aber über dem Bett, und zugleich ein gutes Stück entfernt, stand Jesus und sagte mit leiser Stimme: »Siehe, ich stehe vor der Tür und klopfe an. So jemand meine Stimme hören wird und die Tür auftun, zu dem werde ich eingehen und das Abendmahl mit ihm halten und er mit mir.«

»Amen«, sagte der Hoferbpfarrer und schlief glücklich ein.

Als er wieder aufwachte, stand der Vater da. »Wir bekommen Licht, dies ist ein Tag der Freude!« sagte er. »Jetzt wird sich auf Hoem alles verändern!«

Es hatte in der Lokalzeitung *Romsdal Budstikke* gestanden, die am Abend zuvor mit dem radelnden Postboten gekommen war. Das Kraftwerk Aura, das weit im Gebirge lag, würde bald fertig ausgebaut sein, dann bekam die letzte Gemeinde im Romsdal elektrischen Strom. Die Leitungen sollten schon im Herbst verlegt werden.

Der große Bethausbasar, der bevorstand, wurde plötzlich zu einem trivialen lokalen Ereignis, es spielte keine Rolle, daß sie ein Kalb verlosten. Es wäre besser gewesen, wenn die Leute vom Licht gewußt hätten, bevor sie mit den Heften losgezogen waren. Den Beweis dafür bekam er jetzt, als er hinten auf Vaters Fahrrad saß und sie zu den noch ausstehenden Häusern fuhren. Die Kronen saßen locker, jetzt, wo der Zukunftsglaube die Menschen erfaßt hatte. An mehreren Stellen in der Umgebung hängten sie handgeschriebene Zettel an Milchbänke und Telefonmasten:

Bethaus-Basar
Samstag, den 3. August, in der Hoem-Schule.
Es spricht Prediger Rasmus Seter. Bewirtung.

Darunter stand ein Schnörkel, eigenhändig ausgeführt von Edvard Knutsen Hoem. Er war in diesem Sommer zweiundsiebzig Jahre alt geworden, aber immer noch Vorsitzender des Bethausvorstands. Die Hundstage waren so trocken, wie sie sein sollten. Es war das richtige Wetter, um das Heu einzufahren, und die Menschen waren froh gestimmt, wenn sie vorbeikamen, um über den Strom aus Aura zu sprechen. Aber draußen auf der Grummetweide stand ein leuchtendes Evangelium von einem Kalb, und an dem Tag, als König Haakon VII. Geburtstag hatte und der zweitjüngste Bruder zwei Jahre alt wurde, nahte die Stunde, in der das Kalb von ihnen gehen sollte.

Noch als er zum Bethausbasar ging, war das dem Jungen nicht klar. Er trug die Mütze, die er zum 17. Mai bekommen hatte, eine rote, ovale Mütze, an der vorn eine kleine Nadel steckte, und er drehte beim Gehen die Füße nach außen. »Wenn das nicht der Edvard Knutsen ist, der da kommt!« sagte Lars vom Südhof, der an der Tür der Schule stand und rauchte.

»Ja, genau, hier kommt der Edvard Knutsen«, sagte der Hoferbpfarrer, der unterwegs gewesen war und Lose verkauft hatte. In gewisser Weise steckte auch er hinter dem Bethausbasar, selbst wenn die Leute das nicht verstanden. Sie strömten herbei, um ein letztes Scherflein beizusteuern, und erreichten das winzige rotgestrichene Gebäude in Indre-Hoemshaugen. Wegen seiner weißen Fensterrahmen und seines Torfdachs sah das Schulhaus aus wie ein Bild aus einem Märchenbuch. Aber das war kein Märchen, das war *Die Schule*, auf die der Großvater und der Vater gegangen waren und wo sich auch der Hoferbpfarrer in einer fernen Zukunft einmal an das Pult würde setzen dürfen. Drinnen im Haus war es halbdunkel, niemand machte sich die Mühe, Lampen anzuzünden. Bald kam das Licht, nicht wahr! Und im Halbdunkel umrundeten viele Männer und Frauen den angereisten Prediger Rasmus Seter, der mit seinem freundlichen Lächeln in der ersten Pultreihe saß und allen zunickte, mit denen er bei der großen Erweckung des Jahres 1936, als so viele Menschen der Gegend zu Gott fanden, persönliche Gespräche geführt hatte.

Der Hoferbpfarrer war eigenartig still geworden und sagte keine eigenartigen Sätze mehr, die die Leute dazu bringen sollten, über seinen klugen Kopf zu staunen. Er wartete auf ein neues Wunder, und daß sich der Himmel für ihn öffnen würde. Aber der Großvater ging frisch rasiert durch die Menge und achtete darauf, daß alles seine Richtigkeit hatte. An den Pulten saßen Leute und trugen sich in die Hefte ein. Sie sprachen über das elektrische Licht und spendeten mit großem Herzen. Und nachdem Rasmus Seter gepredigt und, von seinem wehmütigen Gitarrenspiel begleitet, zwei Lieder gesungen hatte, ergriff Edvard Knutsen das Wort, um an Matthäus 4,16 zu erinnern: »Das Volk, das in Finsternis saß, hat ein großes Licht gesehen; und die da saßen am Ort und Schatten des Todes, denen ist ein Licht aufgegangen.« Dann war die Stunde gekommen, in der es geschehen sollte.

Numerierte Zettel wurden in Großvaters großen Hut gelegt. Das vierte Losheft war nicht ganz voll, aber das war nun nicht mehr zu ändern. Die Ziehung wurde durchgeführt, gezogen wurden eine Sieben, eine Vier und eine Fünf.

Sie hatten selbst Lose gekauft, und erst da dämmerte es dem Hoferbpfarrer, daß durchaus nicht feststand, daß sie gewinnen würden. Er hatte sozusagen damit gerechnet, daß das Kalb auf dem Hof bleiben würde, daß Gott das so wollte. Aber der Mann mit den Losheften verlas einen Namen aus dem Nachbardorf. *Er* hatte das Kalb gewonnen, nicht sie. Jäh begriff er auch, daß sie sich von diesem wunderbaren Tier trennen mußten. Der Abend war bald zu Ende. Er fuhr mit der Mutter nach Hause, sie sagten auf dem ganzen Weg nach Ytre-Hoem nichts. Er saß auf dem Gepäckträger, sie radelte, ebenso unglücklich wie er. Am folgenden Sonntagmorgen, vor der Kirchzeit, kam der glückliche Gewinner mit einem Viehwagen, um sein Kalb zu holen, und als er mit »Hoffnung«, Gottes Bethauskalb im Bezirk Hoem, Kümiland, davonfuhr, saßen der Hoferbpfarrer und die Mutter in der Dachkammer und schluchzten.

Die Kraftkerle

Unmittelbar danach kam ein Lastwagen mit riesigen Doppelreifen und »Kraftwerk Romsdalshalbinsel« auf den Türen. Er hielt bei der Scheune des Lindsethofs, der Fahrer und ein Helfer luden eine Menge teerbestrichener Strommasten ab. Die Bauern von Ytre Hoem waren verpflichtet, die Masten aufzustellen, aber ein Vorarbeiter vom Kraftwerk bestimmte, wo die Leitung verlaufen sollte. Untereinander stritten die Männer über den Verlauf der Leitungen, denn die Masten standen den Mähmaschinen im Weg und waren auf den Äkkern und Weiden des Nachbarn besser aufgehoben. Diese Masten wurden mit Pferd und Wagen über das Moor von Ytre-Hoem verteilt, das bei Niedrigwasser trocken war, und die schwere Last hinterließ tiefe Spuren im herbstweichen Boden. Eine Arbeitsgruppe von sieben, acht Mann grub tiefe Löcher in die Erde und schlug Sprenglöcher in Felsen, die sie mit Dynamit füllten. Andere brachten Faschinen aus Birkenreisig zum Abdecken, dann rief der Vormann »Achtung, Lunte brennt!«, die Männer rannten nach allen Seiten und warfen sich hin, wenn es knallte. Mit taktfesten Rufen zogen sie die Masten hoch und füllten dann mit Steinen und Kies auf, damit sie für alle Ewigkeit aufrecht stehen blieben. Als nächstes erschien neben dem Heuschober von Lindset eine Seilrolle, und alle Männer, die irgend mithelfen konnte, zogen das lange Seil bis zum Vorratshaus von Bakken. Sie transportierten die Rolle auf einem roten Laster, an das Seilende spannten sie ein Pferd, dann bewegten sie sich mit lauten »Hau-ruck, Hau-ruck-«Rufen über die Anhöhe in Richtung Krakjen und Vågøy.

Das waren Spätsommertage des Staunens. Flinke Hände fuhren suchend durch die Blaubeerhöcker. Grüne Netze waren in den Haselnußwäldern gespannt, die Nußkerne weiß wie Milch. Es war Erntezeit für schwarze Johannisbeeren, Stachelbeeren, die mild zu schmecken begannen, Winterkohl, der zu großen Köpfen herangewachsen war, und schneeweißes Rübenfleisch, wenn die Strünke aus der Erde gezogen wurden. Kühe und Kälber grasten auf saftigen Grummetweiden, Kälber rieben sich an Stallwänden, Schafe verirrten sich aus den Bergen nach Hause, Rehe traten aus gelb werdenden Getreidefeldern, oft im Schimmer des ersten Morgenlichts, so daß jemand in die Dachkammer kam, wo der Hoferbe schlief, und sagte: »Psst, komm gucken. Im Kornfeld beim Bach steht ein Reh!«

Aber quer durch diesen Herbst des Überflusses zogen die Männer die Leitungen. Als sie auf dem Bortehof den Transformator aufstellten und die Bauern mit den Erntemaschinen auf die Felder fuhren, strömten Möwenschwärme in den Fjord. Die Vögel ließen sich in den Kartoffelfurchen nieder, Kinder jeden Alters schwärmten auf die Felder, zusammen mit den gierigen Möwen, die zwischen den fetten Erdklumpen nach Würmern pickten. In Körben und Eimern sammelten die Kinder Kerr's Pink, die Knollen mit ihren rosafarbenen Schalen glänzten im überbordenden Glück des hundertfachen Ertrags. Es war die Zeit der gebeugten Rücken, sogar Großmutter kam mit und stocherte mit einer Hacke. Speisekartoffeln wurden eingekellert, die Schweinekartoffeln zu Haufen geschichtet, und wenn der Regen die Erde abspülte, leuchteten die Kartoffelberge in den dunkler werdenden Abenden. Die Männer, die die Masten aufstellten, hatten das Feld für einige Himmelsstürmer mit Steigeisenschuhen bereitet, die das Seil von der Erde nach oben bringen sollten. Angestellte des Kraftwerks bestanden die letzten Auseinandersetzungen mit den Bauern, damit die Masten an Ort und Stelle kamen. Selbst der Prediger mußte sich anhören, daß auch für ihn dereinst noch genügend Erde übrig sein werde. Der Hoferbpfarrer begriff zunächst nicht, was damit gemeint war. Als er dann den Sinn der Äußerung erfaßte, hatte er sein erstes klares Bild von Tod und Vergänglichkeit: Ihm schien, als sehe er den Vater in der Ackerkrume liegen, die Würmer wanden sich, und Möwen pickten an seinem Körper. Er haderte mit der Schwester, die jeden zweiten Morgen zur Schule lief und von der nachmittäglichen Erntearbeit befreit war, »weil sie erst Hausaufgaben machen muß«. Nun gab es keinen, der den Hoferben gezwungen hätte, aber er fand, er müsse, selbst wenn ihm die gebeugte Haltung nicht besonders gut gefiel. Oft aber hielt er in grenzenlosem Staunen inne, wenn Kraftkerle von Mast zu Mast gingen, sich die Steigeisen an die Schuhe schnürten und himmelhoch kletterten, um weiße Isolatoren auf galvanisierte Haken zu schlagen. Dann wurden die Seile mit Spannschrauben gestrafft, zu weiten, schwindelerregenden Bögen über Bachläufe und Felsspalten, über Lehmböden und gelbe Getreideäcker. Es war ein Herbst wie kein anderer, und die Arbeiten an der Stromleitung, die sich über eine lange Zeit erstreckten, bündelten sich in seiner Erinnerung zu einem einzigen Augenblick, zu einer Kartoffelernte, bei der alles rasend schnell geschah.

In Molde fielen die Kartoffelpreise. Der Großvater fuhr mit Perle Kartoffelkisten vor, bis er an der Hauswand einen hohen Stapel hatte. Dann lieh er einen Laster und verkaufte in Ytre Hoem von Tür zu Tür Kartoffeln. Die übrige Familie zog mit scharf geschliffenen Sicheln auf die Gerstenäcker. Der

Hoferbpfarrer war zu klein, versuchte aber, so gut er konnte, Strohhalme zu sammeln, mit denen die Garben zusammengebunden werden konnten, und der Vater, der mit der Sichel voranschritt, sammelte in der Armbeuge große Bündel goldener Ähren. Aber als sie sich wieder aufrichteten, stand da die Stromleitung und war ein Faktum. Das zwanzigste Jahrhundert mit all seinen technischen Wundern war endlich nach Kümiland gekommen.

Zum letztenmal holten sie die Petroleumlampe vom Dachboden und hängten sie in der Küche auf, wo der Hoferbe las. Er hatte jetzt drei jüngere Brüder, und die Schwester steckte die Finger in die Ohren gegen den Krach der kleineren Kinder, während sie immer wieder die strengen Hausaufgaben herunterleierte. Der Großvater kam abends herein und wollte den Sohnessohn lesen hören, es war ja möglich, daß das junge Wunder bei den schwierigen Wörtern ein wenig Hilfe brauchte, auch wenn er jetzt vier Jahre alt und mit den kleinen Buchstaben vertraut war. Der Junge las schnell, der Großvater sprach ihm die Sätze nach, schnalzte zufrieden zwischen jedem Wort, das auf diese Weise vorgebracht wurde, und sah, daß die verborgenen Talente der Sippe nun endlich zu voller Blüte gelangten. Die Eltern fanden, daß der Junge eigentlich zu früh lese, aber sie hatten ihm die ABC-Fibel geschenkt, als er im Sommer mit einem gebrochenen Bein im Krankenhaus lag, und konnten nichts dafür, daß er einfach das ganze Buch lernte, während er dort war. Heimlich blätterte er in den Schulbüchern der Schwester, wenn es Abend wurde und sie im Dunkel vor dem Küchenfenster mit ihrem Spielkameraden Harald vom Südhof umherstreifte.

Aufgeregt kam Großvater vom Telefon und berichtete, daß jetzt die Stromkerle von der Installationsfirma Orten in Molde kämen, um im ganzen Haus, vielleicht sogar in der Scheune Stromleitungen zu verlegen. Es war das letzte Mal, daß Vater zum Kaufmann nach Aure fuhr, um die Petroleumkanne zu füllen, und zum letztenmal tropfte Brennflüssigkeit in die beiden Lampen in der Bakken-Küche. Er würde nicht mehr lange dort im Lampenschein sitzen und lesen. Bald war es vorbei damit, daß sich der Schatten der umhergehenden Mutter auf seine Buchseiten legte.

Denn jetzt kamen Kerle, die Selbstgedrehte rauchten und einheitliche Arbeitskleidung trugen, sie bohrten unter die Traufe ein Loch und zogen das Stromkabel hinein. Lampenfassungen wurden an die Balken geschraubt. Installateur Marthinsen bohrte mit einem Wechselbohrer durch die Wand, und Magne, der vierte Junge, der gerade vier Monate alt war, wachte auf und brüllte. »Bub, geh rüber und beruhige deinen Bruder«, rief er dem Hoferbpfarrer zu, denn er meinte, daß dort ein ganz normaler Junge stehe, der diese ungeheuerlichen Operationen mit offenem Mund verfolgte. Aber Großvater schob den Bub wieder dorthin zurück. Er solle bitte sehr zusehen, damit er etwas lerne!

Der Hoferbe wußte, was elektrisches Licht war, denn er war schon mehrmals mit in Molde gewesen. Auf der Toilette des Café Bølgen hatte er eine Lampe mit hängender Glaskugel gesehen und konstatiert, daß sie in Molde den Mond drinnen hatten. Und das war jetzt der Ausdruck dafür, daß sie in Bakken Licht bekamen, sie würden den Mond hineinbekommen. Aber bevor alles fertig war, mußte Vater aufbrechen, um zu *verkünden.*

Er verabschiedete sich mit gewichtigen Worten: Wieviel leichter ihm die Abreise nun falle, wenn er nachts nicht mehr an fremden Orten wach liegen und befürchten müsse, daß die kleinen Kinder die Petroleumlampe umwarfen, wenn die Mutter schlief. Es zog sich hin, bis alles fertig war. Aber an einem späten Herbstabend lief die Neuigkeit durchs Dorf: Edvard Eliassen vom Bortehof war benachrichtigt worden, daß er den Transformator anschalten könne! Am folgenden Tag ging er zügigen Schritts zum Transformator, der auf seinem Grund und Boden errichtet worden war, und legte Mütze und Arbeitsjacke ab, bevor er beide Hände hob und die Sicherung eines Hebels löste, der nach oben umgelegt werden mußte.

Am frühen Nachmittag halten sie abrupt im Spiel inne. Die Außenlampe an der Windfangwand ist im schwachen Tageslicht gelb geworden. »Sie brennt, sie brennt!« Dumm und stumm und lange deuten sie hin, bevor sie aneinander an den Händen fassen und schreien: »Sie brennt!« Sie stürmen heim, sie drehen den Schalter der Außenlampe, so daß das Licht ausgeht, sie drehen es an und wieder aus, unzählige Male. »Ich will auch!« rufen die Kleinsten, sie werden hochgehoben, damit sie den Schalter erreichen, bis Großvater kommt und die große Schwester ausschimpft, weil sie die Installation kaputtmachen:

»Sie sollen aufhören, der Edvard soll für alle probieren!«

Aber am Abend machen sie alle Lampen an, die es im Haus gibt, und gehen in die Hoem-Schule zum Missionsbasar. Es leuchtet im Keller und auf dem fensterlosen Dachboden, wo man sich abends nur mit Mühe bewegen konnte, weil offenes Feuer gefährlich ist. Aber der größte Anblick eröffnet sich ihnen erst, als sie vom Basar nach Hause kommen und vom Aurehaugen aus, wo die Straße über den Buckel kommt, zum erstenmal das erleuchtete Ytre Hoem sehen. Es strahlt aus allen Häusern und allen Zimmern, am hellsten aber leuchtet das große Haus in Bakken, denn es hat zwei ganze Stockwerke und zwei große Fensterreihen zur Straße. Es ist wie eine Erscheinung, das Bakken-Haus strahlt wie ein Märchenschloß, und sie schreiben einen Brief an Papa, der in Bodø ist, und schicken ihn am nächsten Tag mit Johan Postbote weg.

»Lieber Papa! Wir haben auf der Straße gestanden, und überall war Licht!«

Einen Monat später kommt Vater angereist. Er kauft einen einfachen Kronleuchter für das Wohnzimmer und hat noch größere Pläne: Er nimmt den Hoferben zur Elektrofirma Orten in Molde mit, um einen Herd zu kaufen! Selbst für den Lesekundigen ist es ein feierlicher Augenblick, als der Vater mit einem ganzen Tausendkronenschein bezahlt, einer Sorte Geld, die er noch nie gesehen hat.

»Und da ist noch eine Kleinigkeit.«

Aus der kleinen schwarzen Predigertasche, in der Vater eine Bibel und ein Gesangbuch hat, holt er eine Kneifzange, die die Installateure liegengelassen hatten, als sie bei ihnen zu Hause die Stromleitung legten. Es sei ja wohl nur recht und billig, daß die Firma Orten ihre Kneifzange zurückbekomme. Der Mann hinter dem Tresen weiß nicht, was er mit der Zange anfangen soll. Schließlich müssen sie durch das ganze Haus bis zum Büro gehen, wo ein Vormann sitzt, der fast böse wird, als er hört, in welcher Angelegenheit sie kommen.

»Es ist doch wohl zum Teufel klar, daß Installateur Marthinsen keine Zeit hat, nach Hoem zu fahren und seine Kneifzangen zu suchen!« Er hat selbstverständlich schon lange eine neue Zange ausgegeben, und sie wollten ganz bestimmt nicht, daß diese Kümilanddeppen die alte anschleppen!

Das Ende vom Lied ist, daß Vater die Zange wieder in seine Predigertasche stecken muß, und der Erstgeborene schämt sich so sehr, daß ihm in Wellen heiß und kalt wird. Nur in Hoem sind sie so ärmlich und engstirnig, daß sie nach Molde fahren, um eine blöde, vergessene Zange zurückzubringen. Das schmerzt, es schmerzt, er läßt den Kopf hängen, und ihm ist schlecht, als er im Schnabelbus sitzt, zurück in sein Dorf. Die Außenlampe in Bakken leuchtet im Herbstabend, der Herd kommt am folgenden Tag mit dem Laster von der Molkerei. Nie und niemals würde er dem vergangenen Zauber der Petroleumlampenzeit nachweinen. Die billigen Hängelampen aus gedrehtem Eisen, mit rußenden Dochten und schmutzigen Glaszylindern wurden für immer fortgehängt. Plötzlich waren in der Küche alle Ecken hell erleuchtet und boten heimlichen Spielkameraden keinen Platz mehr. Die Kinder in Bakken sahen einander in dem elektrischen Licht an und begannen, anderen Kindern verdächtig zu gleichen, ja, sie waren nicht einmal mehr deutlich von Kindern zu unterscheiden, die mit Stapeln der Zeitung *Romsdal Budstikke* durch Moldes Straßen liefen und Kümiländern, die mit der Julsund-Linie in die Stadt kamen, »Budstikkeeee« zuriefen.

Aus dem erleuchteten Dorf zogen die Männer von den Ytre-Hoem-Höfen den Berg hinauf, um die letzten Schafe zusammenzutreiben. Von den Vorsprüngen und Hängen des Gjendemsfjell riefen sie einander zu, auf schmalen Bergpfaden kletterten sie bis dicht unter den Himmel, wo die Bergkrone von einer dünnen Neuschneedecke bedeckt war. Daheim kamen die Schafe in Grüppchen angerannt, schmutzig und naß von schlechtem Wetter und Regen, aber schwer von Bergfett und Wolle. Aufgeschreckt liefen sie auf dem Hofplatz in Bakken hin und her, wo um den Stalleingang ein Zaun errichtet worden war, dann trieben die Männer die Schafherde nach vorne, während die Mutter und alle Kinder dabeistanden und mit den Armen wedelten, damit die Tiere Angst bekamen und rannten, wohin sie sollten. Schließlich kamen der Großvater und der Vater. Ersterer hätte nicht so laufen sollen, er stand vornübergebeugt an der Scheune und hielt sich das Herz. Aber er konnte sich nicht vorstellen, daß es mit der Schafsjagd seine Ordnung haben könne, wenn er nicht selbst dabei war. Er war auf einem steilen Bergpfad hingefallen und bis über die Hüften durchnäßt. Jetzt mußten die Schafe im Stall sortiert werden. Ein Riß im linken Ohr bedeutete, daß das Lamm zur Bakkenherde gehörte, war der Riß im rechten, mußte es zum Südhof. Die Nachbarn knüpften kräftige Stricke, um mitzunehmen, was ihnen gehörte, und zogen widerstrebende Tiere nach Hause, wobei sie sich ernst darüber unterhielten, daß die Rüben noch nicht geerntet waren. »Es war soviel anderes los, wo doch das Licht gekommen ist!« Dann begann drüben im Stall, beim Licht der neuen Lampen, das Schlachten. Jeder Mann wetzte die Messer und machte sich an die Arbeit. Bald stand das Blut auf dem Boden. Alles, was dort geschah, stand im Schulbuch Bibelgeschichte, das der Schwester gehörte und das er abends heimlich auslieh. Die Männer von Hoem waren gute Hirten, sie trieben neunundneunzig Schafe zusammen, merkten aber immer, wenn ihnen eines fehlte, und dann zogen sie los, um es zu suchen. Aber wenn das geschehen war, blätterten sie ohne Zögern bis Ostern vor und schlachteten jede Menge Osterlämmer. Da durfte er nicht dabeisein, denn sie meinten, daß er wegen seines hellen Köpfchens zu weichherzig sei, um das Lammschlachten mitanzusehen. Aber er sah das Licht der Lampen und schlich sich in die dunkle Scheune, wo der Großvater sich zum Mörder machte, indem er einem einjährigen Lamm die Axt in den Schädel hieb. Erst nachdem er blitzschnell mit einem Messer zugestochen hatte, erblickte er den Hoferbpfarrer. »Mach, daß du rauskommst, Junge!« brüllte er mit einer Wut, wie sie der Junge noch nie erlebt hatte. Siehe, das ist Gottes Lamm, welches der Welt Sünde trägt!

Da stand der Großvater und schlachtete das Lamm, wie im Alten Testament. Die kleinen, nackten Körper der geschlachteten Tiere hängte er oben unters Scheunendach, die Eimer standen voller Blut, der Schaftalg wurde zusammengepackt und beiseite gelegt, die Felle gesäubert und zum Trocknen aufgehängt, die Bugstücke in Kesseln im Vorratshaus eingesalzen, die Eingeweide kamen in den ersten Tagen, solange sie noch frisch waren, als Mittagessen auf den Tisch. So war es, das Leben auf dem Land und das Gesetz des Lebens, aber das gefiel ihm nicht. Er beschloß, niemals einem lebenden Wesen das Leben zu nehmen. Entweder mußte er andere dazu bekommen, das zu tun, oder er konnte nicht Bauer werden.

Der Großvater aber war der Ansicht, daß die Wunderwerke, die die Elektrizität mit sich brachte, genau das seien, was den Erben an den Hof binden würde, daher fuhr er nach Molde und kaufte einen Elektromotor, der im Winter die Holzsäge antreiben sollte. Er wußte, das das ein weitsichtiger Kauf war, aber sie war teuer. Was war er stolz, als er mit dem ersten Elektromotor von Hoem nach Hause kam! Es war eine solche Freude, daß er sogar Seidenstoff kaufte, aus der seine Frau neue Gardinen nähen sollte, damit auch sie sich über etwas freuen konnte, wo er doch den Motor bekam. Sie kränkelte, aber durch die Seidengardinen, die sie bekommen sollte, würde sie dann zusehen, wie er draußen den Motor anwarf.

Aber im Lichte der neuen Zeit sah der Hoferbe, daß alles Geld kostete, und wie wenig Geld sie im Grunde hatten, sah er erst jetzt. Die Elektrizität verschlang ihr ganzes Geld, und mit der Post kamen neue Rechnungen. Er war dabei, als der Vater in Pettersons Konfektionsgeschäft in Molde bei einem Bruder im Geiste ein neues Hemd kaufte und es anschreiben ließ. Denn Vater sollte wieder auf Reisen gehen, da mußte er doch anständig aussehen. Auf mehr als einem Hof in Hoem begann der Bauer, sich nach einem Schiff umzusehen, auf dem er den Winterheringsfang mitmachen könnte. Nach diesem geldverschlingenden Herbst mußte es einen guten Fang geben, und sie begriffen, daß Geld der Preis war dafür, daß das zwanzigste Jahrhundert nach Kümiland gekommen war.

Der Kreislauf

Das war zu der Zeit, als die Winter in Kümiland noch lang waren. Jede einzelne Winternacht schneite der Weg zum Hof zu, Schneeverwehungen schlossen den Hoferben im Haus ein, so daß er nicht über seine Wiesen und Hänge tollen konnte. Wenn er vor die Tür ging, versank er gleich bis zum Hals im Schnee. Für andere Kinder war der Winter wie lange Ferien, denn dann konnte man auf dem Feld keine Steine lesen, kein Unkraut jäten oder Beeren pflücken. Ein Halbdutzend großer Jungen aus dem Dorf war draußen auf den Hängen unterwegs, sie trugen Schnee zu hohen Schanzen zusammen und rasten dann auf sie zu. Sie machten einen harten Trampelpfad, der an der Hauswand von Bakken vorbei bis zur Schule in Indre Hoem führte. Ihre Ranzen hüpften auf ihren Rücken, wenn sie gemeinsam den Hügel hinunterstürmten und in einem Wäldchen auf der anderen Seite der Ytre-Hoem-Bucht verschwanden, die zugefroren war, so daß man wie der Wind darüber hinsausen konnte. Nachmittags kamen sie zurück, da herrschte immer Tauwetter, und sie kämpften sich mit Klumpen unter den Skiern voran, bis die so dick geworden waren, daß sie sich bücken mußten, um überhaupt noch unter den neuen Stromleitungen durchzukommen, die die Kraftkerle gezogen hatten. Mittendrin war die Schwester, als einziges Mädchen unter den Abgehärteten und den großen Skiläufern, die über die Schanzenkante flogen; sie zog die Mütze über die Ohren, wenn die Buben den ostnorwegischen Dialekt der Mutter nachäfften, die auf der Treppe stand und schrie: »Wenche, ich verbiete dir zu springen!«

Er wollte auch Skier haben und war fast beleidigt, weil sie ihn nur am Fenster stehen und hinausglotzen ließen, er war ja gern für sich, aber wenn der Schnee kam, wollte er einer von vielen sein. Mutter sagte, sie würden in diesem Winter wohl keine Skier kaufen können, weil nicht genug Geld da war. Aber das kam dem Großvater zu Ohren, und der alte Mann war empört: Natürlich sollte der Junge Skier bekommen! Es war doch wohl keine Frage des Geldes, daß der Junge Skier bekam! Im Schuppen hatte er alles Nötige für zwanzig oder fünfzig Paar Ski liegen! Er besaß noch alle Hobel und Feilen, die dem Schreiner gehört hatten, und er hatte in seiner Jugend zahllose Skier gemacht. An sich hätte der Junge lieber gekaufte Ski mit einem schönen Schriftzug an den Spitzen gehabt, aber als er begriff, daß die fehlenden Kronen selbst ihm einen Strich durch die Rechnung machten, schlug er sich auf Großvaters Seite und behauptete, er wolle am liebsten selbstgemachte Skier aus Birken, die auf dem eigenen Grund und Boden gewachsen waren. Dies wurde als erneuter Beweis seiner tiefen Einsicht in die Kunst der Selbstversorgung und seines scharfen Verstands gedeutet, der ihn erkennen ließ, wie gut sich die Hoem-Birken zur Skischreinerei eigneten, und noch am selben Abend ging der Großvater zum Holzverschlag, um das Skimaterial zusammenzusuchen. Mit der Längssäge schnitt er ein breites Brett zu, denn es war am besten, wenn beide Skier aus dem gleichen Baum gemacht wurden. Dann rundete er die Spitzen mit der Bandsäge, damit gleich jeder begriff, daß das hier Skier werden sollten. Während er arbeitete, schneite es noch mehr, ja der Inhalt des Himmels schien auf sie hinabzustürzen, wie zum Zeichen dafür, wie angemessen es war, dem Hoferben gerade jetzt Skier zu schreinern. Sie mußten sich den Weg ins Haus zurück freischippen, aber draußen im Verschlag standen die Skier verspannt an der Wand. Am nächsten Tag schraubte der Großvater Bindungen von alten, kaputten Skiern auf die neuen und paßte die soliden Stiefel an, die der Schwester zu klein geworden waren. Mit einem der zahllosen Schreiner-Spezialhobel hobelte er dünne Späne und sprach dabei des langen und breiten davon, daß er in seiner Jugend ein ganz ordentlicher Skispringer gewesen sei, besonders weitschweifig aber erzählte er von Lars Hoem, der in allen Jahren, die er nicht in England im Gefängnis saß, mit zwei Skiern und einem Stock durch die Winternächte brauste, von Arnjot Gelline, dem Sagenhelden, der mit zwei Mann auf einem einzigen Paar Skier lief, und von dem legendären Skiläufer Trysil-Knut, der durch Großvaters gesamtes Leben gesaust war, seit der in seinem ersten ABC-Buch von ihm gelesen hatte.

Da kam ein Nachbar, um nachzusehen, warum im Holzschuppen in Bakken Licht brannte. Der konnte sich davon überzeugen, daß Edvard Knutsen, wenn Not am Mann war, nicht zu alt war, um ein Paar Ski hinzukriegen. Heutzutage bekamen ja alle Kinder gekaufte Skier, aber es konnte wohl nicht schaden, wenn der Hoferbe solange mit einem stabilen, selbstgemachten Paar übte, bis er die Kunst beherrschte. Es wurde ein regelrechter Stapellauf, immer wieder zog er die Riemen stramm und war doch nie ganz zufrieden, schließlich war ein guter Anfang mehr als die halbe Tat. Auf krummen Beinen fuhr der Hoferbe den flachen Hang zum Stall hinunter, dann fiel er hin, es rutschte ihm Schnee in den Kragen. Er kam allein wieder auf die Beine, bemerkte aber den Gesichtsausdruck des Großvaters. Hatte der plötzlich gesehen, daß der Junge, der seinen Namen trug, nicht der größte Skiläufer Westnorwegens werden würde? An den Skiern jedenfalls lag es nicht! Er kraxelte den Abhang hoch, um wieder hinunterzufahren, fiel wieder hin, schaffte sich wieder hoch, bis es dunkel wurde und er ins Haus mußte. Aber abends, bevor er einschlief, sah er nur die langen Spuren am Hang, mit den blauen Schatten der Dämmerung, sie zogen in eine Welt hinüber, die in ihm war. Nach wenigen Tagen stolperte er hinter den anderen her, hinüber zum Sprunghang, sie verspotteten ihn, weil er sich nicht traute zu springen, schließlich hätte er Nasenbluten bekommen können. Es war ausgeschlossen, daß er mit den größeren Kindern mithielt, und bald ließen sie ihn liegen, wenn er fiel.

Danach fuhr er lange nur aus Pflichtgefühl Ski, weil es so lange gedauert hatte, die Skier zu machen. Immer lieber saß er zu Hause und las Bücher. Es war leichter, Aufsehen zu erregen, wenn er abends mit dem Großvater und der Großmutter in deren Stube saß, denn nun konnte er ihnen den *Romsdal Budstikke* vorlesen. Er hatte Angst vor dem Krieg, über den er dort las, an einem Ort namens Formosa, er fand, daß das so ähnlich wie Moss klang. Moss, das hatte der Vater einmal erzählt, war eine Stadt bei Oslo, und das konnte nicht sehr weit weg sein. Sie hatten keinen Radioapparat, das alte Batteriegerät war vor ein oder zwei Jahren kaputtgegangen, als Stalin gestorben war und der Erbe zum Großvater ging, um es ihm zu sagen. »Was redest du da, Junge!« brüllte der Großvater so laut, daß der Apparat völlig aussetzte. Darauf folgten mehrere Jahre ohne eine andere Musik als die, die sie selber machten, aber in der Kinderküche von Bakken war es trotzdem nie still.

Darum zog er für seine intellektuellen Betätigungen zu den Alten hinüber, da war immer jemand, der ihn lobte, und zwar die Großmutter. Sie lehrten ihn geistliche Lieder, die er mit seiner makellosen, hellen Singstimme sang. Es kamen Leute zu Besuch, und er las aus der Zeitung vor. »Du liebe Güte, ich glaube fast, der Junge liest ganz ohne Fehler!« rief Tordis vom Südhof. Er saß auf ihrem Schoß und verstrubbelte ihr die Haare, aber das mochte sie nicht, und sie bat ihn, damit aufzuhören. Hatte nicht ein Junge, der ohne Fehler lesen kann, das Recht, Leuten die Haare zu verstrubbeln? Da holte er die Kinderbibel mit den unglaublichen Zeichnungen und begann, still zu lesen. Aber so konnte er auch nicht lange sitzen, er fror, weil Großmutter fast nicht heizte. Sie fand, es sei so viel Arbeit, bis sie das Holz im Haus hatte, daß sie sparte, bis es bei ihr eiskalt war. Er ging hinaus, um Ski zu laufen und normal zu sein. Aber der Schnee verschwand, und er fuhr mit den Skiern nur noch über ein paar weiße Flecken auf der braunen Wiese. Es würde also wieder Frühling werden, und das machte ihn unruhig. Es war, als hätte er das alles schon einmal erlebt. Aber es war nicht mehr so klar wie früher, und das beunruhigte ihn. Er wollte immer noch sowohl Pfarrer als auch Bauer werden. In der Sonntagsschule lernte er, daß er sich Jesus ganz hingeben mußte, aber ob er das schon getan hatte, wußte er nicht. Wer seine Hand an den Pflug legt und sieht zurück, der ist nicht geschickt zum Reich Gottes. Sollte er immer weiter vorangehen, ohne sich umzudrehen? Manchmal war es, als ob Jesus meinte, daß er nicht hierbleiben sollte. Der Großvater war Bauer, der Vater war Bauer und Prediger. War er derjenige, der diesen Weg bis zum Ende gehen sollte? Er war anders als die anderen, aber wenn er mit dem Großvater die Milch zur Milchrampe fuhr, war ganz offenbar, daß er als Bauer einer von vielen werden würde. Es gab eine neue Registratur für die Milchlieferanten der Molkerei Bolsøy, und der Hof Bakken in Ytre Hoem wurde Nummer 1003. Auf alle Milchkannen mußten sie dieses *1003* malen. Es gab also über eintausend andere, die auf gleiche Weise Milch fuhren. Vielleicht gab es keine größeren Unterschiede zwischen dem, was auf Bakken passierte, und dem, was andere taten? Die Kannen kamen abends mit dem Bus zurück, in einem riesigen Gepäckraum gestapelt, der Busfahrer hielt an jedem Hofweg und warf die Kannen hinaus. Jedesmal, wenn das Vieh versorgt wurde, wurden sie neu gefüllt und zum Abkühlen über Nacht in den Stallbrunnen gehängt. Obwohl sie Geld einbrachten, hatten diese Milchablieferungen etwas Unerträgliches. Das Geld, das in der Molkerei an einem Schalter geholt werden konnte, wurde gleich gebraucht, um Rechnungen zu bezahlen, Stromrechnungen, Rechnungen beim Kaufmann in Aure und dem Genossenschaftsladen Romsdal in Molde, der den größten Teil verschlang. Alles war ein endloser Kreislauf, und dieser Kreislauf ließ sich nicht durchbrechen, bis er alt genug wurde, um zur Schule zu gehen. Er fragte die Schwester, wie es in der Schule sei, aber sie sagte ihm, das solle er selbst herausfinden. Er fragte andere Kinder, die sagten, es sei *langsam*, was das gleiche wie langweilig bedeutete, das verstand er nicht, er wollte es nicht verstehen, denn wenn er nur endlich hinkäme ...! Aber noch war er erst fünf Jahre.

Ab und zu kam er nach Molde, und das waren gefährliche Fahrten, denn wenn er dann zu Hause aus dem Bus stieg, sah er, wie ärmlich es dort war. Es *war* nicht so blitzblank, wo er aufwuchs. Sie hatten Strom bekommen, sicher, aber wie lange hatten sie an anderen Orten schon elektrisches Licht? Die Bauern hatten kein Geld, ihre Häuser instand zu halten, und flickten alte Torfdächer, während der Rest der Welt zum Schutz vor Regen *Eternit* verlegte. Ungestrichene Scheunenwände sogen den Frühjahrsregen auf und wurden grau und schwer, so daß sich Bretter lockerten und abfielen, wenn eine Windbö kam. Alles wurde geflickt, nichts neu gebaut. Der

Großvater und der Vater schmissen Schafsmist durch eine kleine Luke im Schafstall, und es roch streng, arm, schlecht. Ihn schauderte bei dem Gedanken, daß er selbst eines Tages da stehen und mit einer Mistgabel Schafsscheiße werfen sollte.

Sonntags kamen Verwandte aus Molde, das waren Onkel, die Autos fuhren, herablassend über Bauern sprachen und lachten, weil in Kümiland die Zeit stillstand. Ihm gefiel das nicht, aber sie hatten wohl recht, konnte irgend jemand glauben, daß man in Bakken jemals ein Auto haben würde? Die angereisten vornehmen Verwandten gingen in ihren Sonntagshosen um die Hausecken, und zum erstenmal sah er, daß überall irgendwelches Zeug herumlag. Am Haus türmte sich ein Berg leerer Blechdosen und leerer Pappkartons, die vergraben oder verbrannt werden sollten, sobald das Wetter wärmer wurde, denn es gab ja keine Müllabfuhr, wo man den Abfall losgeworden wäre. An der Scheune lagen hohe Haufen alter Latten, schmutziger Bretter, die aus den Kälberboxen herausgerissen worden waren, Schwartenbretter, Holzabfall und Stahldraht, der den Winter über verrostet war. Es gab Geräte, die kaputtgegangen waren und nicht repariert werden konnten, aber gab es jemanden, der sich aufraffte und den ganzen Kram wegschmiß? Da lag Wellblech, das sie billig von irgendeiner Baustelle bekommen hatten, es sollte auf das Scheunendach gelegt werden, wenn der Torf einmal kaputtging. Die Cousins ersten und zweiten Grades kamen mit Kaugummi im Mund und Fünførestücken in der Tasche. Sie sagten oh und bäh, wenn sie auf das alte Plumpsklo gehen mußten, und fragten, wo das Badezimmer sei, obwohl niemand im ganzen Dorf ein Badezimmer hatte. Es kam ein Onkel mit großen Plänen, der wußte, wie die Leute von Hoem im Handumdrehen wohlhabend werden konnten. Er wollte mit Erdbeeranbau anfangen und den Fluß zur Lachszucht anstauen, er wollte Hüttengrundstücke an Touristen verkaufen, denn inzwischen war bald jeder zweite Norweger Tourist. Die mußte man nach Hoem locken, damit sie ihr Geld dort lassen würden. Wenn sie so dasaßen und redeten, schien es, als sei mit seinem Vater etwas nicht in Ordnung. Irgendwie bedeuteten sie mit all dem, daß mit ihm, der mit seiner Predigertasche herumfuhr, als Mann kein Staat zu machen sei. Zum Bauern jedenfalls taugte er nicht. »Er hätte überhaupt niemals Bauer *werden* sollen«, stellten sie fest. Dann setzten sie sich in die Autos, und nach ihnen wurde es grau und leer. Alles fing von vorn an, es war der Kreislauf, wie in der Kirche von Vågøy alles von vorn anfing, wenn der Pfarrer an jedem vierzehnten Tag kam, um Gottesdienst zu halten. Denn in Kümiland hatten sie auch nicht mehr als einen halben Pfarrer, sie mußten ihn mit einer Kirche am anderen Ende der Gemeinde teilen. Dort lag auch der Pfarrhof, es war also fast eine Missionsarbeit und Auslandsreise, wenn der Pfarrer nach Vågøy kam. Das Gesangbuch hörte bei Nummer 886 auf, dennoch gab es immer und immer wieder das Kyrieeleison und dieselben Wendungen, dieselben Kirchengebete, die der Vater las, wenn er zu Hause war, alles maßgeschneidert für ein Dorf, dem die übrige Welt davongelaufen war.

Die Menschenfischer

Der jüngste Bruder war zwei Jahre alt geworden, er lag in der Erdgeschoßkammer in einem gelben Kinderbettchen, das noch neben den Betten Platz hatte, in denen Mutter und Vater schliefen. Die Schwester schlief im ersten Stock über der Küche, die drei älteren Jungen, die sechs, fünf und vier Jahre alt waren, lagen in der Kammer über dem Wohnzimmer, aber dort Ruhe zu finden war nicht leicht. Unten in der Küche lag der Koffer des Vaters mit aufgeklapptem Deckel. Es war der 1. Oktober, er sollte wieder fort. So war es eben, und der älteste Sohn mußte das damit erklären, daß der Vater wegen des Geldes reiste. Aber warum fuhr er nicht für kurze Zeit zum Winterheringsfang, wie andere Bauern es taten, wenn das Geld nicht reichte? Er ging zu Bett, den Geruch von Gebügeltem in der Nase. Die Mutter bügelte die Hemden des Vaters, sie schien völlig einverstanden damit, daß er reisen mußte. Der Großvater und die anderen Bauern von Ytre Hoem fuhren mit der Dreschmaschine von Hof zu Hof, sie dröhnte bis tief in die dunklen Abende hinein, mal im Südhof, mal in Krekjen. Aber der Vater mußte fort, und die Mutter packte den Koffer. Das einzige, worum er sich selbst kümmerte, waren die Bibel und die Bücher, die er in den endlos langen Tagen las, wenn er in fremden Häusern darauf wartete, daß es Abend wurde und er Versammlung halten würde.

Sie konnten die Hand ahnen, die hinter den Gardinen des schmutzigen Schnabelbusses winkte. Die Schwester Wenche mußte einen Teil der Arbeit übernehmen, wenn der Vater fort war. Sie stand auf dem Hang am Haus, der zum Stall hinunterführte, schlug mit einer Eschengerte auf den Boden, daß es knallte, und rief, wenn die Brüder nicht augenblicklich kämen, würden sie blau und grün sein, bevor sie Abendessen bekämen. Unter Fliederbüschen und auf Felskuppen tauchten helle Köpfe auf, sie jagte sie wie ein Hund eine Viehherde und scheuchte sie in Richtung Haus. Sie war Spielkameradin des bekannten Harald vom Südhof, darum hatte sie etwas vom Leben, auch wenn ihr nicht viele Stunden zum Herumlaufen und Kindsein blieben. Denn dieser Harald hatte das Talent, daß dort, wo er war, immer etwas passierte. Egal was ihm einfiel, die Leute konnten ihm nicht böse sein, sie mußten nur lachen. Er konnte nichts herumliegen sehen, ohne zu überlegen, was für eine Verrücktheit man damit anstellen könnte. Er warf einen alten Ofenring in die Luft, mit der Folge, daß er direkt durchs Küchenfenster von Bakken flog, wo die Mutter wie vom Donner gerührt stand und nicht mehr herausbrachte als: »Warum in aller Welt hast du das gemacht?«

»Ihr braucht hier auf dem Hof doch auch mal frische Luft!« sagte Harald.

Da lachte die Mutter, und Harald bekam keine Schelte, weil er Fensterscheiben zerbrach, sondern Dank, weil er gute Geschichten erzählte.

Die Frostnächte kamen. Der Vater rief aus Südostnorwegen an, aus einem der kleinen, unbekannten Orte entlang der Eisenbahnlinie. Später beschrieb er in einem Brief einen Traum, den er gehabt hatte, darin war der niederste Teil ihres Landes von einer Springflut überflutet gewesen, das Meerwasser stand so hoch, daß es fast bis zur Scheune hinaufreichte. Bevor der Brief da war, kam nach einem Sturm wirklich eine der großen Herbstfluten, so daß Heureiterstangen und anderes Treibholz viele Tage lang auf den Feldern herumschwammen. Boote rissen sich in Tornes los und landeten auf der anderen Fjordseite am Katthammarufer. Der Wind schlug die Bootshaustüren auf, der Großvater mußte nachschauen. Gegen die Böen geduckt, ging er zum Meer hinunter. Der Frænfjord war schäumende Gischt, Edvard lief hinter dem Großvater her, um zu sehen, welchen Schaden er dem Vater in einem Brief berichten konnte. Sie hatten zwei Boote im Bootshaus, einen gewöhnlichen Vierriemer sowie das große Achtriemenboot, das seit mehreren Generationen in der Familie war. Aber als sie zum Bootshaus kamen, sahen sie, daß der Sturm nicht nur die Türen aufgerissen hatte. Das Unwetter hatte so getobt, daß zwei Dachsparren zerbrochen waren, Steine und Erde waren in den Rumpf des Achtriemers gestürzt und hatten eine Planke zerbrochen. Er stand neben dem Großvater, betrachtete das Boot und wußte sofort, daß der Großvater es nie mehr reparieren würde. Der Vater hatte kein Talent für so etwas, und er selbst? Was war mit ihm? War er einer, der Boote reparieren könnte?

Es war, als rücke eine lange Reihe toter Verwandter an, die ihn anstarrten und beschuldigten, die Verantwortung nicht übernehmen, die Last nicht tragen, das Erbe nicht annehmen zu wollen. Nachts umstanden sie sein Bett, und der erste unter ihnen war der Geigenbauer Lars Olsen Hoem, er hatte grüne Augen und eine Stimme wie Donnergrollen.

»*Du* sollst den Achtriemer reparieren, Junge!« sagte der Lars, »tust du es nicht, wirst du im Höllenfeuer brennen!«

»Du hast Hoem selbst verlassen«, sagte der Hoferbe, »du wolltest auch nicht hier sein!«

»Ich war nicht Hoferbe!« donnerte der Fiedelbauer, und die Berge drüben wiederholten seine Worte: Hoferbe, Hoferbe!

Am folgenden Tag gingen der Großvater und er mit einem Stück Wellblech zum Bootshaus, um es gegen Feuchtigkeit und Regen abzudecken. Das Prachtboot der Familie, das zahllose Male, mit Mehl und Kartoffeln beladen, auf dem Weg zum Fischerdorf Bjørnsund den Herbststürmen getrotzt hatte, würde nie mehr mit dem Großvater an Bord die Wellen des Frænfjords durchpflügen, zwischen den beiden Bergen hindurch, dem Gjendemsfjell im Süden, dem Skalten im Norden. Der Großvater sagte: »Wir müssen hören, was dein Vater unternehmen will.« Er befestigte das Wellblech mit ein paar Latten auf dem Dach, zog die Bootstüren zu, zurrte, nagelte und sicherte, bis alles winterfest war. Dann nahm er den Sohnessohn bei der Hand. Vornübergebeugt gingen sie gegen den Wind nach Hause, und der alte Mann sah etwas. Er blickte in eine andere Welt, aber ob es Jugenderinnerungen waren, die ihm vor dem inneren Auge standen, oder die kommende Herrlichkeit des Himmelreichs, konnte der Hoferbe nicht wissen.

Der Hoferbe wurde losgeschickt, Weihnachtshefte zu verkaufen, die in großen Paketen von der Inneren Mission Romsdal gekommen waren. Niemand in Bakken hatte um die Weihnachtshefte gebeten, aber der Absender rechnete offenbar damit, daß Laienprediger Knut dafür sorgen würde, daß sie unter die Leute kamen, auch wenn er selbst nicht zu Hause war.

»Da mußt eben du mit ihnen von Haus zu Haus rumgehen«, sagte die Mutter. »Sonst bleiben sie liegen, und dann wollen sie das Geld von uns!«

Es war der erste Morgen, an dem er sich allein anzog. Die Mutter hatte so viel zu tun, daß sie keine Zeit gehabt hatte, ihm etwas beizubringen, was er schon längst hätte können müssen. Sie zog die Kinder an, eins nach dem anderen, in rasender Geschwindigkeit, als stehe sie an einem Fließband, und während sie frühstückten, lief sie in den Stall. Jetzt sollte er Weihnachtshefte verkaufen gehen, aber in mehreren Häusern schimpfte man ihn aus, er komme viel zu früh.

»Wenn du das Weihnachtsheft jetzt schon anschleppst, haben wir es lange vor Weihnachten ausgelesen!« Ja, aber womit soll sich denn ein kleiner Junge beschäftigen, wenn es *immer noch* ein ganzes Jahr dauert, bis er mit der Schule anfangen darf!

Als er von der Weihnachtsheftrunde heimkam, stand der Großvater vor dem Haus und stritt sich mit dem nächsten Nachbarn, der auf den Namen Eliassen hörte. Der Streit ging um eine Kätzchenweide, die auf der Grenze zwischen den beiden Höfen aufgeschossen war. Jetzt wollte Edvard Eliassen sie abhacken, während Edvard Knutsen meinte, sie schütze vor dem Wind. An diesem Tag, an dem man ihn wegen der Weihnachtshefte aufzog und die Nachbarn sich stritten, gewann der Hoferbpfarrer sein Dorf nicht lieber. Unter was für Menschen wuchs er eigentlich auf?

»Dir geht es nicht gut«, rief der Nachbar dem Großvater zu, »solange nicht das ganze Dorf nach deiner Pfeife tanzt! Aber bald sind auch deine Knie zu krumm, um noch den großen Max zu markieren, Edvard Knutsen!«

»Und du, Edvard Eliassen«, rief der Großvater, »warst immer mürrisch und störrisch, du konntest nie mit jemandem Frieden halten!«

»Bald siebzig Jahre neben dir zu wohnen, das war vergeudete Nachbarschaft!« rief der andere. »Da gab es nicht viel Freude! Aber jetzt reicht es mir. Du brauchst nicht zu glauben, daß ich noch ein Wort mit dir rede, solange ich lebe!«

»Verlaß dich drauf!« rief der Großvater, »von mir hörst du auch nichts mehr.«

»Da haben wir zum letztenmal miteinander geredet, Edvard Knutsen!«

»Genau, dann also Lebwohl, Edvard Eliassen!«

Sie entfernten sich ein Stück voneinander, dann wandten sich beide wie auf ein Zeichen um und beschimpften sich weiter. Ein Zeitlang sah es düster aus, aber vor Weihnachten redeten sie wieder miteinander, als wäre nichts geschehen.

Der Vater kam nach Hause. Er rief nicht immer vorher an, sondern kam mit dem Abendbus aus Molde, öffnete vorsichtig die Tür, um die Kleinen zu überraschen, und ließ gelbe Apfelsinen in die Küche hineinrollen, als Wiedergutmachung dafür, daß er so lange von ihnen fortgewesen war. Der Hoferbpfarrer ging mit seinem Vater zum Bootshaus. Der Vater stand vor der versperrten Tür und machte nicht einmal den Versuch, hineinzugelangen und nachzusehen, wie groß der Schaden am Achtriemer war. Er rüttelte am Türriegel, konstatierte, daß er ganz fest saß, und blieb kurz in Gedanken versunken stehen, bevor er ja, ja sagte und langsam zum Hof zurückging.

Von einem Fischergeschlecht waren nur Menschenfischer übriggeblieben, und mit Hilfe solcher Wörter versuchte der Hoferbpfarrer zu verstehen, was vor seinen Augen geschah. Das Reich Gottes wurde bestellt, die Bewirtschaftung des Hofes versäumt. Das Bootshaus und die Boote verfielen, während die beiden Männer in Bakken darüber redeten, wie das Bethaus fertig werden sollte. Ihre größte Sorge galt dem Meer des Lebens und Gottes Acker, der zur Ernte bereitsteht, denn bald wird der Herr der Ernte kommen und die Frucht säen. Einen endlosen Spätwinter lang redeten sie über das Bethaus und nichts als das Bethaus, während sich die Sonne hinter dem Gjendemsfjell versteckte und die Mutter zum sechstenmal dick und schwer wurde. Am Abend des fünften April kam im Wohnhaus von Bakken Sohn Nummer fünf zur Welt. »Gott will, daß hier auf Hoem nur Jungen geboren werden«, sagte die Hebamme. »Denn hier ist das Klima so rauh, daß nichts anderes gedeiht. Seht euch die Mädchen an – die haben auch etwas von Jungen! Jetzt hol deine Bibel, Knut Hoem, und danke Gott, daß er dich mit noch einem gesunden Kind gesegnet hat!«

»Ja, das werde ich tun«, sagte der Laienprediger, und dann tat er es. Das Schneehaus, an dem er zusammen mit den ältesten Jungen gebaut hatte, um sie während der Geburt vom Haus fernzuhalten, wurde nie fertig.

Aber kaum war der letzte Schnee verschwunden, gingen sie daran, in Indre Hoem das Fundament für das Bethaus auszuheben. Es war eine ganze Mannschaft von »Freunden«, die sich an der Arbeit beteiligte, und während der Großvater beim Geldsammeln die treibende Kraft gewesen war, übernahmen beim eigentlichen Bauen andere die größte Last. Sie gruben auf dem Grundstück ein großes Loch und holten viele Pferdefuhren Schotter, den sie hineinschütteten. Vom Genossenschaftsladen Romsdal kamen Berge von Zementsäcken, und der Bauleiter Sandblåst, der erst wenige Jahre zuvor ins Dorf gezogen war, mischte, ganz zu seinem Namen passend, den Sand wie im Sturm mit dem Zement. Die Zementmischung wurde über den Schotter geschippt und glatt gestrichen. Da war es Zeit für die Frühjahrsbestellung, darum hörten die Arbeiten erst einmal auf. Aber als die Kartoffeln in der Erde waren und es auf den kleinen Getreideäckern grün zu schimmern begann, gingen sie daran, die Wände hochzuziehen, ein sichtbares Zeichen des unsichtbaren Reiches! Sandblåst legte Stein auf Stein für ein Neues Jerusalem. Der fünfundsiebzigjährige Edvard Knutsen hatte gehofft, daß das Gebäude zu seinem Geburtstag am 17. Juni fertig sein würde, aber da hatte er es zu eilig gehabt, denn für das Auge des Herrn sind tausend Jahre wie ein Tag! Über die Baupläne gebeugt, führten die vier, fünf Männer eine hitzige Diskussion darüber, wohin der Ofen sollte. Irgendwie stimmte das nicht! Da stand etwas in winzig kleiner Schrift, was sie nicht entziffern konnten.

»Wartet mal, da ist doch unser Edvardbub. Der hat ja Augen im Kopf, und lesen kann er seit Jahren. Jetzt wollen wir sehen, was er kann!«

Ja, er sah. Da stand »Ofen in Nische«. Er wußte nicht, ob er das sagen sollte, denn er kannte das Wort Nische nicht, und wenn er etwas Falsches sagte, würden sie lachen. »Also, mein Junge, was steht da? Hast du die Sprache verloren, oder hast du die Buchstaben wieder *vergessen*?«

»Da steht Ofen in Nische«, sagte er leise. Ach, das hätten sie sich denken können! So ein makelloser Entwurf, er sollte in einer Nische stehen! Da stieß man nicht so leicht dagegen, wenn kräftig eingeheizt wurde und der Raum voller Menschen war! Er war ein makelloser Bub, er konnte seinem Großvater Augen geben, und der wiederholte seine wohlbekannte Sentenz, daß »der da zwölf wird, wenn ich achtzig werde«. Umgehend mauerten sie eine Nische an die Brandmauer, fast zwei Meter hoch.

Er ging heim, Hand in Hand mit dem Großvater, der sich gar nicht darüber beruhigen konnte, daß ein Ofen in einer Nische genau das richtige war für ein Bethaus.

Aber der Hoferbpfarrer war so groß geworden, daß er sich zu fragen traute, was sie mit dem schönen Haus wollten, wenn sie zu wenig Geld hatten, um das Scheunendach und das Bootshaus zu reparieren. Konnten die Versammlungen und Feste nicht wie bisher in der Schule abgehalten werden, bei den meisten Zusammenkünften war das nicht zu eng. Der Großvater war fast böse, weil der Hoferbe sein Lebenswerk nicht verstand.

Aber der Junge ließ sich von dem barschen Brummen nicht schrecken. »Die Leute sagen, daß ein Gemeindehaus besser wäre!« piepste er. »Weil man das für alle Versammlungen benutzen könnte, für den Bauernverband und auch für andere Vereine.«

»Ja, ja, das sagen sie!« knurrte der Großvater. »Das sind die, die nicht eine Krone gegeben haben, seit wir neunzehnneunzehn angefangen haben, Geld zu sammeln! Vielleicht soll es da abends auch noch Tanz und Remmidemmi geben? Jedes Haus hat seinen Zweck! Was würdest du sagen, wenn wir Kühe ins Haus holten?« (O nein, nein.) »So wollen sie es nämlich machen, die, die ein Gemeindehaus wollen.« (O!) »Nein, jedes Haus hat seinen Zweck, und ein Bethaus ist zum Beten da, das sagt schon das Wort.«

Der Hoferbpfarrer fragte nicht weiter, er begriff, daß der alte Bauer und Fischer aus der Glanzzeit des Fischfangs an dieser Küste für die Zeit, die ihm noch blieb, ganz und gar Menschenfischer geworden war. Wie sie da gingen, ahnte er den innigen Wunsch des Großvaters, daß er, der Hoferbe, einmal für dieses Gotteshaus sorgen werde, das der Großvater erbaute, sorgen werde dafür, daß das Dach niemals einstürzte wie beim Bootshaus. Auf dem Schotterweg, den sie in Richtung Ytre Hoem gingen, lag die Abendsonne, und der Großvater rezitierte ein Gedicht, das er einmal gehört und so abgeändert hatte, daß es zu seinem Lebenswerk paßte:

Mein Ruf geht zu Ende,
Die Schulden streich aus!
Schenk Hoem die erlösende
Hoffnung in Deinem Haus.

Der Goldjunge

Dann war die unerträgliche erste Kindheit zu Ende, er sollte endlich zu Schule gehen dürfen. Er wußte, daß die Lehrerin in Hoem darüber Bescheid wußte, daß er fehlerfrei Bücher lesen konnte, und sie hatte durchblicken lassen, daß der Hoferbpfarrer mit der Schule anfangen könne, wann immer er wolle. Aber der Vater meinte, es werde nichts Gutes dabei herauskommen, wenn er bevorzugt werde, und entschied, daß er mit »den anderen« gehen solle. Der Hoferbpfarrer protestierte nicht dagegen, fand aber das Warten lang. Jetzt würde er endlich in *Ein Neues Leben* in dem rotgestrichenen, torfgedeckten Häuschen in Indre Hoem eingelassen werden, wo die Lehrerin Inga Moen Kvalsnes, oder »die Moen«, wie sie sie spöttisch nannten, weil sie an ihrem Mädchennamen festhielt, mit harter Hand über Kümilands Geistesleben herrschte. Das hatte sie seit bald vierzig Jahren getan. Das halbe Dorf zerpflückte mit Eifer alles, was die Gnädige sagte und tat, aber sobald sie in einer Versammlung auftauchte, wurde es mucksmäuschenstill. Frauen grüßten ehrerbietig, Männer und Buben rissen sich die Mütze vom Kopf. Man mußte sehr alt sein, um sie nicht als Lehrerin gehabt zu haben, daher wußte sie von jedem einzelnen, was er im Kopf hatte, und konnte Leute daran erinnern, mit welchen Noten sie von der Volksschule abgegangen waren, wenn sie sich zu sehr aufspielten.

Auf gewisse Weise waren die Kümiländer froh über die Inga, auch wenn sie sagten, daß sie die Schule wie eine Kaserne führte. Die wichtigsten Männer im Dorf gaben zu, daß sie bei ihr viel gelernt hatten, was ihnen später im Leben genutzt habe, und an dem Tag, als sie ihren Abschied nahm, wurde sie eine Heilige. Dem Hoferbpfarrer schien es, als habe die Moen eine Ordnung in die Schule gebracht, von der nicht viel zu spüren gewesen war, seit der Violinenbauer sein Heimatdorf im Stich gelassen hatte und in den Krieg gezogen war. Aber obwohl es im neunzehnten Jahrhundert Lehrer gab, über die auch später noch gut gesprochen wurde, kommt kein Chronist daran vorbei, daß in den achtzig Jahren, in denen das Dorf eine eigene Schule hatte, die Inga die Lehrerin aller Lehrer, die Schulmeisterin aller Schulmeister war.

Als er endlich zur Schule gehen durfte, hatte der Hoferbpfarrer seine Erwartungen so hochgeschraubt, daß das nicht gut gehen konnte. An einem sonnigen Augustmorgen saßen die Kinder von Krekjen und Vågøy vor dem Haus in Bakken und warteten auf ihn. Das war einer der Tage, an denen er sich wie ein normales Kind fühlte und über das Normale glücklich war. Seine normale Mutter hatte ein normales Pausenbrot eingepackt, mit selbstgebackenem Brot und braunem Käse, und eine normale Flasche Milch in den blauen Ranzen gelegt. »Die Buben blaue, die Mädchen rote, so soll es sein«, sagte sie, und deutete auf seinen Ranzen und den eines Mädchens aus Krekjen, die auch in die erste Klasse gehen würde. Später dachte er, daß die Mutter das nicht hätte sagen sollen, denn es gab mehrere Kinder, die braune und schwarze alte Taschen hatten, und er bildete sich ein, daß sie wegen dieser unschuldigen Bemerkung böse auf ihn wurden. Er glaubte, daß er den Kreislauf verließ, als sie an diesem Tag nach Indre Hoem hinübergingen. Die Lehrerin verteilt die ABC-Fibeln, Hefte und Bleistifte. Auch die anderen Erstklässler konnten schon ein wenig lesen, er war nicht der einzige. Es empörte ihn, daß sie als Hausaufgabe nur zwei Seiten aufbekamen, die sie üben sollten, denn auf diesen beiden Seiten standen zusammengenommen nur vier Wörter, und das waren BA, BU, BÆ und BØ. Was sollte er denn damit? Sie saßen mit den Kindern der zweiten und dritten Klasse zusammen, die hatten Rechnen und Bibelgeschichte, während die Erstkläßler Buchstabenschreiben lernten. »Seht, wie der Edvard es macht!« sagte die Lehrerin und zeigte sein Heft. Die anderen mußten es sich ansehen, aber sie fanden es wohl nicht besonders lustig, zu sehen, wie tüchtig er war. Als er nach Hause kam, beschwerte er sich über die Hausaufgaben, er fühlte sich wie ein Idiot, dazusitzen und BA, BU, BÆ und BØ zu sagen, er versuchte es vor und zurück und hatte Spaß daran, AB! UB! ØB! und ÆB! zu sagen. Dann gab es nichts mehr zu lernen, und bis zum nächsten Schultag war es unendlich lang.

»Das wird schon noch mehr, du mußt Geduld haben!« sagte die Mutter, aber es beleidigte ihn, daß er Laute wie ein Säugling machen sollte. Die Lehrerin gab schon am dritten oder vierten Tag auf, sie überließ ihm neben der ABC-Fibel ein Lesebuch, das die größeren Schüler hatten, darin sollte er lesen, während sie die Erstkläßler abhörte. Das las er wie nichts. Wie sollte das werden? Er wollte mit Kirchenliedern anfangen, um bei den Kindern der zweiten und dritten Klasse mitmachen zu können. Das Gesangbuch hatte, wie allgemein bekannt, 886 Einträge, es galt also, schnellstens in Gang zu kommen. Aber die Lehrerin stand im Ruf, beim Auswendiglernen der Lieder zu streng zu sein, und manche Eltern meuterten, indem sie behaupteten, Liederauswendiglernen stehe nicht mehr auf dem Lehrplan. Daher durfte er nur Kirchenlieder lernen, wenn er in eine Gruppe kam, die ganz allein aus ihm bestand. Sie mache Unterschiede, sagten da die anderen, er sei ihr Goldjunge, er hebe die ganze Zeit die Hand und widerspreche ihr nie. Er schreibe Schreibhefte mit kleinen Buchstaben voll, und die Lehrerin habe ihm schon nach ein paar

Wochen Feder und Tintenfaß gegeben, so daß sie zu fast nichts anderem mehr komme, als seine Hefte durchzusehen und auf jede Seite eine große »1« zu schreiben.

In der ersten Zeit war es dennoch, als sei er einer von vielen, und er begriff nicht, daß die ständige Demonstration seiner Tüchtigkeit die anderen ärgerte. Eine ganze Schar aus Ytre Hoem wartete vor dem Bakken-Haus, während die Mutter in rasender Geschwindigkeit sein Pausenbrot machte. Sie hatte ja noch vier kleine Kinder, die Frühstück bekommen sollten. Obendrein hatte sich ein Großonkel aus Amerika angesagt, und bevor er kam, mußte überall aufgeräumt und geputzt werden. Und dann war er gar nicht hochnäsig, obwohl er doch so einen unermeßlichen Grundbesitz in Calgary hatte, daß ganz Hoem ihm wie ein Stückchen Wiese vorkommen mußte, sondern ging im Bakken-Haus von einem Zimmer ins nächste und sang dabei geistliche Lieder aus seiner Kindheit. Er fand es nicht bemerkenswert, daß der Hoferbe ein guter Schüler war, schließlich hatte es in *unserer family* schon immer viele sehr kluge Köpfe gegeben. Er selbst hatte auf seine alten Tage ein Geduldsspiel mit kleinen Stöpseln zum Patent angemeldet: Einen überspringen, den Übersprungenen wegnehmen! bis du nur noch einen hast, und der muß in der Mitte stehen! Dem Großvater fiel ein, daß er den Elektromotor vorführen müsse, aber auch der imponierte dem Bruder nicht sehr, er ging nur umher und sagte *well, well.* Zum Vater sagte der Amerika-Onkel, er solle sich nicht damit abplagen, den kargen Hoem-Boden zu bestellen. Wenn er statt dessen nach Amerika komme, könne er dort soviel Land haben, wie alle Höfe in Hoem zusammen hätten. Aber wenn Vater Gottes Wort verkünden wolle, dann könne er mit all seinen kleinen Kindern ebensogut in Norwegen bleiben, denn Gottes Wort werde hier ebenso gebraucht wie *over there*. Du,

Onkel Eilert, du, Onkel Eilert. Er war Großonkel von fünfzig Kindern, und als er abreiste, bekam jedes zehn Kronen, um damit nach Amerika zu kommen. Im Heimatdorf bei Molde gab es ein Abschiedstreffen für die Familie. Dorthin durfte der Hoferbpfarrer nicht mit, aber der Großvater kam mit Tränen in den Augen zurück und erzählte, daß sich die drei noch lebenden Geschwister zum letztenmal hier auf dieser Erde an den Händen gehalten und einander gelobt hätten, sich im Himmel wiederzusehen. Und dann sangen sie:

Brüder und Schwester, geschieden muß sein,
froh und gesegnet, geht nun jeder allein
von hier seiner eigenen Wege.

Und den Hoferben durchfuhr der Gedanke, daß vielleicht er der sein würde, der sich davonmachen und nach sechzig Jahren all die kleinen Geschwister wiedersehen würde. Worüber sollten sie dann reden? Sie, die nur in Hoem zusammen gewesen waren?

Dann ging er zur Schule, erzählte, daß er Geld geschenkt bekommen hatte, daß der Großonkel gesagt hatte, er könne Norwegenvertreter für das berühmte Geduldsspiel werden, und dachte nicht daran, daß ihn die Sonne offenbar recht ausgiebig beschien. Er wußte durchaus, daß die Lehrerin Unterschiede machte, aber er *war* doch gut in der Schule, oder? Ein paarmal merkte er in der Pause, daß die Drittkläßler hinter seinem Rücken irgend etwas sagten, und anfangs hielt er das nicht für möglich. Er glaubte, er habe Anspruch auf Respekt, weil er so hell im Kopf war. Aber nach ein paar Wochen warteten sie nicht mehr vor dem Bakken-Haus auf ihn, geschlossen gingen alle vorbei, so daß er hinterherlaufen mußte, und wenn er sie erreicht hatte, sprachen sie nicht mehr mit ihm. Er trug ein Paar Schuhe, die er erst im Mai zum Nationalfeiertag bekommen hatte, aber da er nun einmal war, wie er war, hatte er die guten Schuhe im Sommer ziemlich oft getragen. Daher waren die Spitzen abgestoßen, aber er fand, es seien gute Schuhe, bis einer aus der dritten Klasse auf sie deutete und alle anderen lachten. Er wollte gern wissen, worüber sie lachten, und sie lachten nicht über ihn, wirklich nicht!, aber worüber sie lachten, wollten sie nicht sagen. Danach ging er allein, verletzt und verwirrt. Konnte jemand ihn auslachen? War das möglich? Der als erster gelacht hatte, besaß nicht einmal richtig gute Schuhe, er ging immer in Stiefeln. Er war dumm genug, zu Hause zu erzählen, daß sie über seine Schuhe gelacht hatten, und der Vater, der nie auf jemanden böse war, kam heraus und schimpfte die aus, die ihn geärgert hatten. Das machte alles nur noch schlimmer. Von da an sprachen sie gar nicht mehr mit ihm. Es gab eine Abkürzung zur Schule durch ein Moor in Indre Hoem, so sparten sie eine Viertelstunde. Da nahmen die größeren Kinder die Kleinsten auf den Rücken, und die mit Stiefeln trugen die mit Schuhen. Aber der mit den angestoßenen Schuhspitzen mußte den ganzen Weg drumherum allein gehen und kam gerade noch rechtzeitig, als Inga Moen das Morgenlied anstimmte. Was hätte sie gesagt, wenn er eine Minute zu spät gekommen wäre? Der Gedanke machte ihm furchtbare Angst, danach ging er allein und früher als die anderen. Nach einem Monat in der Schule fragte ihn die Lehrerin, ob er mit den Drittkläßlern Unterricht in Bibelgeschichte haben wolle, das wollte er selbstverständlich, sollten die anderen doch Schnörkel malen und Ornamente zeichnen. Wie die Kinder der höheren Klassen stand er vom Pult auf und erzählte mit eigenen Worten vom zwölfjährigen Jesus im Tempel, wobei ihm klar war, wieviel er selbst noch lernen mußte, bevor er so alt sein würde. Er lebte sich so in diese Welt ein, daß er es zu einer Kunst machte, den Text auf Punkt und Komma auswendig zu können, außer daß er das Neunorwegische des Buches in seinen eigenen Dialekt übersetzte. Er hatte begriffen, daß es gefährlich war, seine Hausaufgaben so gut zu können, aber er wollte lieber allein gehen als das Lesen aufgeben. Etwas später im Herbst waren einige bereit, ihn wieder in die Gruppe aufzunehmen, aber die Angst saß ihm fest im Nacken, und er führte einen unsichtbaren kleinen Abstand ein, so daß es ihm nicht allzu weh tun würde, falls sie sich noch einmal von ihm abwenden sollten.

Die Hausaufgaben wurden zu läppisch, lange vor Weihnachten hatte er das Rechenbuch durchgerechnet, das für das ganze Jahr hätte reichen sollen. Wenn er nicht auch am Unterricht der zweiten und dritten Klasse hätte teilnehmen können, wäre es eine schlimme Zeit geworden. Aber von allen Seiten erklangen Liedtexte, und in Lesebüchern für drei verschiedene Klassen standen viele verschiedene Geschichten. Er spielte mit den Kindern vom Lindsethof, die nie mitgemacht hatten, wenn die anderen ihn schnitten, und versuchte ständig, einer von vielen zu sein, aber im tiefsten Inneren war er nicht wirklich dabei. Dann eröffnete sich ihm eine neue Schatzkammer. Im Materialraum der Hoemschule gab es eine kleine Schulbibliothek mit zweihundert Kinderbüchern für die unterschiedlichen Altersgruppen. Da standen vor allem die Kinderbuchklassiker auf Neunorwegisch: Robinson Kruso, wie er, ganz ins Norwegische gebracht, hieß, Die Schatzinsel, Der geheime Garten. Die Abende wurden lang und dunkel, und er saß wie angewurzelt am Küchentisch, während die jüngeren Geschwister um ihn herum Krach machten. Er las sich in einen Garten auf einem englischen Gut hinein, vor langer Zeit, deutlich konnte er den verschwundenen Schlüssel vor sich sehen, den ein Vogel aus der Erde pickte, damit der kränkliche Junge den Garten finden und gesund werden konnte. Wie immer wollte Inga Moen am dritten Weihnachtstag in der Hoemschule eine Weihnachtsfeier veranstalten, und er bekam seinen ersten öffentlichen Auftrag. Er sollte aus einem Weihnachtsheft eine Geschichte über einen Jungen vorlesen dürfen, der womöglich noch lieber und tüchtiger war als er selbst. Er war außer sich vor Freude, lernte die Geschichte auswendig und wartete schwindlig vor Freude und Erwartung, als Erwachsene und Kinder von Hoem sich bei der Feier an den Händen faßten und in großen Kreisen um den Weihnachtsbaum gingen, der mitten im Klassenzimmer stand, aus dem die Pulte fortgeräumt worden waren. Es war ein Kreis, der immer weiter wurde, bis er die ganze Welt umfaßte, ja zum Schluß war es gerade so, als gingen sie auf den Feldern von Bethlehem, unter einem hellen Mondhimmel, während die Engel sangen.

Er sollte nach der Pause lesen, in der Smørbrød und heiße Schokolade serviert wurden, und er wollte sich noch rasch hinausschleichen und pinkeln. Selbst Hoferbpfarrer kann es jäh überkommen, daß sie Wasser lassen müssen, es mußte nur so unauffällig wie möglich vor sich gehen. Vielleicht lag es am großen Vorlesen, daß er plötzlich mußte. Jedenfalls erledigte er das. Aber auf dem Rückweg kam er in ernsten Streit mit einem Gleichaltrigen, der ihm das Wort Goldjunge hinterherrief. Er antwortete sicher ziemlich hochmütig und großmäulig, woraufhin er einen solchen Schlag auf die Nase bekam, daß der Schmerz in ihm explodierte. Das Blut schoß ihm aus der Nase, und er weinte, nicht nur weil es weh tat, sondern weil er Angst hatte, daß man ihn nicht lesen lassen würde. Es entstand ein kleiner Aufruhr, als er zu seiner Mutter hineinstürzte. Die Lehrerin war wütend auf den Sünder. Aber es gab auch ein paar, die brummten, da sehe man, wohin es führe, wenn aus einer Gruppe Kinder einzelne hervorgehoben und bevorzugt würden. Die Lehrerin wurde bleich, weil das Programm durcheinandergeriet. Jetzt mußte sie einiges umstellen, bis der Hoferbpfarrer sich erholt hatte. Aber zum Schluß stand er oben auf dem Podest. Er versprach sich kein einziges Mal, denn er war zornig und wollte eine Art Rache nehmen. Es war nicht ausgemacht, daß er länger als nötig an einem Ort bleiben würde, wo Leute geschlagen wurden, die bei der Weihnachtsfeier laut vorlesen konnten.

Der fliegende Händler

Es war Hochsommer und um die Mittagszeit. Das Gras stand dicht und grün bis an die bleiche Schotterstraße, die sich durch die Gemeinde schlängelte. Insekten summten über dem Lieschgras. Die Sonnenwärme trieb in großen Wellen zum Meer hin, über die Rinderherde, die auf der Weide vor sich hindämmerte, über große und kleine Menschen, die auf den sanft abfallenden Wiesen an langen Heureitern schwitzten.

Am Ende des Gestells hatte sein Vater eine Milchkanne voll Sauermilch versteckt, ein Getränk, das dem Hoferben unter keinen Umständen über die Lippen gekommen wäre, aber der Vater schenkte sich oft eine Tasse ein und erging sich dann, laut und an niemanden im besonderen gerichtet, darüber, wie wunderbar das Leben doch für den sei, der Sauermilch trinken könne. Zwischen Stangen aus frischen Haselruten, die er in die Erde rammte, spannte er Stahldraht, die Drahtschlaufen legte er um die Stangen, zog sie stramm und sang dabei. Die Mutter und die Kinderschar harkten hinter dem Heuwender, der riesige Räder hatte und von Perle gezogen wurde, das Gras zusammen. Es war des Sommers sorgloser Fingerzeig auf alles, was nicht von Dauer war. Weit fort waren Winter, Tod und Kommunismus. Alles war hell und rein, und es roch stark, da war der Honigduft der Wiesenblumen, vom Klee, der tief im Gras wuchs, und der scharfe Schweißgeruch von Menschen bei der Arbeit.

Und genau da kam er die Landstraße entlang und brachte Unruhe in den Tag, der fliegende Händler oder Buchverkäufer, eine alljährliche Heimsuchung mit Sunnmøredialekt, in jeder Hand einen Koffer voller Bücher. Kein anderer war so verrückt, sich mit Regenmantel und Hut durch die pralle Sonne zu schleppen, daher war er es, kein Zweifel, sie erkannten ihn auch an dem kurzen Lockruf, den er etwa alle fünfzig Meter ausstieß: »Woallallajoo! Woallallajoo!« Er sang, um sich bemerkbar zu machen oder um auf seiner trostlosen Wanderung von Weiler zu Weiler den Lebensmut nicht zu verlieren.

»O je, da ist er wieder«, sagte die Mutter, obwohl es ein Jahr her sein mußte, seit sie ihn zuletzt gesehen hatten. »Wir wollen nichts, hörst du, Knut! Er kann nicht kommen und die Leute so von der Arbeit abhalten!«

Aber er kam näher, das ließ sich nicht verhindern. »Woallallajoo!« Er bog mit seiner schweren Last in den Weg zum Hof ein, gleich darauf war er da und grüßte. Da wird man ja wohl auch Guten Tag sagen müssen, oder? Er stellte die Koffer auf den Boden und warf sich lang hin.

»Ich habe einen ganz unmenschlich trockenen Hals«, klagte er.

Die Mutter sah den Vater an, aber der holte die Kanne mit der Sauermilch und eine Tasse. Der Händler winkte die Tasse beiseite, setzte statt dessen die Kanne an den Mund und leerte sie. Während ihm die Milch in den Hals lief, hüpfte sein großer, behaarter Adamsapfel auf und ab. Die Bakken-Kinder rannten hinter einen Heureiter, dort beugten sie sich vornüber und zeigten einander, wie nahe sie dran waren, sich zu übergeben. »Der alte, eklige Mann trinkt aus unserer Sauermilchkanne!« Aus dieser Kanne würde keiner mehr Milch trinken, egal wie oft sie ausgewaschen wurde!

Der Händler war seit dem frühen Morgen gelaufen, erst von Aureose nach Indre Hoem, dann von Indre Hoem hierher. Die Mutter sagte: »Wir wollen nichts, und wir haben auch kein Geld.« »Sind Sie denn immer ohne Geld?« wunderte sich der Buchverkäufer, »im letzten Jahr haben Sie auch gesagt, daß Sie kein Geld haben!«

»In diesem Jahr ist es wahr«, sagte die Mutter.

Der Vater sagte, jetzt hätten sie auf jeden Fall keine Zeit, sich Bücher anzusehen, vor dem Abendessen müßten alle Gestelle voll Gras hängen. Aber die Koffer standen da. Der Hoferbe hätte trotzdem gern gesehen, welche Bücher es waren. Der Bücherverkäufer winkte die ältesten Kinder zu sich, und sie kamen vorsichtig näher. Hatten sie keine Lust zu wissen, was er hatte? Er legte die Hände auf die Schlösser, um sie zu öffnen, überlegte es sich dann plötzlich anders und stellte die Koffer fort. Nein, man solle ihm nur erlauben, sich ein wenig auszuruhen, solange er hier sei, auf gar keinen Fall wolle er jemanden ablenken, der im Schweiße seines Angesichts arbeite. Er streckte sich auf dem größten Grashaufen aus, ohne sich zuvor aus dem großen schwarzen Regenmantel zu schälen, blickte zum wolkenlosen Himmel hoch und atmete schwer: »Woallallajoo!« Um seinen Mund wurde die Sauermilch zu Schleim. Der Schweiß lief in schmutzigen Streifen von der Stirn. Die Augen waren geschlossen. Sogar in den weißen Haarstoppeln an den Schläfen hingen die Schweißtropfen dicht an dicht.

Die Kinder wurden zur Arbeit zurückgerufen. Die große Schwester, die jetzt mit der vierten Klasse fertig war, galt schon als volle Arbeitskraft. »Schick das dreckige Schwein fort«, murmelte sie.

Schließlich kam der Buchverkäufer wieder auf die Füße, grüßte und begann, sich den Hang zum Nordhof hinaufzuschleppen. Erst als er schon oben am Bauernhaus war, hörten sie wieder seinen Lockruf.

»Warum hast du ihm nicht gesagt, daß er nicht wiederkommen soll«, sagte die Mutter zum Vater.

»*So* kann man ja wohl nicht mit Leuten reden.«

»Ich will nicht, daß er hier herumlungert. Er ist nicht normal, er ist gefährlich für die Kinder!«

»Ja, ja.«

»Und wenn er fragt, ob er übernachten kann, schlägst du das glatt ab.«

»Ja, ja, noch hat er nicht gefragt!«

Der Händler kam zurück, als es still geworden war. Das Vieh war versorgt. Die Bucht von Ytre Hoem lag ruhig und glatt. Der Hoferbe wußte die ganze Zeit, daß der Händler zurückkommen würde. Der Mann war abscheulich, aber er hatte Bücher! Kaum waren die Eltern aus dem Stall zurück, klopfte es an der Tür. Herein kam der Händler, noch schmutziger und erbärmlicher als zuvor.

»Guten Abend.«

»Ja, guten Abend«, sagte der Vater als einziger.

»Hier bin ich wieder.«

»Ja, das sehe ich.«

»Sie haben sicher auf mich gewartet?«

Es wurde ganz still. Der Straßendreck klebte ihm im Gesicht. Die Leute sollten ihn bedauern und kaufen. Die Mutter pendelte auf ihrem Pfad zwischen Küchenschrank und Herd hin und her, sie bereitete das Abendessen zu. Sie stellte den Tisch mit Tassen, Tellern und Aufschnitt voll, damit er dort keinen Platz für seine Bücher haben würde. Aber der Händler wußte sich Rat.

»Der Boden ist frisch geputzt«, sagte er, »das sehe ich deutlich. «

»Und ich habe gedacht, daß ich ihn heute nicht noch einmal putzen muß«, sagte die Schwester, zwölf Jahre alt und wütend.

»Das ist so gut wie eine Vitrine für die Bücher«, sagte der

Buchverkäufer. Er kniete sich hin und öffnete die Koffer, dann nahm er ein Buch nach dem andern heraus, als seien es besondere Kostbarkeiten.

Es waren keine ansehnlichen Bücher, Hunderte von Händen hatten sie durchblättert, sie waren grau und fleckig. Der Vater konnte einfach keinen Menschen abweisen. Er zog den Stuhl hinüber, um sie sich anzusehen.

»Können Sie sie sehen, oder soll ich sie für Sie vom Boden aufheben?«

»Nein, nein, ich sehe gut!«

»Nun, dann sehen Sie sich alles in aller Ruhe an.«

»Mir scheint, das sind fast die gleichen Bücher, mit denen Sie letztes Jahr unterwegs waren«, sagte der Vater. Der Händler protestierte bekümmert:

»Da muß ich leider sagen, daß Sie völlig unrecht haben, Knut Hoem. Alles, was ich im Koffer habe, ist nagelneu.«

»Aber das hier ist schon zweiundfünfzig gedruckt«, sagte der Vater und blätterte zum Titelblatt.

»Sie wissen ebensogut wie ich«, sagte der Händler leise, »daß bei Büchern das Alter nicht das Entscheidende ist. Alles steht und fällt damit, ob es eine gute Seelennahrung für Erwachsene und Kinder ist.

Was wäre denn zum Beispiel mit dem Buch der Bücher, wenn man sich darüber beschweren wollte, daß es nicht erst vor einem oder zwei Jahren erschienen ist?«

»Die Bibel hat eine Sonderstellung«, sagte der Vater. »Darum wird sie Buch der Bücher genannt.«

Der Buchverkäufer wurde plötzlich ungeheuer müde. Er konnte kaum noch die Augen offenhalten. Ausnahmslos jedes Buch, das er im Koffer hatte, war in einem christlichen Verlag erschienen. Auch Romane konnten ein Weg sein, das

Evangelium zu verbreiten. »Sie haben es doch selbst gesehen, Knut Hoem, wenn Sie für die Innere Mission reisen, daß Sie an den Orten, die Sie besuchen, nicht in jedes Haus eingelassen werden. *Ich* hingegen komme ebenso zu den Gottesfürchtigen wie den Gottlosen, und die kaufen oft eine Erzählung nur zum Zeitvertreib, ohne höheres Ziel. Aber es kann passieren, daß sie die christlichen Geschichten lesen und plötzlich erkennen, daß sie Gnade brauchen. Das bringt sie dazu, das Evangelium hervorzuholen und einen Bibelvers zu lesen.« Wenn es aber so sei, daß sie in Bakken diesmal nichts kaufen wollten, werde Gottes Reich dadurch keinen Schaden nehmen, denn hier herrsche ja kein Mangel an Gnade. Außerdem wisse er, daß die wirklich guten Bücher mit *Gottes* Hilfe zu jenen Lesern fänden, die sie brauchten, also mit oder ohne den Buchverkäufer, mit und ohne sein unermüdliches Umherziehen. Letztendlich sei es doch eine höhere Macht als seine alten Beine, die die Botschaft verbreite. Hier unterbrach die Stimme des Hoferben und fragte, warum der Buchverkäufer denn dann überhaupt mitten im Sommer seine schweren Koffer herumschleppen müsse.

»Komm her, Junge, ich zeige dir etwas.«

Ihm wurde gesagt, er solle sich auf den Boden knien, und der Händler setzte sich neben ihn und legte ihm ein Buch in die Hände. Es handelte von dem Missionar Ansgar, der vor fast eintausend Jahren aus Deutschland zu uns in den hohen Norden gekommen war, um das Evangelium zu verkünden. Der Händler redete sich in Begeisterung. Beim Blättern steckte er den trocknen Finger in den Mund. Das war eklig, aber das Buch hatte Bilder von einem Mann auf Wanderschaft und einer Schar unförmiger Menschen, die Gottes Sendboten und Missionar erst nicht zuhören wollten.

»Kommt zum Essen!« Die Stimme der Mutter war wie

ein Peitschenschlag. Sie kommandierte Mann und Kinder zu Tisch. Der Buchverkäufer wurde vom Vater eingeladen, »und wo Sie im Haus sind, können Sie ja den Mantel ausziehen«.

»Und hier ist eine Waschschüssel, damit er sich das Gröbste abwaschen kann«, sagte die Mutter, schüttete Wasser hinein und legte ein Handtuch raus.

Gab es etwas, das ihn mehr erquickt hätte? Der Händler streckte die Hände in die Waschschüssel, ließ sich Wasser über das Gesicht laufen und seifte sich die Hände ein. Er steckte die Finger in die behaarten Ohren und drehte sie. Das Seifenwasser spritzte auf den Boden. Die Kinder machten einander deutliche Zeichen, wie eklig das war. Das war zum Kotzen. Der Vater sagte, sie sollten still sein, und dann setzten sie sich nebeneinander auf die lange Bank, die der Schreiner in Storvika gemacht hatte, damit in Bakken alle zusammen am Eßtisch Platz haben würden. Mit dem Jüngsten waren sie jetzt zu acht, obwohl der Großvater und die Großmutter einen eigenen Haushalt führten. Mit dem Buchverkäufer waren sie also zu neunt, bis die Schwester aus der Tür rannte. Sie wolle kein Abendessen, sie würde keinen Bissen herunterbekommen, sagte sie.

»In Jesu Namen«, sagte der Vater.

Der Buchverkäufer stürzte sich auf das Essen wie ein Wolf. Seine Pranken griffen nach den Scheiben des frischgebackenen Brotes, das die Mutter aus dem Ofen geholt hatte. Mit einer zu hastigen Bewegung strich das Messer eine dicke Butterschicht darauf. Dann nahm er sich das Marmeladenglas vor, und noch bevor der Kaffee ausgeschenkt war, führte er mit zitternder Hand die dicke Scheibe zum Mund und schob sie hinein.

Der Hoferbe bekam nichts herunter. Auf dem Fußboden lagen die Bücher, sie loderten. Er hätte gern das über Ansgar gehabt, wagte aber nicht zu fragen, ob er es bekommen könne. Der Händler fragte, ob es nicht lange her sei, seit es in Hoem und Umgebung eine Erweckung gegeben habe. Der Vater antwortete vage. Er war vielleicht nicht überzeugt, daß der Händler selbst erweckt war. Aber bald würde das Bethaus fertig sein. Es sollte im nächsten Sommer eingeweiht werden. Der Buchverkäufer meinte, das Evangelium werde im stillen wachsen, nicht wegen eines Bethauses, das gebaut wurde, sondern wegen all der guten Bücher, die er an diesem Tag bei den Leuten gelassen hatte.

»Bücher können für vieles nützlich sein, selbst wenn sie nicht zur Erlösung führen«, sagte der Vater. »Sie können uns erzählen, wie das Leben auf der Welt ist, auch wenn sie nicht direkt ins Reich Gottes, unsere ewige Heimat weisen.« Der Buchhändler saß da, die Augen halb geschlossen, und sprach betrübt. »Sie sind ein gescheiter und vernünftiger Mensch, Knut Hoem, aber ich bin mir nicht sicher, ob Sie so viel von Literatur verstehen.«

Ach, das war ungerecht gegen Vater, der selbst Geschichten für die Weihnachtshefte geschrieben hatte, ja von dem in der Lokalzeitung und in christlichen Blättern schon ein paarmal Gedichte erschienen waren. Er hatte sogar eine ganze Gedichtsammlung an den großen Gyldendalverlag in Oslo geschickt, bevor der Krieg kam und alles kaputtmachte. Warum sagte der Vater nicht, daß er selbst ein kleiner Dichter war?

»Das Problem mit den meisten weltlichen Romanen«, sagte der Vater, »ist, daß sie nicht dem Kreuz folgen.«

»Wer hat das gesagt?«

»Hier zitiere ich jetzt Hallesby.«

Professor Ole Hallesby war der ungekrönte König der Christen in Hoem ebenso wie im Distrikt Frænen, sogar in Oslo, ja er war der größte Prediger von ganz Norwegen! Und seine Worte waren ja bewiesen, da mußte man nur an *Der Rote Rubin* von diesem Agnar Mykle denken!

»Meine Bücher stehen auf christlichem Fundament«, wiederholte der Buchhändler hartnäckig, »sie sind ausnahmslos in streng christlichen Verlagen erschienen.«

»Was die christliche Literatur angeht«, sagte der Vater unbeirrt, »da ist das Problem eher ein anderes. Sie ist oft nicht *realistisch* genug.«

»Was soll das denn heißen?«

»Daß man in solchen Büchern oft lesen kann«, sagte der Vater, »daß die Menschen sowohl *Gott* als auch *einander* finden, aber es macht keinen guten Eindruck. Denn nach dem Lesen hat man das Gefühl, daß die Menschen in den Büchern Gott und einander *leichter* finden als im wahren Leben! Das Leben ist ein endloser Kampf, und die christliche Literatur sollte es nicht einfacher machen, als es ist. Denn wenn das Menschenleben zwischen zwei Buchdeckeln als eitel Glück und Sonnenschein geschildert wird, *lernt* man nichts aus Büchern und steht ganz unvorbereitet da, wenn die großen Stürme kommen.«

»Sie sind ein furchtbar kluger und vernünftiger Mann, Knut Hoem«, sagte der Buchverkäufer, »aber ich glaube nicht, daß Sie viel von Büchern verstehen.«

Die Mutter ging herum wie ein aufziehendes Unwetter und achtete darauf, daß die Kinder aßen. Jetzt war Abend. Alle sollten sich schlafen legen. Sie machte dem Vater Zeichen, daß er dem Mann nicht anbieten dürfe zu übernachten. Aber der Buchverkäufer hatte sich schon längst heimisch gemacht. Er zog die Schuhe aus, um die Zehen zu lüften, wie er sagte, und der Gestank war furchtbar. Mutter deckte den Tisch ab, und er legte seine Bücher darauf, damit Vater sie genauer anschauen konnte.

»Vergiß nicht, daß die Kälber noch gefüttert werden müssen«, sagte die Mutter zum Vater.

»Wollen Sie sich die Bücher nicht auch ansehen, Kristine Hoem?« fragt der Händler.

»Was glauben Sie, wann ich zuletzt Zeit hatte, in ein Buch zu gucken? Ich schaffe es nicht einmal, die Zeitung zu lesen.«

Aber der Vater saß und blätterte.

Als Edvard am nächsten Morgen vom Brummen eines Miettraktors geweckt wurde, der das große Wiesenstück unterhalb der Scheune mähte, war der Buchverkäufer verschwunden. Auf dem Tisch lag ein Buch als Dank für die Unterkunft. Es war die Geschichte von Ansgar, dem Apostel des Nordens. Erst als die Eltern zu Mittag schliefen, konnte er anfangen zu lesen. Aber am Abend ging er allein am felsigen Ufer entlang und kämpfte mit einem neuen Gedanken: Wenn er Missionar würde, könnte er das Dorf verlassen, ohne Gottes Reich zu verlassen.

Die geheime Sprache

»Ich glaube, ich werde Missionar«, sagte er zur Mutter, die hinter dem Vorratshaus stand und Rhabarber schnitt, weil sie in diesem Moment gerade nichts anderes in den Händen hatte. »Das ist ein schöner Gedanke!« sagte die Mutter, sie war mit den Stangen schon auf dem Weg in die Küche.

»Dann reise ich nach Äthiopien«, verkündete er und lief hinter ihr her. Sie wusch den Rhabarber unter dem Wasserkran.

»Du bist ein guter Junge, Edvard«, sagte sie, und hackte die Stangen in Stücke, daß es nur so spritzte. »Er sagt, daß er Missionar werden will«, sagte sie zum Vater, der zum Telefon ging, um mehr Kunstdünger zu bestellen.

»Jauchzen und Jubel!« sagte der Vater, während die Mutter die Herdplatte andrehte und einen Topf aufsetzte. »Da mußt du dich an die Missionsgesellschaft halten!« sagte der Vater und rief den Genossenschaftsladen an.

Verstanden sie nicht, was er sagte? Verstanden sie nicht, daß er gerade auf den ganzen Hof verzichtete? Es gehörte zu seinen Spielen, unerwartete Dinge zu sagen, aber hier punktete er nicht.

»Aber wer soll den Hof übernehmen?« rief er verwirrt.

»Ach, ich habe der Söhne fünf«, sagte der Vater, der gerne kompliziert redete, wenn es um die großen Dinge des Lebens ging. Beim Essen sprachen sie über etwas völlig anderes, und danach gingen sie sofort wieder aufs Feld.

Er blieb zurück und trat gegen einen Stein. Hatten sie ihn als Bauern aufgegeben? Ohne etwas davon zu sagen? Vielleicht konnte er dem Großvater einen größeren Schreck einjagen? Am besten erzählte er es dem Großvater. Ihm würde es am meisten zusetzen. Traute er sich, es zu sagen? Der Alte verrichtete einige kleinere Aufgaben rund ums Haus. Bei der Feldarbeit konnte er nicht mehr richtig mitmachen, statt dessen kümmerte er sich darum, daß das Pferd gut versorgt wurde. Er versetzte den Pfahl, an dem Perle festgebunden war, damit sie an frisches Gras herankam. Aus der Entfernung war er nicht mehr der ehrfurchteinflößende Edvard Knutsen. Er glich mehr und mehr einem Altenteiler, der vor sich hin pusselte, in stillem Protest gegen die neue Zeit, gegen die Autos, die auf der Straße vorbeipreschten, den Bus, der in einer immer größeren Staubwolke aus Molde kam. Über seinem Kopf flog ein Flugzeug. Um den Großvater gleichsam in die richtige Hoferbenstimmung zu versetzten, strich er dem Pferd über die Mähne, Perle rieb den Kopf gegen seinen, der Großvater sah zu und lachte leise. »Du und Perle!« sagte er. »Perle und du.«

Ach ja, er wußte, daß er es ganz richtig einfädelte, wenn er sich neben das Pferd stellte, um von seiner großen Entscheidung zu berichten. Ein neues Pferd sollte auf Bakken erst angeschafft werden, wenn der Hoferbe alt genug war, daß er es kaufen konnte. Der Junge würde im Jahre des Herrn 1970 volljährig sein, und wenn er das Tier, das er dann erwarb, gut behandelte, hatte der Hof bis zur Jahrtausendwende ein gutes Zugtier. Der Großvater wußte durchaus, daß der Nachfolger auch einen Traktor kaufen würde, aber er verstand nicht, wie Pferde jemals überflüssig werden sollten. Konnte ein Traktor auf den Waldwegen vorankommen, wenn meterhoch Schnee lag? Machte man nicht die Gräben kaputt, wenn man wegen jeder Kleinigkeit mit dem Traktor über Felder und Wiesen fuhr? Das Pferd würde immer seinen Platz haben.

Er ging hinein und holte das Buch über Ansgar. Sein Plan war, daß Großvater es bemerken und sich für den Inhalt interessieren sollte. *Dann* könnte er sagen, daß er Missionar werden wollte. Das Buch vor dem Pferd. Aber als er wieder herauskam, war der Großvater in den Stall gegangen. Der Hoferbe legte das Buch auf einen Stein, um den Faden später wiederaufnehmen zu können. Der Großvater kam zurück und sagte gedankenverloren: »Leg dein Buch nicht aufgeschlagen hin, das ist nicht gut.«

»Warum nicht?«

»Ach, das ist bloß so ein Unsinn, den sie früher sagten.«

»Was haben sie früher gesagt?«

»Legst du dein Buch aufgeschlagen hin, kommt der Leibhaftige und liest darin, haben die Alten gesagt. Das ist natürlich bloß Aberglaube und heidnisches Gerede.«

»Warum hast du es dann gesagt?«

»Nein, du hast recht, so ein altes Zeug soll man nicht wiederholen.«

Jetzt mußte er endlich damit herausrücken, daß er kein Hoferbe mehr war. Er würde nicht auf ewig über Weiden, Felder und Salzsümpfe, an Ufern entlang und über Geröllhalden latschen, die Namen wie Dalsgrova und Steinhaugane, Klauvfeten und Blokkeneset trugen. Jetzt ging es um Tananarive und Antsirabe. Er war noch nicht ganz sicher, wohin er wollte. Vielleicht würde die Mission in China wieder erlaubt werden. Vielleicht würde der häßliche Heide Mao Tse-Tung mit der Warze auf dem Kinn die Christenvertreibung aufgeben, so daß er in die vielversprechenden Missionsgebiete zwischen Hongchow und Suchow kommen konnte? Der Großvater zog ein Taschentuch heraus und wischte sich den Schweiß vom Gesicht.

»Du, Großvater?«

»Jetzt haben wir bald die Hundstage«, sagte der Großvater. »Wenn sie mit Regen anfangen, hören sie mit Sonnenschein und Trockenheit auf.«

»Ja.«

»Aber jetzt ist strahlendes Sonnenwetter, darum gehen sie mit Regen aus.«

»Ja?«

»Aber wenn wir bis dahin das Heu nicht in die Scheune bekommen haben, wollen wir hoffen, daß die am Regen Freude finden, die heiraten wollen.«

»Warum das denn?«

»Wenn es in die Brautkrone regnet, werden die Brautleute reich, es dürfte sich also lohnen, dieses Jahr vor den Altar zu treten, wenn die Hundstage aufhören.«

»Siehst du das Buch hier, Großvater?«

»Jetzt ist nicht mehr lang bis Margareten, auf den Tag mußt du achten.«

»Ja ...«

»Und dann ist Jakobi, da regnet es immer. Ich habe deinem Vater gesagt, daß er mit der Heuernte zu spät begonnen hat!«

»Das Buch hier ...«

»Leg das Buch weg, bis das Wochenende kommt. Dann ist Zeit zum Lesen. Wenn weißer Nebel über dem Julsundfjell liegt, gibt es vierzehn Tage Regen.«

»Ja.«

»Man muß immer in den Almanach schauen und daran denken, was die Alten gesagt haben, da spart man sich viel Ärger.«

»Großvater, ich habe darüber nachgedacht, was ich werden will.«

»Darüber braucht du nicht nachzudenken, du erbst ja den Hof. Solche Gedanken kannst du denen überlassen, die nicht soviel Glück haben wie du. Als Hoferbe bleibst du von solchen Sorgen verschont«, sagte der Großvater und ging summend zum Haus hinüber.

Kaum zu fassen, wie schwierig es war, das so zu sagen, daß sie es merkten! Er war doch nicht der erste, der fortwollte, und trotzdem war es fast, als denke er etwas Verbotenes. Was war mit den vielen, die nach Amerika gereist waren! Und was war mit Vater, der für die Innere Mission reiste? Am Abend fragte er ihn.

»Papa, warum, also, warum bist du Prediger geworden?«

»Was? Ach, dazu wurde ich berufen«, sagte der Vater leichthin.

»Von Gott? Hat Gott dich berufen?«

Genau. Der Vater war nämlich erst vierzehn Jahre alt und frisch konfirmiert gewesen, als er zum erstenmal bei einer christlichen Versammlung das Wort ergriffen hatte. Später hatte er noch oft Zeugnis abgelegt. Man begann vorsichtig anzudeuten, daß er dazu berufen sein könnte, sein Leben der Verkündung des Wortes zu weihen. Aber erst nachdem er die Bibelschule der Inneren Mission in Oslo besucht hatte, wo Ole Hallesby und die Wisløffianer lehrten, wurde Ernst daraus. Seither teilte er das Jahr zwischen Gott und den steinigen Äckern von Hoem, acht Monate für Ihn, vier für sie.

Er war also von anderen gebeten worden. Ihn *gerufen* hatten sie. Niemand hatte den Hoferben gerufen, Missionar zu werden. Er war selbst auf den Gedanken gekommen, vielleicht war der Grund nur, daß er aus Kümiland weg wollte? Er wurde nicht wie der Vater *gerufen*. Wenn jemand den Hoferben rief, dann bei seinem Rufnamen oder einem Beinamen. »Leser« rief man ihn, nicht, weil er so gut lesen konnte, sondern weil man alle Christen so nannte, die ins Bethaus gingen und Hans Nielsen Hauge folgten. Aber bei den Haugianern war es eine große Sache, wenn jemand gerufen wurde. Sie hatten eine eigene Sprache, die veränderte, worüber sie sprachen. *Leben* war für sie nicht das gleiche wie das, was die festfreudigen Jugendlichen Leben nannten. »Soll das ein Leben sein?« sagten die Festjungen und fuhren nach Aureosen zum Tanz. Aber wenn im Bethaus von Leben die Rede war, ging es nicht einmal um das Leben auf Erden, sondern in aller Regel um *Das Leben in Gott*, und das war viel, viel mehr. Sie riefen einander, und sie riefen den Namen Gottes. Seinen Sohn riefen sie nicht nur bei seinem Rufnamen Jesus, sie machten alles zu einem Beinamen für Jesu. Er war der Weg und das Leben, der Baum des Lebens und das Brot des Lebens. Nun war er ein Hoferbe, der sich selbst zum Missionar berufen hatte. Kein anderer hatte das getan! Das sah nicht gut aus. Was aber, wenn der fliegende Händler, der ihm das Buch über Ansgar gegeben hatte, ein unsichtbares Werkzeug Gottes war? Der Gedanke war nicht völlig abwegig. Die Verkündigung um ihn herum war voller Beispiele dafür, daß Gott sich noch des Geringsten bedienen konnte. Das stand auch in den christlichen Zeitschriften. Die stapelten sich auf dem Plumpsklo, und da saß er, der Missionar, und blätterte stundenlang in den alten Nummern. Erst wenn andere an die Tür hämmerten und fragten, was in aller Welt, schützte er Magenschmerzen vor und legte die Zeitschriften weg.

Er begriff mit der Zeit, daß gerufen sein das gleiche bedeutete, wie den Sinn der geheimen Sprache zu verstehen, in der sich die Christen unterhielten, wenn sie in ihren Schiffchen auf dem Meer des Lebens von dannen segelten. Waren sie nicht auf dem Meer des Lebens, waren sie im Jammertal. Andererseits gab es auch im Jammertal viele schöne Anblicke. Ein junges Leben war schön wie das Morgenrot, der Kinderglaube war eine goldene Brücke in den Himmel, Gottes Kinder Blumen im Garten Gottes. Der Vater fuhr weg, um das Wort Gottes zu verkünden, die Mutter fuhr nach Molde, um für 130 Kronen eine Gitarre zu kaufen. Er lernte, auf ihr einfache

Lieder aus dem Gesangbuch zu spielen, das alle christlichen Laienorganisationen gemeinsam herausgaben. Ihn schmerzten die Finger von den Saiten, bevor sich Hornhaut bildete:

Eine Blümlein fein im Wald ihr seht,
im dunklen Wald, der hehr und groß.
So hübsch in Farn und Heid' es steht
so klein und scheu im Moos!

Jedes Kind begriff, daß es hier nicht um eine Blume ging, sondern um eine versteckte, stille Christenseele. In dieses demütige, bescheidene Christenleben versuchte er hineinzugleiten, als Buße dafür, daß er den Hof zugunsten der fernen Missionsgebiete aufgeben wollte. Jetzt verstand er immer besser, warum wir Sünder sind, auch wenn wir nichts falsch gemacht haben. Er *spürte*, wie schäbig er war.

Als es Herbst wurde und der älteste Bruder ihn zur Schule in Indre Hoem begleitete, war er daher den anderen nicht nur voraus, er war auch weit von ihnen weg. Er versuchte, als Gläubiger aufzutreten, weil er herausgefunden hatte, was er wollte. Aber vielleicht war er in seinem Glauben nicht stark genug? Er schaffte es nicht, den Schimpfwörtern und Flüchen in der Kinderschar entgegenzutreten, er verstummte nur, und die sündigen Wörter begannen, ihn körperlich zu schmerzen. Beleidigungen, ja sogar Klatsch stachen in Brust und Magen. Er versuchte, die Stunden festzuhalten, in denen er etwas Schönes erlebte, versuchte, sie festzuhalten wie etwas Zerbrechliches, wie ein Vogeljunges. Er hat einen stark religiösen Sinn, schrieb die Mutter an den Vater im fernen Sogn. Als die Feldbestellung für diesen Herbst erledigt war und die Leute mehr Zeit hatten, belebte sich das Missionsleben in Hoem wieder. Der künftige Missionar kehrte abends in die Hoem-Schule zurück. Dort fand ein Missionstreffen statt, und ein frisch gebügeltes Laken bedeckte die Tafel. In einem Film sangen weißgekleidete Afrikaner in einer Stammessprache »Jesu Name«. Große Missionare in Tropenkleidung bewegten sich zwischen dunklen, gutgenährten Kindern. Die Filmbilder tanzten vor den Augen einer ungleichen Versammlung aus Erwachsenen und Kindern, und als die Missionarin den Film in rasender Geschwindigkeit rückwärts laufen ließ, griffen Unruhe und Lachen um sich. Die Missionarin war Selma Iversen, und sie reiste umher, um sich von Freunden zu verabschieden, bevor sie selbst nach Antsirabe aufbrach! Begleitet wurde sie von ihrem gebrechlichen Onkel, der vor langer Zeit Missionar in China gewesen war. Er beschrieb in lyrischen Wendungen, wie er das erstemal nach Shanghai gekommen und den ungeheuren Gelben Fluß hinaufgesegelt war.

Dieser Junge dort, der paßt auf! Daher darf er den Gästen hinterher Guten Abend sagen. Er versucht zu tun, als sei nichts, aber der Schreck sitzt ihm in den Gliedern. Wenn er nur sagen könnte, was er vorhat! Der alte Mann, den die Kinder seiner langen, gebogenen Nase wegen Wasserkran nannten, sang zum Abschluß »Jesu Name nie verklinget« auf Chinesisch. Dieses Lied gab es in allen Sprachen der Welt. Missionar, das war einer, der Sprachen konnte. Und hinter allen Sprachen hatten die Auserwählten, Gottes Gemeinde, ihre eigene, geheime Sprache. Wer Missionar werden wollte, mußte fremde Sprachen lernen, um zu wissen, wie andere Brot des Lebens und Baum des Lebens sagten. Er wußte von Norwegern, die das gemacht hatten: Hans Egede brach auf und verkündete den Eskimos. Bald beherrschte er ihre Sprache, obwohl er kein Buch hatte, mit dessen Hilfe er sie hätte lernen können. Schreuder erfand die Schriftsprache der Zulus, er schrieb die Laute auf, die sie machten, und brachte ihnen dann bei, ihre eigenen Wörter zu lesen. Lars Skrefsrud konnte siebenundvierzig Sprachen. Er war ein Verbrecher aus Lillehammer und hatte für all das Böse, das er getan hatte, im Gefängnis gesessen, aber dann wurde er bekehrt und stellte sich in den Dienst des Herrn. Der verlorene Hoferbe begriff, daß er sich ans Sprachenlernen machen mußte und daß es eilte. Vielleicht würde er besser verstehen, was ein Ruf war, wenn er verstand, was Sprache war.

Er fand ein Lehrbuch für Deutsch, das der Vater noch aus jenen Tagen aufbewahrte, als er den Realschulabschluß hatte machen wollen. Abends saß er in einer Ecke in der Küche und lernte. Immer wieder paukte er die langen Hilfsverbregeln, die über viele Seiten gingen. Der Vater und die Mutter freuten sich über seinen Wissensdurst. Der Großvater aber, der niemals die geringste Berührung mit Fremdsprachen gehabt hatte, ärgerte sich über dieses Kauderwelsch und Gestammel. Als es kein Ende damit nahm, daß der Junge sinnlose Laute hervorstieß, wurde er richtig böse.

»Der Bub muß sofort mit diesem Hatte-Quatsch aufhören!« rief er. »Nehmt ihm das Buch weg, sage ich! Das schadet seinem Verstand! Jetzt war ich draußen und habe die Axt geschärft, und er sitzt immer noch auf dem Boden und lallt ›hattegehabt‹!«

»Na, das kann nicht so schlimm sein«, sagte der Vater, »das ist doch nur Deutsch!«

»Ich verlange, daß du ihm das Buch wegnimmst!« unterbrach ihn der Großvater heftig. »Ich sehe nicht ruhig mit an, wie er den Verstand verliert!«

»Dann leg das Buch mal ein bißchen beiseite«, sagte der Vater versöhnlich. Er hatte den Jungen gerade für sein Sprachinteresse gelobt. Später erfuhr er, daß der Großvater einen

Sohn gehabt hatte, er hatte Lars geheißen, der war weiter gereist als der Geigenbauer, ganz bis Amerika, da war er erst sechzehn Jahre alt gewesen. Aber als er zurückkam, war er krank im Kopf geworden, wegen irgend etwas, das da drüben vorgefallen war. Er wurde in Opdøl ins Sanatorium gesperrt. Die Ärzte wollten operieren, und der Großvater unterschrieb, daß sie in Lars' Gehirn schneiden durften, weil nichts unversucht bleiben sollte. Vielleicht wurde der Großvater allein beim Geräusch einer fremden Sprache in der Küche von Hoem an etwas erinnert und glaubte, daß Sprachverrücktheit schuld sei, wenn Menschen ganz krank im Kopf wurden. Lars starb nach der Operation, und der Hoferbe, der selbst eine Art Lars war, auch wenn er Edvard hieß, durfte sich nicht der gleichen Gefahr aussetzen. Das Buch wurde weggelegt, aber abends nahm er es mit ins Bett und lernte, bis er rote Augen hatte und Kopfschmerzen bekam und es fast schien, als behalte der Großvater recht. Der deutsche Text im Buch war mit Frakturbuchstaben gedruckt, die norwegischen mit lateinischen, und die Krakelbuchstaben tanzten ihm weit in den Schlaf hinein vor den Augen. Er hatte wenig Zeit, bei den vielen Sprachen, die er lernen mußte. Wurde es einfacher, je mehr Sprachen man konnte, oder schwieriger, weil man soviel auseinanderhalten mußte?

Ein neuer Ausweg bot sich an, als das *Norsk Barneblad*, eine Zeitung nur für Kinder, in jeder Nummer Esperanto-Lektionen abzudrucken begann. Diese Sprache hätte Skrefsruds zahllosen Paukstunden sofort ein Ende bereitet, und sie war in der ganzen Welt anerkannt. Er schrieb und las, aber auch gegen diese Sprache hatte der Großvater einen Einwand. Den brachte er zwar nicht mit der gleichen Überzeugung vor wie seinen Wutanfall gegen Deutsch, aber man müsse sich doch fragen, ob das erfundene Esperanto nicht eine Auflehnung gegen den Willen Gottes sei. Denn einmal hatten die Menschen auf der ganzen Welt wirklich dieselbe Sprache gesprochen. Aber davon waren sie übermütig geworden, da hatten sie in Babel einen Turm gebaut, der bis zum Himmel reichen sollte. Wegen dieses Hochmuts verwirrte Gott ihre Zungen, und am folgenden Morgen konnten sie einander nicht verstehen. Konnte man nicht sagen, daß Gottes Entscheidung mit diesem Esperanto geradezu einer Prüfung unterzogen wurde? Zeigte sich in diesem Mischprodukt nicht ein neuer Hochmut?

Aber der Hoferbe legte die Kinderzeitung erst fort, als er selbst einsah, daß Esperanto keine gute Sprache war. Sie hatte ein paar einfache Regeln, aber nichts Verborgenes. Eine Sache war, daß sie nicht von den Menschen in den Missionsgebieten gesprochen wurde, aber sie hatte auch keinen geheimen Ton.

Die Sehnsucht nach neuen Sprachen blieb ihm. Am Adlerberg oberhalb des Südhof fand er eine Aushöhlung im Fels, nicht größer, als daß er dort trocken sitzen konnte, aber diesen winzigen Flecken machte er zu seiner geheimen Höhle. Dorthin ging er mit Schreibheft und Bleistift, dort erfand er, den Körper an die kalte Felswand gedrückt, eine neue Sprache. Sie hatte nur Laute, die mit den Lauten des Norwegischen übereinstimmten, aber sie war für alle, die den Code nicht kannten, unverständlich. In dieser Sprache schrieb er Nachrichten an sich selbst: Ich sitze in einer Geheimhöhle und schreibe in einer Geheimsprache! Er saß stundenlang dort, bis Kälte und Zähneklappern ihn nach Hause zwangen. Sie hatten Angst um ihn gehabt, sie hatten nach ihm gerufen. »Wir wissen nie, wo du bist! Wo kommst du jetzt her?«

Sprache, Sprache. Er ging in die Höhle und schrieb, begriff aber schnell, daß die Geheimsprache eine Sackgasse war. Sie konnte das größte Problem nicht lösen, und das war, daß es etwas gab, was er sagen wollte und *hier* nicht herausbekam, egal, wie viele Sprachen er lernte oder erfand. Er würde den Leuten nach dem Mund reden und ansonsten auf den Tag warten, an dem er die Reise nach Tananarive oder Antsirabe antreten und eine Sprache lernen konnte, die so geheim war, daß er endlich sagen konnte, was er sagen wollte. Mit einem letzten Auf Wiedersehen in der Sprache, die er erfunden hatte, ließ er das Schulheft in der Höhle liegen. »Manvaara anti leme. Sloberkon omoro!« Dann schob er das Heft so tief in eine Felsritze, daß niemand es jemals finden würde, und machte sich, es war spät, auf den Heimweg.

Das verbotene Lachen

Er hatte entdeckt, daß hinter allem, was gesagt und getan wurde, etwas steckt. Fast jedes zufällige und beiläufige Gespräch hat auch eine geheime Bedeutung. Auch die sonderbarsten Einfälle hatten immer einen Grund, und solche Gründe begann er zu ergründen. Es war in Bakken nicht verboten zu lachen, aber man sollte niemals über *andere* lachen. »Alle Menschen sind bemitleidenswert«, sagte der Laienprediger, außerdem gab es Menschen, bei denen man selbst Schaden nehmen konnte, wenn man über sie lachte. Als der blinde Hans Myren ankam und Fisch verkaufen wollte, den Verwandte ihm schickten, die an der Küste in Bud wohnten, lachten sie nicht, als er sich auf die Katze der Nachbarin Inga Rødal setzte. Manche Kinder lachten und riefen ihm «Guck mal, Hans!« hinterher, oder riefen »Jetzt sehn wir mal, sagt der Blinde«, ein Spruch, den man so daherredete, wenn etwas in Ordnung gebracht oder repariert werden sollte. Sie lachten nicht einmal, als Hans mit seiner neuen Haushälterin zum Missionstreffen kam und das Lied »Öffne mir die Augen, daß ich seh', wie reich ich bin« mitbrummte. Dabei wußten sie, daß er von seinem Fischverkauf gar nicht reich wurde, er war nur froh, weil er eine bekommen hatte, die ihn versorgte, nachdem seine Frau gestorben war, so froh, daß er sogar zur Versammlung in Bakken kam. Er war ein willkommener Gast, denn was hätten sie zu Mittag kochen sollen, wenn sie ihn nicht gehabt hätten? Nachdem der Großvater das Bootshaus zugenagelt hatte, fuhr in Bakken keiner mehr zum Fischen hinaus, und wenn ein Tier geschlachtet wurde, mußten sie in der Regel das Fleisch verkaufen, zum eigenen Verbrauch behielten sie nur die Innereien. Der Fisch kam in Kisten und

Viertel-Fäßchen aus Bud, die im Keller aufgestellt wurden. Sie hatten keine Katze, aber Hans wischte den Stuhl von Katzen frei und setzte sich hin. »Was strickst du denn da, Dina«, fragte die Mutter, die nicht so recht wußte, worüber sie sich mit dieser Fremden unterhalten sollte. »Ach weißt du, das werden Wollunterhosen für den Myren!« sagte Dina, hochzufrieden, daß sie eine Arbeit gefunden hatte, die darin bestand, einen Blinden auf den Wegen von Kümiland zu begleiten. Da mußten sie doch ein bißchen kichern, die Kinder von Bakken, denn Wollunterhosen waren so ziemlich das Altmodischste, was sie sich vorstellen konnten, aber der Hoferbe lachte auch da nicht, denn er dachte, es müsse einen geheimen Grund geben, daß Dina so gern Wollunterhosen strickte.

Die Wahrheit war: in ihm war kein Kichern. Auf einigen Höfen hatten sie das Kichern, auf anderen nicht, und es gab verschiedene Arten von Kichern, je nachdem, gut oder schlimm. Es gab das Krekjen-Kichern und das Vågøy-Kichern. Aber der größte Kicherer von allen war Harald vom Südhof. In diesem Winter ging Harald das letzte Jahr auf die Volksschule und langweilte sich furchtbar. Er konnte immer noch verrückte Sachen machen, die die Leute zum Lachen brachten, aber jetzt wollte er Publikum haben. Sie lagen im Kartoffelkeller, als die Frauen vom kirchlichen Nähkränzchen im Südhof bei seiner Großmutter zu Besuch waren, genau über ihren Köpfen saßen die alten Frauen und seufzten und beteten. »O, ach, Herr Jesus«, sagte Elise. »Ach, ach«, sagte Harald im Kartoffelkeller, der Hoferbe Edvard lachte nicht, aber Mathias, der älteste seiner Brüder, du liebe Güte, wie der lachte. Er lag zusammengekrümmt im Kartoffelverschlag, bebte und versuchte mit aller Macht, so leise zu lachen, daß sie ihn oben in der Stube nicht hörten. »Ach ja! Jesus, komm«, sagte Elise.

»Ach«, seufzte Harald, und Mathias lachte und grub das Gesicht in die schmutzigen Kartoffeln, bis er es nicht mehr zurückhalten konnte, dann brüllte er so vor Lachen, daß Harald hinauslief, hinüber zur Scheune, und sich auf der Wiese kugelte.

»Glaubt ihr, Jesus sei ein Püppchen«, rief Prediger Egil Svendsen bei der nächsten Hausandacht in Bakken, »das ihr hin und wieder aus der Tasche ziehen könnt, wenn ihr Lust habt, mit ihm zu spielen?« Mathias begriff nicht das Symbolische in diesem Bild, sondern wartete sichtlich darauf, daß jemand Jesus aus der Tasche zog. Er lachte und mußte aus der Andacht getragen werden. Vom Hoferben kam kein Mucks. Weil er soviel las, kannte er Witze und lustige Geschichten, aber wenn er sie erzählen wollte, mußte er immer daran denken, daß er etwas vergessen haben könnte, oder er begann, über den Sinn dahinter nachzugrübeln, und das ruinierte natürlich die Pointe. Er lachte nicht einmal über den Großvater, der seinen Lieblingshammer verloren hatte, den sogenannten Oluf-Hammer, den Oluf aus Sandviken einmal liegengelassen hatte. »Du hast den Hammer in der Hand!« rief die Schwester, und Mathias wälzte sich auf dem Boden vor Lachen. Daß die Leute einem das Werkzeug nicht in Ruhe lassen können, murmelte der Großvater und verschwand mit dem Hammer.

Er war ein heiteres Kind, denn er langweilte sich nicht, es gab so viel, worüber er nachdenken mußte. Es machte ihm nichts aus, daß das Wetter schlecht war und man nicht hinausgehen konnte. Er hatte immer ein Buch. Dieser Herbst war verregnet, und nach dem vielen Regen kam unfaßbar viel Schnee. An einem der letzten Tage vor Weihnachten waren die Wege so gründlich verweht, daß das Räumfahrzeug nicht durchkam.

Es tat ihm leid, daß er nicht zur Schule gehen konnte. Aber der Großvater fand, jetzt sei Gelegenheit, zu beweisen, daß auch in diesen modernen Zeiten weder er noch die Gebräuche aus alten Tagen ganz zu verwerfen seien. Er stand zeitig auf und legte Perle das Zaumzeug an. Er spannte sie vor den Schlitten, in den er die beiden Buben setzte, die er mit einer Wolldecke und einer Lage alter Säcke einpackte. Er, der nie mehr mit Kartoffeln die lebensgefährliche Bootsfahrt hinüber nach Bjørnsund machen würde, machte nun seine letzte große Reise durch König Winters Reich. Er brachte Perle mit einem Schlag der Zügel und einem Schnalzen seiner bleichen Greisenlippen in Gang. Es ging durch tiefe Schneewehen voran, Perle keuchte in der Deichsel. Sie riß mit den Hufen den tiefen Schnee auf, an den schlimmsten Stellen wälzte sie sich mehr voran, als daß sie ging. Aber sie würden ankommen! Ruckelnd und rumpelnd wurde der Schlitten durch die Verwehungen gezogen, bis sie endlich an der Schule waren. Sie krabbelten heraus und klopften Perle, die schwitzend und zitternd dastand. Aus den Häusern in der Nähe rutschten kleine Körper auf Skiern heran. Der Großvater meinte, daß jetzt alle Pferde benutzen sollten. Man sah doch wohl, daß es ohne Pferde nicht ging, wenn ganz Hoem eingeschneit war!

Sie hörten das Dröhnen vor ihm, vielleicht. Aber bald sah und hörte auch der Großvater. Von Vågøy her kam einer der Bauern mit dem Traktor gefahren, er kämpfte sich mit Ketten an allen vier Rädern und dem Schneepflug vor dem Fahrzeug voran, so daß die Straße bis ganz nach Indre Hoem frei war. Nach Schulschluß würden sie in Spazierschuhen nach Hause gehen können. So war es. Der Großvater hatte verloren. »Was würde man ohne Pferde machen«, verkündete er, und da kam der Traktor.

Das war nicht zum Lachen. Es war eine komische Situation, aber es war das Ende eines Zeitalters, das wußten sie, darum lachten sie nicht. Der Großvater stieg auf, um nach Hause zu fahren, bevor der schändliche Konkurrent ganz da war. »Geht rein und seid pünktlich!« sagte er. »Wenn ihr jetzt zu spät kommt, ist es eure eigene Schuld.« Er zog unter den vielen Schichten seiner Kleidung die Taschenuhr hervor und sagte, daß sie genug Zeit hätten. Als er fortfuhr, verschwand er fast im Schlitten.

Im dunklen und kalten Gang klopften sie sich den Schnee ab, dann betraten sie ein überheiztes Klassenzimmer, in dem der Kanonenofen glühte. Leute vom nächstgelegenen, für das Einheizen verantwortlichen Hof waren offenbar schon vor mehreren Stunden hier gewesen. Aber das war nicht alles. Auf einem kleinen Tisch beim Katheder stand ein Weihnachtsbaum, geschmückt mit Wattebäuschen, Lametta und kleinen Kerzen, die noch nicht angezündet waren. Die Kinder der ersten drei Klassen der Hoem-Schule stellten sich neben ihre Pulte, und um Schlag neun schrillte das Kinderlied durch den Raum und übertönte den Wind, der draußen heulte:

Geboren in dem Stalle,
bist Du ganz arm und klein.

Sie setzten sich und nahmen die Bücher heraus, die mit ihren kalten Umschlägen in den Schulranzen lagen, und stellten die Milchflaschen neben die Pulte auf den Fußboden. Die Fehlenden wurden ins Klassenbuch eingetragen, die Bibelgeschichte abgehört. Drei- oder viermal wiederholten sie die Geschichte der Volkszählung unter Kaiser Augustus. Der Hoferbe von Bakken hatte auch keine Schwierigkeiten, als Inga Moen aus der Materialkammer die Landkarte von Palästina oder dem Judenland holte. Mit einem winzigen Zittern der Zeigestockspitze folgte er dem Jordan bis zu der Stelle, wo Bethlehem lag.

Dann war die Arbeit getan, und sie konnten sich daranmachen, das Weihnachtsfest anzulocken. Zwei Pultreihen wurden zusammengeschoben. Inga Moen stellte das Weihnachtsbäumchen auf den Fußboden. Dann zündete sie die Kerzen an, das versetzte sie alle aus dem grauen Halbdunkel des Raumes in eine Welt der glitzernden Farben.

Weil sie in den kleinen Klassen so wenige Schüler waren, konnten sie nicht allein um den Weihnachtsbaum gehen, die Lehrerin mußte die Kette verlängern. Sie stimmte das Lied erst mit dem Harmonium an, dann kam sie schnell herüber und ging mit der Schülerkette los.

Es war eine strahlende Morgenstunde in einem abgelegenen Schulhaus in einer großen weißen Landschaft. Der Hoferbe ging ganz verzaubert, er liebte solche Stimmungen. Er wußte, daß er das nie vergessen würde, und sang mit seiner hellen Stimme so laut, wie es ihm bei seinen Zukunftsplänen möglich war. Damit die Freude möglichst lange andauerte und die Wärme die halberfrorenen Kinder durchströmte, sang die Lehrerin ein Weihnachtslied nach dem anderen. Sie hatte schon lange zuvor etwa zehn Weihnachtslieder mit ihnen eingeübt, und immer mit allen Strophen. So mußten sie alle mitsingen, wenn sie ein Lied anstimmte und dabei versuchte, mit ihrer großen Schwierigkeit als Lehrerin zurechtzukommen: Sie sang nicht ganz sauber.

Als sie alle Strophen von »Kling Glöckchen« fast allein singen mußte, weil sie das nicht als Hausaufgaben aufgehabt hatten, klang das nicht so schön, und plötzlich wurde das einem Jungen aus der dritten Klasse zuviel. Er warf einen raschen Blick über die Schulter, und sein Freund, der direkt hinter ihm ging, brach in lautes Gelächter aus. Es war das verbotene, gefährliche Lachen, und Edvard erstarrte vor Angst und Scham.

Der Unglückliche erhielt wütende Befehle, still zu sein. Der Kreis schleppte sich vorwärts, angeführt von der trotzigen Lehrerinnenstimme. Der Bruder hatte sich gut gehalten, Mathias lachte nicht mit, der Hoferbe war also nicht einmal über seine Verwandtschaft beteiligt, empfand aber dennoch eine gewisse Verantwortung für den Frevel. Er war voll und ganz auf seiten der Lehrerin, die sicher schon früh aufgestanden war, um die Weihnachtsfeier vorzubereiten. Sie hatte den Baum auf Skiern von zu Hause hergebracht und ihn mit eigenen Händen geschmückt. Er wußte auch, daß in der Küche ein Topf Milch stand, und er wußte, daß es in der großen Pause Kakao geben sollte. Jetzt sang die Lehrerin, und er wußte auch, daß sie wußte, daß sie ein bißchen falsch sang, aber sie konnte trotzdem nicht aufhören. Wollte sie den Respekt nicht verlieren, mußte sie das Lied bis zum Ende singen.

Sie gingen weiter um den Baum. Aber es blieb unruhig. Als die scheppernde Stimme der Lehrerin die vierte Strophe in Angriff nahm, konnten sich die beiden Sünder nicht mehr halten. Der Hoferbe sah der Lehrerin an, daß jetzt ganz unwiderruflich etwas schiefging. Etwas in ihr zerbrach, und so fiel dieser Vorweihnachtsmorgen zusammen und wurde zu einem gewöhnlichen Morgen. In einigen rasenden Sekunden brannte sich ihm ein, daß die Eisblumen schmolzen und das Schneewasser an den undichten Fenstersprossen hereinsickerte. Er sah auf dem Boden die Schmutzstreifen und Matschpfützen von ihren Stiefeln, er roch den strengen, üblen Geruch von Kaffee, den die Moen zu lange im Kupferkessel auf dem Kanonenofen hatte einkochen lassen. Das war nur eine blitzschnelle Wahrnehmung, bevor der Donner losbrach. Der

Junge, der lachte, wurde bei den Schultern gepackt, und mit einer Wut, die niemand von ihnen jemals zuvor gesehen hatte, schleuderte ihn die Lehrerin gegen die zusammengeschobenen Pultreihen, so daß die Bücher herunterfielen. Im Fallen riß der Schuldige ein Tintenfaß mit. Die Tinte lief nicht aus. Aber der andere der beiden Freunde stieß zu seinem eigenen Erstaunen ein hohes, überspanntes Lachen aus, das jäh abbrach, als Inga Moen die neue Ausgabe von Lars Søraas' Gesangbuch ergriff und es ihm so auf die Schulter knallte, daß er Aua schrie und aus dem Kreis wegrannte.

»Setz dich hin!« tobte sie.

»Singt!« Der Kreis schob sich wieder vorwärts, das Lied klang noch scheppernder als zuvor. Sie suchten nach Wörtern, die sie nicht kannten, bemühten sich verzweifelt, der Melodie zu folgen, durchzukommen, es zu überstehen. Dann wurde es totenstill. Das Gesicht der Lehrerin wechselte mehrfach die Farbe, es wurde in Wellen violett, rot, blau. Aber sie wagten kaum, sie anzusehen. Sie gab Anweisungen, die Pulte wieder an ihren Platz zu schieben. Sie löschte die Kerzen am Baum und trug ihn in die Ecke hinter dem Katheder. Damit erstarb der letzte Rest der Feierstunde.

»Pause!«

Das Grüppchen stolperte durch die Tür in den Gang. Bei diesem Wetter war an Hinausgehen nicht zu denken. Hinter ihnen knallte die Tür zum Klassenzimmer zu. Sie standen in dem halbdunklen Gang, dessen Außenwände nicht isoliert waren. Wenn der Wind, wie an diesem Tag, aus Nordost kam, drangen Schneeflocken durch die Wandritzen. Hier durften sie sich aufhalten und in der Küche, wo der Topf Milch stand. Dorthin zu gehen, wagten sie nicht, weil sie fürchteten, noch mehr kaputtzumachen. Da kam die Lehrerin an, riß die große Kasserolle mit der Milch an sich und marschierte ins Klassenzimmer zurück. Jetzt hatten sie zwei Räume. Es gab Spiele für drinnen, jetzt mußten sie anfangen, etwas zu spielen! Dreh dich nicht um, der Plumpsack geht um, Ich seh' etwas, was du nicht siehst, Spiele zwischen denen, die wußten, und denen, die nicht wußten und raten sollten. Aber der Junge, der den Klaps mit dem Buch bekommen hatte, blieb nicht lange still. »Lehrerinnen dürfen nicht schlagen. Das steht im Gesetz! Das kriegt sie heimgezahlt!«

Nach zehn Minuten ging es hinein zur Rechenstunde. Der Topf mit der Milch für den Kakao war verschwunden. Wohin? Der Weihnachtsbaum war fort. Wohin? Es gab nur eine weitere Tür, die zur Materialkammer, wo die Schulbibliothek war und die Glaskolben für den Chemieunterricht der älteren Klassen standen. Aber in der nächsten Stunde durften sie dort Bücher zum Lesen holen, während die Drittkläßler Rechnen hatten, und da war kein Topf und auch kein Weihnachtsbaum.

»Sie muß alles aus dem Fenster geworfen und im Schnee vergraben haben«, sagte einer.

Der, der den Schlag auf die Schulter bekommen hatte, dachte allerdings nicht daran, so schnell zu vergessen. In der großen Pause nahm er das Gesangbuch und untersuchte es genau. »Ich sage euch, das ist ganz *lasa*!« Das war im Dialekt der Gegend das stärkste Wort für kaputt.

Die Lehrerin entriß ihm das Buch und schloß es im Schrank ein. Aber von da an sprachen sie nur noch vom »Prügelbuch«, wenn sie an ein bestimmtes, lädiertes Exemplar von Lars Søraas' Gesangbuch dachten. Auf dem Heimweg gab es kein anderes Thema, als daß die Lehrerin zu weit gegangen war. Natürlich wußte es bald das ganze Dorf, und einige sagten, es sei nicht das erstemal gewesen. In den vierzig Jahren, die sie unterrichtet hatte, hatte Inga Moen drei- oder viermal jemanden geschlagen oder an den Haaren gezogen, nun wurden diese Geschichten wieder ausgegraben.

Aber der Hoferbe wußte es besser. Das Unglück war wegen des Lachens passiert, des verbotenen Lachens. Ein Junge hatte gelacht, weil die Lehrerin falsch sang. Aber sie *konnte* nichts dafür, fand der Hoferbe, die Singstimme ist angeboren, man hat musikalisches Gehör, oder man hat es nicht.

Es war ein gewaltiges, mächtiges, verbotenes Lachen. Nachdem sie die Lehrerin dazu gebracht hatten zu schlagen, war ein Teil ihrer Macht unwiederbringlich verloren. Es war nicht erlaubt, Kinder zu schlagen, das stand im Gesetz, sagten die Leute, und obwohl Inga Moen danach noch mehrere Jahre lang Unterricht gab, schien irgendwie ausgemacht, daß ihre Zeit zu Ende ging.

Der Grossvater

Das galt auch für den Großvater, dessen Körper immer weniger Macht ausstrahlte. Er war früher alt geworden, als er gedacht hatte. Seine Frau litt an einer Krankheit, die langsam verlief, ohne weiteres Aufsehen. Großmutter kam nur immer seltener auf die Treppe hinaus, statt dessen parkte vor der Scheune immer häufiger das Auto des Arztes. Eine Cousine des Hoferben kam aus Tresfjord auf der anderen Seite des Romsdalsfjords, um den alten Leuten im Haushalt zu helfen. Sie war gerade mit der Schule fertig und somit im passenden Alter. Eines Tages saß sie und las den *Romsdal Budstikke*. »Hör mal, Großvater«, sagte sie, »hier steht etwas über einen Geigenbauer aus *Tresfjord*, der mit Terje Vigen zusammen im Gefängnis war. Lars Hoem heißt er. Du hast immer gesagt, daß der Fiedelmacher einer von uns ist! Und jetzt steht hier, daß er gar nicht aus Hoem, sondern aus Tresfjord kommt! Aus Tresfjord! Das ist doch über fünfzig Kilometer weit von hier weg!«

Erst wurde der Großvater böse, weil das Mädchen ihn zum Narren hielt, dann mußte sie alles laut vorlesen, weil er seine Brille nicht fand. Schließlich mußte er sie suchen, weil er glaubte, seine große Nichte erfinde das. Aber es war wirklich wahr. Eine Autorität auf dem Gebiet der Geigenkunst erzählte dem *Romsdal Budstikke*, daß der Geigenbauer Lars Olsen Hoem der Sohn des allseits bekannten Riesen Fauske-Per aus Tresfjord sei und die großartigen Hoemsgeigen hergestellt habe, von denen der Artikelschreiber selbst eine besitze.

Zum erstenmal in seinem Leben verschlug es Edvard Knutsen die Sprache. Er ging im Altenteil umher und keuchte so sehr, daß sein Herz in Gefahr schien. Er ging auf den Hof hinaus, um Luft zu schnappen, aber als er wieder hereinkam, war sein Kopf noch genauso rot. Er mußte sich hinlegen, stand aber genauso schnell wieder auf. Immer wieder studierte er den Artikel, denn er traute seinen eigenen Augen nicht. Aber da stand, was da stand. Ivar Eide behauptete, der Geigenbauer aus Tresfjord habe die sogenannten Hoemsfiedeln gebaut, die ein Mittelding zwischen den Stainer- und Stradivarimodellen seien. »Und dann entlockt Ivar Eide der kleinen, schwarzen Violine, die vor über einhundert Jahren von einem Mitgefangenen Terje Vigens gebaut wurde, wunderbar weiche Töne.«

Was sollte er jetzt tun? War es schon so weit gekommen, daß in der Zeitung Lügen über seine Familie verbreitet wurden? Der Großvater ging mehrere Tage lang völlig abwesend herum, bis ihm klar wurde, daß er einen Protestbrief schreiben mußte. Stift und Papier hatte er seit vielen Jahren nicht mehr angerührt, jetzt konnte er auch kaum noch sehen. Schließlich mußte ihm die Nichte helfen und nach Diktat schreiben, und die beiden mühten sich lange Zeit, dem Leserbrief die richtige Form zu geben. Immer gab es noch etwas zu verbessern. Über einen Monat später wurde er dann abgedruckt:

Der Geigenbauer Lars Olsen Hoem aus Fræna ist der Bruder meines Urgroßvaters Ole Olsen Hoem, der auf dem Bortegården (Hof Nr. 32/1 im Amtsbezirk Vågøy) geboren wurde!

Lars Hoem wurde 1781 geboren und wuchs in Hoem auf. Ich kann mich nicht erinnern, daß ich die Jahreszahl, wann er zur See fuhr, genannt gehört habe. Aber daß er von Eng-

ländern gekapert wurde und 1809 in Gefangenschaft kam, das habe ich gehört. Da war er bis 1814. Meine Eltern haben mir davon erzählt und davon, wie er frei- und wieder nach Hause kam. Auch meine Großeltern haben das immer wieder erzählt, daher kann ich das auswendig.

Dann erzählte er noch davon, wie Lars heim nach Hoem kam:

Er war immer dabei, bei Spiel und Ernst, Trauer und Freude. Kam einer ihm zu nah, dann war mit ihm nicht zu spaßen, das erzählten die Alten über ihn!

Er nickt ernst, als der Brief erschien, und er wurde von niemandem angezweifelt. Selbstverständlich hatte er recht, die Fakten waren leicht zu überprüfen. Aber obwohl er wußte, daß er die Kirchenbücher und Grundbucheinträge im Staatsarchiv in Trondheim auf seiner Seite hatte, wurde er nie ganz fertig damit, daß man versucht hatte, ihm den Geigenbauer zu nehmen. Er war auf seine alten Tage aufbrausend geworden und hatte die Ruhe verloren, die typisch für ihn gewesen war. Er stapfte durch die Gegend und redete in wütendem Ton mit sich selbst, wenn er seinen geliebten Oluf-Hammer nicht finden konnte, nicht zu reden von der Orten-Zange, die auf dem Hof war, seit die Installateure sie liegengelassen hatten, oder der Lønseth-Säge, die er bei einem Eisenwarenhändler in Molde gekauft hatte.

Daß er das Bethaus überhaupt noch fertig zu sehen bekam, war Sandblåst zu danken, der die Leitung der Bauarbeiten übernommen hatte. Niemand in Hoem hatte sich den Hausbau zugetraut, aber sie beteten zu Gott, daß er ihnen einen geeigneten Mann schicken möge, und es zog einer ins Dorf, der es konnte. Aber er wollte es in diesem Jahr noch nicht einweihen. Ein paar Arbeiten im Gang waren noch nicht fertig – und der Gang sei das erste, was die Leute sehen, wenn sie kommen, meinte Sandblåst! Aber da stieg dem Edvard Knutsen das Blut zu Kopf, und er zwang den Bethausvorstand, für die Eröffnung zu stimmen. Das Haus wurde innen und außen weiß gestrichen, aus Erling Storviks Schreinerei wurden die Bänke angefahren. Am 7. September würde sich alles, was Beine hatte – alle Gläubigen des Frænen-Distrikts, alle Christen und Heiden aus Kümiland –, versammeln, um das große Werk seines Lebens zu vollenden. Sie liehen im Nachbardorf Helset Kaffeetassen, und trotzdem reichten sie nicht. Der Vorsitzende der Inneren Mission Romsdal kam persönlich, und von der Mittelschule Rauma kam einer, der Orgel spielen konnte. Vor dem Haus stand der älteste Bakkensohn und betrachtete mit großen Augen, wie viele hinein wollten. Ihm war ein unerhörter, hochmütiger Gedanke gekommen, über den er nachgrübeln mußte: Genau betrachtet war das kein besonderes Haus. Es war jedenfalls nicht schön, aber auch nicht häßlich – es war eher einfach und praktisch, ein gemauerter Kasten mit Spitzbögen an den Fenstern, damit man sah, daß es kein normales Wohnhaus war.

Aber mit den vielen Leuten, die kamen, wurde es besser. Da waren Liebespaare, die ihre Finger lösten, als sie sich der Tür näherten, Greise mit Stöcken und Frauen mit bemalten Holzschachteln, randvoll mit Smørbrød und Kuchen. Sogar der alte John Kvalsnes kam und war willkommen, obwohl man allgemein der Ansicht war, daß die Lehre, der er anhänge, die von Bertram Brochmann nämlich, eine Irrlehre sei. Aber er hatte in seiner Jugend, bevor ihn die falschen Propheten gekapert hatten, die Bethaussache unterstützt. Aus Aureosen kam der komplette Gesangs- und Musikverein, die Männer mit wassergekämmten Haaren, schwarzen Anzügen und blankgeputzten Schuhen, die Frauen in schwarzen Röcken, die ungewöhnlich eng und kurz waren. Einer kam, der so viel Rasierwasser benutzt hatte, daß der ganze Platz danach roch. Selbst an Dauerwellen und ein wenig Wimperntusche fehlte es hier und da nicht, denn es kam ja nicht aufs Äußere an, wie es unter den Gläubigen nun immer häufiger hieß.

Zum Auftakt sang die Gemeinde »Wunderbar ist mein Erlöser, lange Zeit verstand ich's nicht«. Danach sprach der Vater, weil er Prediger war, und der von der Mittelschule spielte Orgel. In der Küche werkelten fünf, sechs gestandene Bäuerinnen, die man nun immer häufiger Damen nannte, und in das Lied mischte sich das Geschirrklappern. Alle waren da, alle außer seiner Mutter, der Kristine drüben in Bakken, sie paßte zu Hause auf den Jüngsten auf, der zwei Jahre alt war, außerdem erwartete sie im November ihr siebtes Kind. Später erfuhren sie, daß sie den Nachmittag damit zugebracht hatte, in dem menschenleeren Dorf einer Viehherde nachzulaufen, die aus der elektrischen Umzäunung ausgebrochen war.

Der Vorsitzende der Inneren Mission Romsdal ging zum Rednerpult, blickte unter schwarzbraunen Augenbrauen über die dichtgedrängte Gemeinde, die sowohl den großen wie den sehr kleinen Bethaussaal füllte, dann öffnete er seine gewaltige Bibel und las mit donnernder Stimme, so daß die Kinder sich duckten:

»Und dem Engel der Gemeinde zu Philadelphia schreibe: Das sagt der Heilige, der Wahrhaftige, der da hat den Schlüssel Davids, der auftut, und niemand schließt zu, der zuschließt, und niemand tut auf: Ich weiß deine Werke.

Siehe, ich habe vor dir gegeben eine offene Tür, und niemand kann sie zuschließen; denn du hast eine kleine Kraft und hast mein Wort behalten und hast meinen Namen nicht verleugnet.«

Über diese Bibelstelle predigte er. Denn war es nicht so, wie es mit den Worten des Herrn geschrieben stand: Jetzt hatten sie den Schlüssel für das Haus, und die Gläubigen blickten durch eine offene Tür ins Reich Gottes? Mit geringer Kraft hatten sie an entlegenem Ort dem Herrn einen Tempel errichtet und in Zeiten der Not seinen Namen nicht verleugnet. Damit hatte der winzig kleine Weiler Hoem (Kümiland, Kümiland!) seinen Bund mit Gott bekräftigt und erstrahlte in Seinem Großen Erlösungsplan. Als er zu Ende geredet hatte, sang die Gemeinde: »Ich weiß, daß mein Erlöser lebt« sowie ein Tischgebet, bevor die Frauen mit dampfenden Kannen hereinkamen.

Aber nach dem Essen bekam Edvard Knutsen das Wort, der über eine Stelle aus dem 118. Psalm sprach:

Der Herr züchtiget mich wohl, aber er gibt mich dem Tode nicht. Tut mir auf die Tore der Gerechtigkeit, daß ich dahin eingehe und dem Herrn danke.

Das war das eine. Darauf aber folgte das eigentliche Mysterium dieser Bibelstelle und das, was er eigentlich sagen wollte:

Der Stein, den die Bauleute verworfen, ist zum Eckstein worden. Dies ist der Tag, den der Herr macht; laßt uns freuen und fröhlich drinnen sein!

Da stand er also und wollte diese Bibelstelle erklären. Hätte er Lust gehabt, eine vierzig Jahre währende Geschichte darüber zu erzählen, was es kostete, das Reich Gottes zu bauen, dann hätte er das jetzt tun können. Er hätten kurz den Streit darum erwähnen können, wo das Bethaus stehen sollte, der es mehrere Jahre lang unmöglich gemacht hatte, Geld zu sammeln. Er hätte darüber reden können, mit wie wenig die Leute auskommen mußten, aber daß einige in ihrer Armut dennoch gaben. Aber er erzählte keine Geschichten. Er wiederholte nur das Wort von dem *Stein, den die Bauleute verworfen* hatten, und zwar so oft, daß es ein großes Rätsel wurde. Wer hatte was verworfen? Wer war der Baustein? Der Großvater sagte auch nichts dazu, wer der Eckstein war, sondern verließ einfach das Rednerpult. Er hatte irgendwann im Jahre neunzehnneunzehn beschlossen, daß ein Bethaus gebaut werden sollte, also war ein Bethaus gebaut worden. Und nach ihm sollte der Pfarrer sprechen. Aber als er das Rednerpult verließ und die Gemeinde »Wir dienen, Herr, um keinen Lohn, es wär uns selbst zu Schaden« anstimmte, sah Edvard Knutsen aus, als denke er an etwas ganz anderes. Wußte er, daß er zum letztenmal vor einer Versammlung geredet hatte? Drei Wochen später stand er mit einer Axt, die er schärfen wollte, am Schuppen von Bakken. Plötzlich fiel er stocksteif um und blieb bewußtlos liegen. Der Arzt, der kam, gab ihm keine große Chance, und alle Kinder gingen hinein, um ihn ein letztes Mal zu sehen. Aber er lebte weiter, an diesem und am folgenden Tag, er lebte bis zum Ende der Woche, und er blieb am Leben, obwohl seine rechte Seite vom Kopf abwärts völlig gelähmt war. Er konnte fast nicht sprechen, bekam einen weiteren Schlaganfall, und wieder schien es mit ihm zu Ende zu gehen. Aber er kehrte vom Krankenhaus heim, und als es auf Weihnachten zuging, hatte er sich soweit erholt, daß er auf einem Stuhl sitzen und sich auf den Stock stützen konnte, den sie für ihn gekauft hatten.

Im November kam in Bakken das siebte Kind zur Welt, die Mutter traute ihren eigenen Augen nicht, denn es war ein Mädchen. Aber nicht einmal sie konnte mit sieben Kindern, vier Kühen und einem Pflegepatienten ganz allein fertig werden. In *Für Arm und Reich*, der Zeitschrift der Inneren Mission, stand, daß die Reisen des Laienpredigers Knut Hoem wegen Krankheit eingestellt seien, was klang, als sei Knut Hoem der Kranke. Aber er war nicht krank, er ging nur in Hoem umher und wußte nicht, was er tun sollte. Schließlich beschaffte er eine Gemeindehelferin, aber die Kinder mochten sie so wenig, daß sie klatschten, als sie abfuhr, und die Mutter weinte vor schlechtem Gewissen darüber, daß sie nicht alles allein schaffte. Der Prediger begann, Holz heranzufahren. Wenn es etwas gibt, womit man nicht reich wird, dann damit, Holz für ein Haus heranzufahren, bei dem Krankheit, Kleinkinder und Gemeindehelferinnen verlangen, daß es in allen Zimmern glutwarm ist, wofür man pro Tag mindestens einen halben Klafter braucht. Zwischen den Jahren war Vater mit Perle im Wald, aber sei es, daß die alte Mähre den Übergang von der Stallwärme zu den Schneeverwehungen nicht vertrug, sei es, daß sie unter Verstopfungen litt, weil sie altes Heu gefressen hatte, jedenfalls kamen sie eines Morgens in den Stall und fanden sie tot in ihrem Stand.

Die Erwachsenen meinen, es sei besser, wenn die Großmutter von Perles Tod nicht erfahre. Da begreift der älteste Sohn, daß auch die Großmutter sterben wird. Er steht an ihrem Bett und erzählt, welche Lieder sie gesungen haben und was Inga ihn gefragt hat. Er spinnt einen langen Schultag zusammen und entdeckt, daß Zusammendichten ebenso einfach ist wie das zu erzählen, was wirklich passiert ist. Er redet und redet, um von allen Fragen über den Hof abzulenken, die zu dem toten Pferd führen könnten. Und ihm wird klamm bei dem Gedanken, daß das Leben vielleicht so ist, daß man unaufhörlich reden muß, um all das zu umschiffen, was nicht erwähnt werden soll.

Er sieht, daß die Großmutter schrecklich dünn geworden ist. Sie ist kaum noch da, nur eine straffe Haut über ein Knochengerüst gespannt, und wenn sie Luft holt, gurgelt es. Er begreift, was die Mutter meint, wenn sie murmelt: »Sie verhungert uns noch!« Sie kann nämlich nichts mehr essen. Zu seinem Herunterbeten all dessen, was sie in der Schule gemacht haben, lächelt sie nur schwach. Plötzlich fragt sie, ob er im Stall gewesen sei und nachgesehen habe, wie es Perle gehe.

Er räuspert sich und antwortet: Nein.

»Aber du gehst doch sicher heute abend mit und hilfst?«

»Ja.«

»Wenn du unten bist, mußt du sie von mir streicheln.«

»Ja.«

Er flüstert: Ja. Er lügt eine Sterbende an. Er lügt und weiß, daß er selbst eines Tages sterben wird. Er kann diese Lüge, die er gerade erzählt hat, niemals ungeschehen machen. Er sieht Großmutters bleiches Lächeln und weiß, in welches Geheimnis sie ihn einweiht: Der, der sterben wird und seinen eigenen Tod kommen fühlt, weiß alles.

Er meint sie sagen zu hören: Sag den anderen nicht, daß ich es weiß! Er will Nein antworten, begreift aber nicht, wie sie überhaupt etwas sagen konnte, denn sie hat die Lippen nicht bewegt! Sie liegt völlig reglos da und sieht ihn nur an. Das geschieht in seinem Kopf, aber es ist furchtbar, es ist, als könne er ihre Gedanken lesen, obwohl ihre schmalen Lippen ganz still sind.

»Ich weiß alles, aber das ist nicht schlimm. Es ist nicht

schlimm, daß ich sterben werde, und auch all das andere nicht.«

(Sie spricht nur in meinem Kopf!)

»So ist es eben. Alles ist in Gottes Hand.«

(Jetzt sind auch ihre Augen nicht mehr geöffnet.)

Sie gleitet in einen leichten Schlaf. Jetzt, wo die Großmutter da liegt und darauf wartet, »erlöst« zu werden, wird der Ofen rund um die Uhr geheizt. Die Ofentür hat eine Klappe, dahinter sieht er, wie die Flamme auflodert und verschwindet, dann lodert sie erneut auf. Sie ist wie eine Seele, die mit dem Tode ringt. Wenn es am Nachmittag dunkler wird, erscheint die schwache Flamme auf der Fensterscheibe. Die Scheibe wird zu einem Spiegel, in dem man die Flamme sehen kann, bis sie ganz ausgeht. Urgroßmutter und Urgroßvater blicken starr aus einem Rahmen an der Wand. Ihre Körper sind schon lange verwest, und doch sehen sie ihn an. *Gott segne dieses Haus* steht gestickt in einem Rahmen. Was für ein furchtbarer Wandschmuck in einem Haus, in dem der Tod wütet und der Hoferbe lügt. Wie in Trance tritt er auf die Treppe hinaus. Der Schnee, der kommen soll, ist noch nicht da. Der Boden ist gefroren, aber fast nackt. Der Hof ist pferdelos, und ein neues Pferd kostet mehrere tausend Kronen. Als es ganz dunkel ist, kommen einige Nachbarn. Sie helfen, das tote Tier aus dem Stall zu schleifen, damit es über Nacht draußen steiffrieren kann. Am nächsten Tag ziehen und zerren sie es auf einen Schlitten und fahren den Weg zum Bootshaus hinunter. Auch wenn die Erde so fest gefroren ist, daß man nicht graben kann, ist der Fjord offen. Auf dem Schlitten liegt etwas Schweres, das weit vom Leben entfernt ist. Das kann nicht Perle sein, Perle, die in den Tagen zwischen der Feldarbeit auf den Weiden herumlief und die Hufe hoch in die Luft warf! Beim

Strand am Bootshaus beginnt ein unermeßlicher Abgrund. Bis Elnesvågen und Tornes am gegenüberliegenden Ufer ist der Fjord schwarz, still und ohne Grund. Draußen ist nicht eine Welle, kein einziges Boot. Hier an der Küste ist es nicht erstaunlich, wenn jemand auf den Gedanken verfällt, daß Perle ein Seemannsgrab bekommen solle. »Sie wird ein Seepferdchen!« sagt einer, der witzig sein will.

Jetzt holen sie das Boot heraus. Sie binden das Pferd auf dem Schlitten fest, befestigen ein Seil zwischen Schlitten und Boot und machen alles flott. Sie werfen eine alte, rostige Eisenegge ins Boot, schlingen eine Kette um den Pferdekörper und befestigen sie an der Egge. Dann rudern sie hinaus, aber da darf Edvard nicht mitkommen. Er bleibt stehen und sieht zu, wie der Schlitten im Kielwasser des Bootes schwimmt, wie sie weit draußen das Seil vom Pferd lösen und die Egge über Bord werfen. Der Schlitten kippt, der Pferdekörper rollt hinunter. Zusammen mit der schweren Egge, die sie so oft über die Äcker gezogen hat, sinkt Perle in die Tiefe, hinab zum dunklen Grund, an einen Ort, wo Nacht und Tag nicht geschieden sind.

An diesem Abend sitzt er am Küchentisch und liest die Bibel. Er wird bald zehn, und in ihm ist eine große Unruhe. Er müßte so viel verstehen, und alle sagen, er verstehe so viel. Aber er versteht nichts von dem, was er liest. »Warst du nicht zornig, Herr, in der Flut und dein Grimm in den Wassern und dein Zorn im Meer, da du auf deinen Rossen rittest und deine Wagen den Sieg behielten?« sagt der Prophet Habakuk. Was trieben sie in alten Zeiten, als die Herren Pferde hatten, die auf dem Meer ritten? In seinem Kopf schwirrten Bilder, die nicht zusammenpaßten. Er dachte daran, Missionar zu werden, aber zwischen ihm und Gott war einiges gar nicht geklärt. In seinem verrückten Kopf war er ungehorsam, und das ließ ihn Dinge sagen, die nicht wahr waren. Nach außen, vor den Menschen, war er gehorsam, aber Gott sah, wie es wirklich war. Wenn er beten wollte, waren die Worte falsch. Sie waren falsch, weil er es langweilig fand, alte Gebete zu beten. Er fand, daß es leer war, wenn er Sätze herunterleierte, die es schon lange gab. Sogar das Vaterunser war ein abgenutztes Gebet, obwohl es Jesus selbst war, der es erfunden hatte. Wenn er sich eigene Gebete in seinem schweren Dialekt ausdachte, konnte er die ganze Zeit über hören, daß die Worte nicht echt waren, und er wußte, daß Gott das merkte. Als sie zu Bett gegangen waren, hörte er aus den beiden anderen Betten das Schnarchen von zwei Brüdern, der eine lag sogar auf einer Strohmatratze, aber du liebe Güte, wie gut er schlief! Er bat die Eltern, das Licht anlassen zu dürfen, weil er so schlecht einschlief. Aber das Licht machte den Raum groß und nackt, und die anderen waren weit von ihm entfernt. Jenseits der ungestrichenen Holzwände des Dachgeschosses war der Schnee, und jenseits des Schnees war der Fjord, wo Perle irgendwo lag. Das Bettzeug war warm genug, aber weil er nicht einschlafen konnte, mußte er immer wieder aufstehen und in den weißen Emaileimer pinkeln, der da stand, weil im Haus kein Klo war. Danach tapste er auf nackten Füßen über den ungestrichenen Fußboden zurück und wußte, daß es jetzt noch schwieriger werden würde einzuschlafen. Sein Körper war kribbelig, er konnte nicht die richtige Stellung finden. Aber die Nacht hat ein Ende. Danach kommt der Tag. Er wußte nicht, wie lange er geschlafen hatte, als der Vater hereinkam, weil er irgend etwas holen wollte. Er hatte an der Wand des Dachgeschosses ein Regal, in dem alle möglichen christlichen Bücher, Bibelkommentare, eine zweibändige Kirchengeschichte und sogar ein paar Bücher über Landwirtschaft standen. Der Vater sah ganz normal aus, und doch wußte der, der im Bett lag, daß etwas passiert war.

»Es ist nicht schlimm«, flüsterte der Vater.

»Was denn?«

»Die Oma ist jetzt im Himmel.«

Also war es geschehen. Eins folgte aufs andere. Der ganze Winter bestand aus einer Reihe von Unglücken. Bald würde es ganz furchtbar werden. Er glaubte nicht, daß das Strafen waren. Es waren nur zufällige Unglücke, die sie heimsuchten. Ohne Bedeutung, ohne Grund.

Es war ein ganz normaler Mittwoch. Die Kinder der kleineren Klassen hatten wie immer frei, nur die Schwester, die in der Siebten war, ging nach Indre Hoem hinüber. Er saß zusammen mit seinen Brüdern am Küchentisch. Auf der andere Seite der dünnen Holzwand lag also Großmutter und war tot. Sie war ohne einen Laut eingeschlafen, als Vater ihr aus der Bibel vorlas. Es war so leise geschehen, daß er es erst gemerkt hatte, als er mit dem Kapitel fertig war. Der Vater erzählte davon, um den Tod so alltäglich wie möglich zu machen. Er hatte aus der Offenbarung des Johannes vorgelesen, jetzt las er es noch einmal vor: »Und der auf dem Stuhl saß, sprach: Siehe, ich mache alles neu!« Hier war sie wohl eingeschlafen. Aber Vater hatte umgeblättert und weitergelesen: »Und der auf dem Stuhl saß, sprach: Siehe, ich mache alles neu! Und er spricht zu mir: Schreibe; denn diese Worte sind wahrhaftig und gewiß! Und er sprach zu mir: Es ist geschehen. Ich bin das A und das O, der Anfang und das Ende. Ich will den Durstigen geben von dem Brunnen des lebendigen Wassers umsonst.« Da dachte er, daß seinem Vater der Gedanke gekommen war, daß seine Mutter vielleicht auch Durst hatte, und daß er, erst nachdem er aufgestanden war, um ihr etwas zu trinken zu geben, gesehen hatte, daß sie tot war.

Der Vater blickte auf die Kinder, die ihn umwuselten, und beschloß, die Trauerfeier nicht zu Hause zu halten, weil viele Trauernde kommen würden. Nur die engsten Verwandten würden sich zu Hause versammeln. Aber das machte nichts, denn jetzt hatten sie ja das Bethaus *Hoffnung* und endlich ein Versammlungshaus! Da konnten die Skeptiker sehen, wie nützlich das Bethaus war!

Die Totengräber hackten sich auf dem Kirchhof durch den Schnee und den gefrorenen Boden, bis sie einen schmalen Schacht hatten, in den sie den Sarg hineindrücken konnten. Der Pfarrer kam und warf Erde auf ihn. Ein Bus der Julsunds-Linie fuhr die Trauergemeinde ins Bethaus. Der Großvater war zu hinfällig, um sich durch den Schnee zum Grab zu schleppen, daher konnte er seine Frau auf dem allerletzten Stück ihres Weges nicht begleiten, aber sie brachten ihn ins Bethaus, damit er alle dort sehen konnte. Es interessierte ihn nicht sonderlich, wie das Bethaus nun, ein halbes Jahr nach seiner Einweihung, aussah, und er schien auch nicht bemüht mitzubekommen, was gesungen und gesagt wurde. Für den Heimweg vom Leichenschmaus hatten sie kein Auto mehr. Zwei Männer hoben ihn auf eine Bank, die auf einem Traktor befestigt worden war, und da saß er, auf dem Weg nach Ytre Hoem, in sich versunken, und nahm nicht die geringste Notiz von dem, was um ihn herum geschah.

Laodikea

Aus Molde kam eine wunderliche Gesellschaft angefahren und parkte elegant auf den unbefestigten Straßenrändern am Bethaus *Hoffnung*. Den Autos entstiegen wassergekämmte junge Männer und Frauen in schwarzen Uniformen. Alle hatten Gitarren in grünen Schutzbezügen, außerdem brachten sie eine Zither und mehrere Blasinstrumente mit. Die Versammlung begannen sie auf ganz eigene Weise. Sie sangen das erste Lied nicht wie die umherreisenden Prediger nach unerträglich langem, stillem Warten, sondern schmetterten mit einem vierstimmigen Lied und klingenden Saiten los, kaum daß sie ausgepackt und gestimmt hatten. So eine Erwekkungsfreude hatten die neugestrichenen Wände des Bethauses *Hoffnung* noch nicht gehört! Denn das war die Heilsarmee!

Nicht genug damit, daß sie aus vollem Halse sangen, sie schaukelten auch im Takt des Liedes, bis dem Jungen von Bakken ganz schwindlig wurde. Die propren jungen Mädchen schienen vor Glück und Erweckungslust geradezu überzusprudeln, sie legten mit Freude Zeugnis ab von ihren Begegnungen mit Ihm, der Meister ist und Herr. Sie hatten alle gelernt, ihr Zeugnis auf gleiche Weise zu beenden, wenn sie einer nach dem anderen vorgetreten waren und ihren Glauben bekannt hatten. »Und du! der du Jesus dein Herz noch nicht gegeben hast, komm zu ihm, morgen kann es zu spät sein!«

Alles hörte ebenso plötzlich auf, wie es begonnen hatte, und der Kapitän aus Molde dankte. Die Gitarren verschwanden in den grünen Schutzbezügen, die Autos verdufteten. Die

Stimmung war wie von Zauberhand aufgelöst. Es war nur ein frostiger Spätwinterabend vor einem ländlichen Bethaus. Dort stand der Bakken-Junge mit einem anderen Jungen, der auch aus einem Haugianer-Elternhaus kam.

»Ich glaube nicht mehr dran«, sagte der andere, »ich glaube, das ist nur Quatsch.«

Edvard konnte nicht antworten, wollte nicht.

»Das haben sie sich nur ausgedacht, weil sie Angst haben zu sterben.«

»Hast du keine Angst zu sterben?«

»Warum denn? Wenn du tot bist, bist du tot. Da spürst du nichts mehr. Hast du nicht deine Großmutter gesehen?«

»Doch.«

»Glaubst du nicht, daß sie genauso tot war wie das Pferd?«

»Ich weiß nicht.«

»Das Ganze ist Quatsch. Dann bestellen sie teure Kränze und bezahlen jede Menge Geld für Kränze und Schleifen, die nach vierzehn Tagen verrottet sind. Es würde reichen, wenn sie die Leiche in einen leeren Mehlsack stecken und vergraben würden, oder?«

»Nein ...«

»Ich mache diesen Quatsch jedenfalls nicht mehr mit.«

Und dieses Versprechen hielt er. Er zeigte sich nie mehr bei einer Versammlung, nie mehr in der Sonntagsschule, nie mehr bei irgend etwas. Er hörte auf, in der Schule die Kirchenlieder mitzusingen, und er faltete die Hände nicht, wenn Inga das Vaterunser betete. Er war fertig damit. Aber für den Erstgeborenen von Bakken begann eine Zeit schwerer Grübeleien. Er wollte Missionar werden, aber er war nicht wirklich erlöst! Gott rief bald den einen, bald den anderen. Er hingegen fühlte sich vom Evangelium der Sünde und der Gnade nicht im geringsten erschüttert. Alle meinten, er habe ein weicheres

Herz als die meisten, und ja, er war ein Weichling. Ein ärgerlicher Tonfall, wenn die Mutter mit dem Vater sprach, reichte, daß er den Raum verließ. Eine Schürfwunde an einem Kinderknie, das nicht das seine war, ließ Schmerzschauer durch seinen Körper laufen. Aber wenn es um das Evangelium ging, blieb er ungerührt. Er fand es nur langweilig, immer wieder die gleichen Hausaufgaben zu bekommen.

Ein reisender Prediger hatte einmal den Unterschied zwischen Kinderglauben und erwachsenem Christentum erklärt. Der echte Kinderglaube frage nicht nach Gründen. Die Seele strecke sich nur vertrauensvoll Unserem Herrn entgegen, manche könnten ihr Leben lang in diesem Zustand bleiben. Er aber fragte nach Gründen, daher war sein Kinderglaube tot. Und er hatte nichts Neues, was er an dessen Stelle setzen konnte. Er war nicht erlöst und konnte andere nicht erlösen.

Im großen Wohnhaus Bakken brannte in allen Fenstern Licht. Die Außenlampe beschien die hohe Steintreppe vor dem Haus. Er ging in die kalte Stube, setzte sich an den Tisch und schlug die Bibel auf, die dort lag. Er las in der Offenbarung des Johannes von den sieben Gemeinden, und die mächtigen Erscheinungen des Apostels bewegten ihn stark. Die Botschaft von Philadelphia und dem Schlüssel zu einer offenen Tür kannte er schon. Statt dessen las er über die Gemeinde von Laodikea:

> *Das sagt, der Amen heißt, der treue und wahrhaftige Zeuge, der Anfang der Kreatur Gottes: Ich weiß deine Werke, daß du weder kalt noch warm bist. Ach, daß du kalt oder warm wärest! Weil du aber lau bist und weder kalt noch warm, werde ich dich ausspeien aus meinem Munde.*

Er begriff, daß er einen Weg eingeschlagen hatte, wo er Gott trotzte, aber er war nicht ganz kalt wie sein Freund. Er war lau, genau das war er. Tief in ihm, unter seiner Sehnsucht nach Gnade und Erlösung, lauerte ein skeptisches Auge, das wissen wollte, wie die Welt beschaffen war. Die Welt war nicht gerecht, und wenn Gott sie so erschaffen hatte, war auch mit Ihm etwas verkehrt. Er sah einen nackten Planeten, auf dem alles, was krauchen und kriechen konnte, so gut wie möglich zu überleben versuchte. Er konnte dem Vater nicht mehr folgen, der ausnahmslos alles zu einer Frage des Glaubens machte. Im Grunde gab der Vater ständig Floskeln von sich, obwohl er nie zweimal über denselben Text predigte. Es waren nur Worte, auch wenn er sich immer anders ausdrückte. Jetzt war er fort, und sie waren wieder allein. Im nächsten Jahr würde die Schwester auf die Mittelschule wechseln. Dann würde er der Älteste sein, wirklich der Älteste.

Die Mutter deckte den Abendbrottisch, bevor sie in den Stall ging. Er beschloß herauszufinden, was es mit der Bibel auf sich hatte, und machte sich daran, sie von vorne bis hinten durchzulesen. Er ließ die Augen über die Verse der Schöpfungsgeschichte gleiten. Sie war schön geschrieben, aber das änderte nichts daran, daß er sie nicht glauben konnte. Er wußte schon lange, daß die Wissenschaft das alles für Aberglaube und Legenden hielt. Aber wenn es nicht Gott war, der die Welt erschaffen hatte, wenn das Ganze durch einen Zufall entstanden war, wie sinnlos war da das Leben! Alle Anstrengungen waren vergebens, alles Streben umsonst! Dann wäre es am besten, sofort zu sterben, dann hatte man es hinter sich! Und dann, was würde dann passieren? Würde er in dem furchtbaren Feuer landen?

Seine Brüder verschwanden ins Bett. Die Mutter kam nach dem Melken aus dem Stall. An diesem Abend hatte sie das Vieh ganz allein versorgen müssen, es ging schon auf elf.

»Willst du dich nicht schlafen legen, Edvard?«

»Nein, ich habe angefangen, die ganze Bibel zu lesen.«

»Das schaffst du heute nicht mehr.«

»Nein, aber ich will noch ein gutes Stück weiterkommen.«

Sie sah ihn mit einem merkwürdigen und fernen Blick an, als sei tief in ihr ein Gedanke, den sie aber nicht äußern würde. Sie sagte nur: »Du mußt nicht soviel nachdenken, Edvard. Das ist nicht gut für dich.«

Welche Lösung hatte sie? Kurz vor diesem Abend war er zehn Jahre alt geworden, an diesem Tag hatte sie ihn auf den Schoß genommen. Er ließ es zu, daß sie ihm über die Haare strich, und dachte dabei, daß dies das letzte Mal sei, daß er auf ihrem Schoß saß. Daher spürte er einen Groll gegen sie, als sie sagte: »Denk nicht soviel nach.«

War nicht *sie* es gewesen, waren nicht *sie beide* es gewesen, die ihm so viel Verstand mitgegeben hatten, daß er aus dem sicheren Kreis herausglitt, der das Dasein umschloß, und die großen Fragen zu stellen begann?

Dann ging er zu Bett. Aber am nächsten Tag saß er wieder über der Bibel, noch bevor er die Schulkleidung ausgezogen hatte. Die Mutter sah ihn an und sagte:

»Es ist, als ob eine Mauer zwischen uns gekommen ist.«

»Ich kann wohl nichts dafür, daß ich geboren wurde!« entfuhr es ihm. »Was redest du!«

»Ich sage, daß ihr mich geboren habt!«

Er knallte die Bibel zu und lief weg.

»Das war jetzt nicht nett von dir!« rief ihm die Mutter hinterher.

Nein, das war es nicht. Aber konnte er denn etwas dafür, daß er lau geworden war? Er sagte sich: Das mit dem Missionar war Kinderquatsch. Dann schlug er sich den Gedanken aus dem Kopf und blieb ärmer zurück. Jetzt war er nur noch einer, der Hoem verlassen würde. Er würde einen Broterwerb finden, um sein Auskommen zu haben. Er würde so unsichtbar werden wie möglich.

Er meinte, daß die Eltern über ihn sprachen, als der Vater einige Tage später nach Hause kam und er nachts ihre Stimmen durch die Decke hörte, aber sie hatten vermutlich ernstere Sorgen. Die Tage der Mutter waren zu kurz für alles, was sie tun mußte. Der Großvater mußte gewaschen, versorgt und jedesmal, wenn er sich hingelegt hatte, wieder aus dem Bett gehoben werden. Er versuchte, allein zu essen, aber vieles landete neben dem Teller. Er wollte nicht fortgeschickt werden, und er durfte bei ihnen bleiben, statt im Altenheim in Tornes zu verrotten. Es ging aufs Frühjahr zu, und schlimmer als dieser Winter konnte es nicht werden. Obwohl der Vater wieder auf Reisen ging, war allen klar, daß die Einnahmen niedriger waren als die Ausgaben. Die ältesten Kinder aßen fast wie Erwachsene. Die Mutter buk jeweils zehn Brote auf einmal, aber sie waren nach wenigen Mahlzeiten aufgegessen. Die Rechnungen beim Kaufmann Olaf Hestad in Aureosen wurden immer höher. Wenn der Vater seinen Lohn bekam, wurden sie natürlich bezahlt, dann schrieben sie bis zum nächsten Lohn wieder an. So bekam Olaf Hestad, was ihm zustand, aber die Mutter kaufte nie etwas für sich. Nur an einem einzigen Tag hatten sie kein Mittagessen, da aßen sie nichts als Kartoffeln mit Butter, aber dem Ältesten kam es vor, als sei dies die erste Begegnung mit der Armut. Der Vater kaufte vom blinden Hans Myren ein Faß Lumb. Der Erstgeborene hatte sich um viele Fischmahlzeiten herummogeln können, aber in diesen mageren Zeiten hatte selbst er keine andere Wahl. Das Viertelfaß gesalzener Lumb reichte die ganze Saison, er wurde in der Lake gelb und das Fischfett stank so sehr, daß sie sich übergeben wollten, aber es mußte runter. Die Schwester hungerte schließlich lieber, als diesen widerwärtigen Fisch zu sich zu nehmen.

Die selbstzufriedene Wohlstandsgesellschaft bedrängte sie über das Radio und die Lokalzeitungen. Es war ganz offensichtlich etwas mit *ihnen* verkehrt, wenn es anderen immer besser ging.

Darüber konnte nicht geredet werden. Nichts wurde besser durch Reden. Der Erstgeborene empfand die Armut als persönliche Beleidigung. Er schämte sich, daß er in Hoem wohnte. Konnte es irgendwo schlimmer sein als hier? »In vielen anderen Dörfern ist es auch nicht besser«, tröstete der Vater.

Er hatte mehr Orte gesehen als die allermeisten, und er wußte wohl, wovon er sprach. Aber der Erstgeborene glaubte nicht mehr an ihn. Er fand nicht mehr, daß der Vater etwas Besonderes sei. Der wich manchen Fragen aus. Die Ältesten drängten auf Antworten.

»Wer ist Ole Lindsets Vater?« fragten sie, um ihn auf die Probe zu stellen. Das war ein Bauer am Ort, und seine Mutter war nie verheiratet gewesen.

»Nun, er hat keinen Vater«, sagte der Vater gedankenabwesend, während er Holz hackte.

»Natürlich hat er einen Vater«, sagten die Buben. »Jeder hat doch wohl einen Vater.«

»Ja, ja. Was ich sagen wollte, war, daß seine Mutter nicht verheiratet war.«

»Aber er muß trotzdem einen Vater haben!«

»Ja, schon. Aber das verstehen kleine Kinder noch nicht«, sagte der Vater.

Konnte jemand wirklich so dumm sein zu glauben, daß man mit Zehnjährigen reden konnte wie mit kleinen Kindern? Natürlich lag es an der Inneren Mission, daß der Vater nicht über uneheliche Geburten reden wollte. Sie hatten selbst eine Schwester, die unehelich geboren war! Darüber durfte auf gar keinen Fall gesprochen werden. Dem Jungen wurde schlecht vom Verschweigen. Der Vater hatte nicht bemerkt, daß er groß geworden war.

Sie brauchten Holz, und er ging mit zum Fällen. Da konnte er seine Gereiztheit lüften, und der Geruch von frisch geschlagenem Holz, der sich mit der würzigen Frühlingsluft mischte, stimmte ihn versöhnlich. Alles in allem war es ja doch nicht so schlecht! So pendelte er binnen weniger Minuten zwischen schwärzestem Mißmut und Hochstimmung. Er pfiff, und das war zuviel. Er würde bald den Beweis dafür bekommen, daß die Welt nicht gut war. Tabakgeruch schwebte an seiner Nase vorüber, von einem Jugendlichen, der sich näherte, offenbar mit einem ernsten Anliegen.

Der Jugendliche setzte sich auf den Holzstapel und rückte nicht mit dem heraus, was er auf dem Herzen hatte, auch wenn es noch so wichtig war. Wie es sich gehörte, hielt er sich zurück, bis die Leute von selbst begriffen, daß etwas los war. Er redete lang und breit über das Fischen im Fjord, die Pläne für die Frühjahrsbestellung und den Betrieb von Traktoren, er wußte auch unglaublich viel Neues über die Zustände rund um den Frænfjord zu berichten. Da gab es einen, der hatte sich schon wieder im Suff ein Bein gebrochen, und in Gjendem hatte sich ein Mann nackt ausgezogen!

Also nein, was es nicht alles gab!

Der Vater durfte über solche furchtbaren Geschichten nicht zu laut lachen, aber er liebte Unterhaltung und ging lange mit. Er erzählte selbst unglaubliche Geschichten aus den alten Zeiten in Kümiland, aber der Jugendliche wurde still und trübsinnig.

»Man fragt sich ja, was den Kerl herführt«, sagte der Vater, um zur Sache zu kommen.

»Ach, das hat keine Eile.«

Erst einmal wurde unter Schmatzen die neue Zigarette probiert, bis sie ganz naß war, sie mußte aus dem Mund genommen, hin und her gedreht, genau betrachtet werden, um zu prüfen, ob sie ordentlich zusammengeklebt war. Es mußte ein ordentlicher Lungenzug eingesogen und dann ausgehustet werden. Dann konnte man noch die Tränen aus den Augen wischen und ein paar Rauchringe blasen, bis man die innere Ruhe hatte, die man brauchte, um sein Anliegen vorzubringen.

»Es geht um euer Pferd«, sagte der Konfirmand. »Ich bin hier, um über euren Gaul zu reden.«

»Wir haben kein Pferd auf dem Hof«, sagte der Vater verstimmt, »und ich finde nicht, daß du dich darüber lustig machen solltest.«

»Nein, nein, so war das nicht gemeint! Aber es ist wieder aufgetaucht.«

»Was!«

Die Sache war die, daß sich das Pferd offenbar von der alten Egge, an der sie es festgebunden hatten, damit es nach unten sank, losgerissen hatte. Jetzt war der Kadaver bei Katthammar an Land getrieben, und da lag er nun, stank und verschandelte die Aussicht, wie der Jugendliche sich ausdrückte.

Am selben Abend gingen sie hin, sahen, was sie gehört hatten, und der Hoferbe erhielt einen weiteren Beweis für die Abscheulichkeit des Lebens. Da lag Perle, schaurig zugerichtet, aber dennoch erkennbar. Das Meerwasser hatte das Fell vom Pferdekörper gefressen, jetzt war sie völlig kahl, glatt und weiß. Die Augenhöhlen waren leer, das Maul verfault, die Mähne von Schleim und Seegras bedeckt, die Ohren voller Fliegen und Würmer. Der Vater und der Jugendliche hatten ein Seil mitgebracht, das sie um den Pferdekörper legten, dann wateten sie ins Wasser hinaus und versuchten, den Kadaver flott zu bekommen. Aber sosehr sie auch zogen und zerrten, er bewegte sich nicht. Der Vater schob ein Stück Treibholz unter das Vorderteil, um die Pferdeleiche ins Meer zu kippen, statt dessen bohrte es ein Loch in den Hals, aus dem das Innere herausquoll. Edvard lief fort, krümmt sich, erbrach sich. Das hätte sein Pferd sein sollen! Während sie sich mit dem aufgeplatzten Tier plagten, kam ihnen die Flut zu Hilfe, so daß der Gaul zum Schluß halb schwimmend dalag. Im Fjord tauchte ein Nachbar mit einem Motorboot auf. Sie brachten schwere Steine ins Boot, umwickelten sie mit Draht und befestigten sie an dem Seil, das sie um das Tier gelegt hatten. Es war eine Schande für ganz Hoem, daß Perle wieder aufgetaucht war, und da der Boden nicht mehr gefroren war, dachten sie auch daran, sie zu vergraben. Aber der Jugendliche war entschieden dafür, daß das Meer Perle haben sollte! Das Meer hatte Perle ausgespieen! Aus seinem Munde ausgespieen!

Bei dieser Arbeit zählte niemand auf den nachdenklichen Hoferben. Sie dachten offenbar, daß er für so etwas zu zimperlich sei. Er machte sich klein und unsichtbar, um mit ins Boot zu kommen, als sie darangingen, Perle zur tiefsten Stelle mitten im Frænfjord hinauszuziehen. Auf dem schwarzen Spiegel des Meeres machte das tote Pferde große Wellen. An den Ufern rundum begann jetzt das Frühjahr, das Frühjahr nach dem schlimmsten Winter. Vom Festland hörte man Hammerschläge und das Rufen von Leuten, die ihre Boote instand setzten. Der Jugendliche paffte Rauchwolken und überlegte laut, ob Perle wohl gutes Makrelenfutter sei. Von jetzt an werde er immer an den Bakken-Gaul denken, wenn er Makrelen esse. Sie erreichten die Fjordmitte und begannen, die großen Steine über Bord zu werfen. Perle glitt unter die Wasseroberfläche. Dann sank sie plötzlich schneller. Edvard beugte sich über die Bootswand und sah, wie die Mähre zu einem weißen Schimmer im Wasser wurde, dann verschwand sie ganz, in der endlosen Tiefe, die das Meer des Vergessens ist, in das Jesus unsere Sünden wirft, jene siebzigtausend Klafter, mitten in den Frænfjord. Er wußte, daß er das niemals hätte sehen sollen. Er hätte die Erinnerung an ein Pferd behalten sollen, das an einem strahlenden Sommertag in der Deichsel tänzelte, jetzt würde er sich immer als erstes an den übelriechenden Kadaver erinnern, wie eine ewige Mahnung an die Vergänglichkeit.

Aber nicht einmal das brachte ihn der Erlösung näher. Er war ein lauer Gewohnheitschrist, wie er dastand und dem Jugendlichen zuhörte, der zu spotten begann:

»Von der Erde bist du gekommen.«

»Nein, nein«, sagte der Vater. Er war Prediger und mochte solche Reden nicht.

»Vom Gras bist du gekommen«, verbesserte sich der Jugendliche. »Zu Meer und Wellen sollst du werden.«

Da mußte auch der Prediger lachen.

»Jetzt machen wir hier eine Kreuzpeilung!« sagte der Jugendliche. »Weil manche glauben, daß sich die Bakken-Mähre bewegt, bevor sie die Posaune blasen, wollen wir am letzten Tag wissen, wohin wir sie gelegt haben! Ich strecke die Hand zur Vågøy-Kirche und habe das Jugendhaus von Tornes gegenüber! Dann peile ich zur Nordspitze von Aukra und habe das Leuchtfeuer auf Ålvorren genau hinter mir.«

Er wußte sich zu drehen und zu wenden, dieser Jugendliche.

Daheim in der Küche saß der Großvater in einem neuen Lehnstuhl, den sie für ihn gekauft hatten, den Stock über der schlaffen rechten Hand. Die Hand war kalt, darum rieb er sie mit der anderen.

»Du kaufst wohl wieder ein Pferd«, sagte er zum Vater.

»Ein Traktor wäre besser«, antwortete der Vater.

»Das soll der B-B-Bub machen«, sagte der Großvater, der die Wörter schlecht herausbekam.

»Da ist immer das mit dem Geld«, sagte der Vater.

»Habt ihr sie, hm, vergraben?«

»Nein, jetzt liegt das Pferd auf dem Grund des Frænfjords.«

»Hm, da liegt noch mehr.«

»Was meinst du damit, da liegt noch mehr?«

»Nein, das habe ich jetzt vergessen«, sagte der Großvater und bekam einen abwesenden Blick.

Da war es, als drehe sich der Vater zum Hoferben um, um zu sehen, ob der etwas gehört hatte, was er nicht hätte hören sollen. Das war eigenartig, der Hoferbe sah deutlich, daß der Vater beim Gedanken an etwas erschrak, von dem der Junge nichts erfahren sollte.

Es war, als kämen sie von einer Beerdigung nach Hause. Sie hatten etwas abgeschlossen, Abschied genommen. Es war das Frühjahr mit kleinen, aber wichtigen Veränderungen. Die

Jauche wurde mit einem geliehenen Traktor auf die Felder gesprüht, zum erstenmal seit undenkbaren Zeiten stachen die Leute von Hoem keinen Torf mehr als Heizmaterial für den Winter.

Zeitig an einem Morgen im Frühsommer, die Eltern waren im Stall, ging der Zehnjährige in Tau und Morgenluft am Strand entlang. Die dunklen Erinnerungen verblichen immer, wenn er die Landschaft leuchten und schimmern sah. Es war Niedrigwasser, das Uferstück zwischen Bakken und Lindset war trocken. Plötzlich sah er, nur einige hundert Meter entfernt, einen großen Hirsch, der am Rand des Haselnußwaldes stand und sein Geweih in die Morgensonne streckte. Der Zehnjährige blieb stehen und hielt den Atem an. Der Wind wehte wohl in die andere Richtung, so daß der Hirsch ihn nicht bemerkte. Das große Tier näherte sich jedenfalls, es schritt auf seinen langen Beinen über den Lehm.

Der Junge kam nicht auf den Gedanken, daß das Tier gefährlich sein könnte. Er stand und hielt den Atem an, bis ihm schwarz wurde vor den Augen. Er hatte einen merkwürdigen Geschmack im Mund und hörte Laute in sich, merkwürdige, gequälte Laute, die herausdrängten und nicht aufzuhalten waren. Sie brachen jäh aus seinem Mund hervor, wie ein Schrei gegen einen donnernden Wasserfall. Den Bruchteil eines Augenblicks lang schien es, als springe der Hirsch auf ihn zu. Er bekam Panik und lief los, rannte so schnell er konnte, rannte um sein Leben, die Hügel hinauf, zur Scheune hinauf, verlor einen Schuh, rannte durch den Matsch vor der Stalltür, blieb mit dem Fuß stecken, verlor den zweiten Schuh und jagte auf schmutzigen Strümpfen in den Stall, direkt in die Box, wo die Mutter saß und melkte.

»Was in drei Himmels Namen!«

»Der Hirsch hat mich verfolgt!«

Der Vater eilte ebenso wie die Mutter zum Stallfenster, um das Tier zu sehen, aber das war selbstverständlich verschwunden. »Er war gerade noch da!« sagte er verwirrt, ängstlich, daß sie ihm nicht glauben würden. Jetzt war es so, als hätte es nie einen Hirsch gegeben, nur sein Herz hämmerte wie wahnsinnig. Aber da *war* ein Hirsch gewesen! Er konnte nichts dafür. Er schluchzte und war nicht zu trösten. Er weinte, nicht weil er Angst hatte, sondern weil er wußte, daß er nicht in der Lage sein würde zu erklären, was ihn erschreckt hatte, als er den großen Hirsch sah. Es war ein schöner, ein großartiger Anblick gewesen, sicher. Vor allem aber war es ein erschreckender, bedrohlicher, unheimlicher Anblick. Das konnte er nicht sagen – damals nicht, später nicht. Es hatte etwas mit einer unerklärlichen, souveränen und *freien* Bewegung zu tun, die jäh in die schweigende und ereignislose Landschaft gekommen war. Er wußte, daß der schlimmste Winter vorüber war und daß von nun an alles mögliche passieren konnte.

Die Erinnerung an Kümiland

Er, der einmal im Pfarrbezirk Frænen Pfarrer und Bauer zugleich hatte werden wollen, war im Begriff, seine erste Liebe aufzugeben. Das Dorf, das in sich selbst ruhte, war im Begriff, für ihn zu verschwinden. Die Farben des Landes seiner Kindheit mischten sich immer stärker mit der übrigen Welt. Sie rannen mit dem Autoverkehr davon, der auf der Landstraße von Jahr zu Jahr zunahm, sie rannen zu den Nachbargemeinden Gjendem und Aureosen, und vor allem rannen sie zur Stadt, nach Molde hin. Immer häufiger machte er Zukunftspläne, die sich nach einigen Wochen oder Monaten in Nichts auflösten, aber Kümiland kam in keinem vor. Der Großvater wurde noch stiller, wie er da mitten in der Küche in seinem Stuhl saß, und der Vater und die Mutter nahmen nie das Wort »Hoferbe« in den Mund. »Jeder Mensch muß seinen eigenen Weg gehen und seinen Fähigkeiten und Anlagen folgen«, sagte der Vater. »Wer keine Neigung zur Landarbeit hat, soll sie auch nicht machen.« Er dachte wohl an sein eigenes, unfreiwilliges Los. Die Erde Norwegens zu bestellen sei eine so große Aufgabe, daß nur Bauer werde solle, wer sich dem weihen wolle. Aber als der Prediger schließlich von seinem Vater die Leitung des Hofes übernahm, verfolgte er dennoch den Plan, Bakken zu einem richtigen Bauernhof zu machen. Er mietete einen Mann mit Bagger, der jenen Teil des Landes urbar machen sollte, der noch nicht unterm Pflug war. Außerdem hegte der Vater einen geheimen Traum. Er wollte die beiden Teile des Erbhofs, der fast einhundert Jahre zuvor geteilt worden war, wieder vereinen, damit der, der Bakken eines Tages von ihm übernehmen würde, eine ordentliche Ackerfläche hätte. Das durfte man natürlich nicht laut sagen, denn noch lebte der alte Edvard Eliassen auf jenem Teil des Hofs, der bei einer Auktion vor einhundert Jahren verscherzt worden war, und er sagte nie, daß einer der Bakken-Jungen sein Nachfolger werden solle. Das alte Dorforiginal war so alt geworden, daß sein Betrieb ihm über den Kopf gewachsen war. Was die Nachbarn nicht mähten, ließ er zuwuchern, das Vieh hatte er geschlachtet, bevor ihnen das Stalldach endgültig über den Köpfen zusammenbrach. Er kam den Weg zum Bakken-Haus hinuntergetappelt, in der Hand eine Pflanze, weil er zeigen wollte, was er auf seinem Acker gefunden hatte.

»Wißt ihr, was das ist?« fragte er triumphierend und schnitt mit einem Messer die Wurzel auf.

Nein, das wußten sie nicht, nicht einmal die Mutter, die die Namen der meisten Pflanzen kannte.

»Das ist Wasserschierling«, verkündete der Alte. »Ein Bissen davon, dann liegst du da!« Es schien fast, als bereite es ihm Freude, daß auf seinen Äckern Tod und Verderben wuchs. Er hatte keine Nachkommen, darum war mit ihm auch Schluß. *Keiner* sollte nach ihm kommen. Er war selbst Einzelkind, mit ihm starb die Familie aus. Solange er lebte, durfte unter keinen Umständen etwas unternommen werden, was in die Zukunft wies. Dennoch konnte er mit halbgeschlossenen Augen die fünf Bakken-Jungen daraufhin taxieren, welcher etwas taugte. An den Ältesten glaubte er nicht. Einer mit einem solchen Hang zu Büchern hatte auf dem Acker nichts verloren. »Aber aus dem kann was werden«, sagte er und deutete auf den kleinen Bjørn, »der wirkt zäh und bodenständig.« Und er hatte einen guten Blick, denn Bjørn war einer, der bei Sonnenschein drin saß und den Kopf hängen ließ, bei Regen und Sturm aber nicht zu halten war. Dann stromerte er völlig durchnäßt am Bach Dalsgrova entlang und angelte stundenlang kleine Fische. Waren die Äcker voller Unkraut, resignierte der Älteste nur noch, sein Bruder Bjørn aber kroch auf allen Vieren herum und riß es aus. Der Vater sagte: »Wer kann das wissen, die verändern sich die ganze Zeit. Und die Zeit verändert sich genauso schnell wie sie!«

»Ich werde niemanden bitten, nach mir hier zu bleiben«, sagte die Mutter, sie lief mit einem Eimer Schweinefutter den Stallweg hinunter und war gleich darauf im Kartoffelacker, um fürs Mittagessen neue Kartoffeln auszugraben. »Aber ich habe vor hierzubleiben!« sagte sie zum Vater. Der Älteste staunte nur. Was meinte sie damit, daß sie hierbleiben wolle? Sie war doch seit zwölf Jahren hier!

An der Kreuzung in Ytre Hoem, wo die Straßen von Vågøy und Krekjen auf die Straße nach Gjendem trafen, standen die alten Sommerställe an der Grenze der Allmende. Dorthin wurden die Kühe getrieben, wenn die Weiden des Nutzlandes der einzelnen Höfe abgegrast waren. Als er klein war, gingen die Mutter und die Großmutter jeden Morgen und jeden Abend zum Melken dorthin. Jetzt war die Großmutter fort, und die ersten Kindheitssommer verschmolzen zu einem Summen von Hummeln und Bremsen und einem starken Kuhfladengeruch, der sich mit Blumenduft mischte. Der ganze Frühsommer war ein brausender Wasserfall von Grün, der nicht vor Mittsommer verstummte, Lichtstreifen drangen bis in seine schwierigen Gedanken hinein. Im Sommerstall standen die Tiere dichtgedrängt und schlugen mit den Schwänzen nach Fliegen. Es gab keine Fenster, das Abendlicht fiel nur durch Ritzen in den Wänden hinein. In den Ecken hingen große Spinnweben. Er ging mit und trug auf einer Schaufel Kuhmist hinaus. Draußen reichte ihm der Wiesenkerbel erst bis zu den Schultern, und als er größer wurde, bis zu den Hüften. Tief im saftigen Gras um den Misthaufen wuchs Rotklee, üppig und spät. Auf dem Heimweg pflückte er am Straßenrand Glockenblumen, Siebenstern, Fingerhut, Schafgarbe, Moosglöckchen und wilde Veilchen. Einen Kilometer weiter, zum Langøy-Strand hin, begannen die großen Allmend-Moore, mit braun-violettem Heidekraut und schmalen Pfaden neben kleinen Bachläufen. Im Moor wucherte grünes Riedgras, zwischen den Felsbrocken wuchs Kieferngekräusel. Daß die Bäume so klein waren, wurde dem harten Klima zugeschrieben, aber wenn sie auf dem Allmendland Torf stachen oder Wassergräben aushoben, kamen immense Wurzeln zutage, die bewiesen, daß hier vor ein oder zwei Jahrhunderten ein riesiger Tannenwald gestanden hatte. Es dauerte lange, bis ihm klar wurde, daß die weiten Allmendflächen von Menschen kahlgeschlagen worden waren, weil sie Brennstoff für eine Teerbrennerei brauchten, die dort gestanden hatte, wo jetzt der Sommerstall war. Unendlich lange hatten die Kümiländer eine Handelsware gehabt: Teer für die Bootswerften entlang der Küste. Sie hatten ihren großen Wald geopfert, um Teer zu brennen. Jetzt war der Teermeiler nur noch ein vergessener Graben an der Grenze zwischen Weide- und Ödland. Dort, wo der Tannenwald abgeholzt worden war, wollte ein Laubwald wachsen, aber wenn das Vieh auf die Allmendweiden gebracht wurde, biß es die Spitzen der kleinen Birken ab, kaum daß sie aus dem Heidekraut hervorlugten.

Er konnte sich stundenlang beim Sommerstall aufhalten, bevor gemolken wurde. An den Straßen schrieb er die Nummern der wenigen Autos auf, die vorüberstaubten. Hin und wieder kamen Leute von den Höfen in Ytre Hoem oder Vågøy gefahren. Es konnte einer mit einer Kiste Lachs kommen, aber wenn jemand wissen wollte, wieviel Kilo er im Netz hatte, war das eine törichte Frage, die nur eine Antwort verdiente, und die lautete, daß die Russen alle Jungfische weggefischt hätten. Manchmal verirrten sich ein oder zwei Touristen dorthin und vielleicht ein paar radelnde Jugendliche aus Molde, die in den Schulferien eine Fahrradtour weit hinaus aufs Land machten. Samstagabends kamen mit dem Bus Hüttenbauer, um mit ihrem Gehämmere den Wochenendfrieden zu stören. Man konnte Leuten in einem Opel Olympia den Weg zur Kirche in Vågøy erklären, denn es gab keine Schilder, die dieses Geheimnis gelüftet hätten. Straßenschilder und Straßenschotter waren Dinge, mit denen die Kommune die Kümiländer gern verschonte. Hier, an der äußersten Peripherie des Distrikts, kam es nicht so darauf an. Wohnt denn in Hoem jemand? hatte einer in der Kommunalverwaltung gefragt, und an diesen Satz erinnerte man sich in Kümiland lange. Wurden die Löcher in der Landstraße zu groß, kam auch schon einmal eine Planierraupe angescheppert und glättete die Straße gerade so weit, daß der Linienbus durchkam, aber da nie neuer Schotter verteilt wurde, kratzte die Raupe schließlich nur noch auf der Lehmdecke unter dem Schotterbelag, und wenn es regnete, wurden die Löcher in der Straße noch größer. Man hätte meinen können, daß es den Führungskräften im Gemeindevorstand und der Kommunalverwaltung Kopfschmerzen bereitete, daß wirklich jemand in den Außenbezirken lebte, und die Dörfer in Ytre Frænen wären wohl aufgegeben worden, wenn die Kümiländer nicht beschlossen hätten, ihre große Allmendefläche zu privatisieren und unter den Bauern aufzuteilen. Aber diese Zeitenwende zeichnete sich gerade erst am Horizont ab, und wer zu den Sommerställen in Ytre Hoem kam, sah eine unberührte Landschaft, bis hin zum Fjord im Westen und den endlosen

Stränden von Langøy. Da konnte es vorkommen, daß sogar ein Stadtmensch vom Anblick der Natur so ergriffen war, daß er ein Gespräch mit diesem Jungen anfing, der still dastand und bereitwillig erklärte, wo die besten Badeplätze waren. In Hoem schien immer die Sonne, solange es nicht regnete, und die Kühe kamen zur Unzeit in den Sommerstall, um zu trinken, so daß man sie mit einer Weidenpeitsche ins Moor zurücktreiben mußte.

Die Großmutter war nicht mehr, und es wurde zu zeitaufwendig, die Kühe weiterhin in den Sommerställen auf dem Gemeindeland zu halten. Außerdem waren die Weiden dort braun vor Heidekraut und gaben der Milch nicht den Fettgehalt, den die Molkerei jetzt verlangte. Es wurde fast nichts mehr mit der Sense gemäht. Der Zaun, der die Allmende vom Nutzland der Höfe trennte, verfiel langsam, niemand wollte die Reparaturkosten übernehmen. Vor allem aber hatte die Elektrizität eine neue, wunderbare Erfindung mit sich gebracht: den Elektrozaun. Das war nur ein einfacher Draht, in dem Strom lief und der von Tag zu Tag versetzt werden konnte. Man brauchte nur die Pfähle mit den Isolatoren um ein entsprechend großes Weidestück in den Boden zu rammen, schon konnte man die Kühe auf eine saftige Weide im Nutzland treiben. Stromimpulse paßten auf, daß die Herde nicht ausbrach. Darum standen die Sommerställe jetzt leer und verfielen, ihm tat das nicht leid, auch wenn es das Land seiner Kindheit war, das vor seinen Augen verrottete.

Er ging zum Sommerstall, um allein zu sein. Er lief über das Ödland zu den Stränden auf der anderen Seite, er sah das Postschiff, das am späten Nachmittag kam und hinter der Landzunge bei Bud verschwand. Er versuchte, sich vorzustellen, wie es an Bord war, und ging unendlich langsam nach Hause. Er war lang und dünn und hatte dickes hellblondes Haar. Er mochte sein eigenes Gesicht im Spiegel nicht, hatte jedoch eine hohe Meinung von sich. Hinter der sonnenbestrahlten Landschaft lag eine große Dunkelheit, aber da er wußte, daß sie in ihm war, sprach er mit niemandem darüber. Er lebte nicht ständig in Angst, hatte aber die ganze Zeit das Gefühl, daß eine Katastrophe kommen werde. Er dachte nicht an die Atombombe, auch nicht an den Jüngsten Tag, aber es würde etwas passieren. Vor seinem inneren Auge sah er einen Himmel, der sich wie brennendes Papier kräuselte, und Berge, die zur Erde stürzten. Genauso war es, in ihm, er konnte nur versuchen, es zu tragen. O doch, er glaubte an Gott, überließ aber das Leben nicht dessen väterlicher Fürsorge. Er mußte die Verantwortung selber tragen.

Die Rinder wurden nach Hause geholt, nur vereinzelte Jungtiere streiften noch frei umher. Über die kahlen Felsrükken am Meer begann Birkenwald zu wachsen. Der Vater hatte schon vor dem Weltkrieg beim Flurbereinigungsgericht die Flurbereinigung der Allmenden beantragt. Das alte Gemeineigentum mußte abgewickelt werden, damit jeder Hof damit beginnen konnte, eigenes Ackerland zu bewirtschaften. Niemand war bereit, das Land in Gemeinschaft urbar zu machen, das war damals und auch später völlig undenkbar. »Ich sähe das Moor hier gern grün, bevor ich in die Erde gelegt werde«, sagte die Mutter und deutete hinüber zum Meer. Aber der Erstgeborene lebte in seiner Welt, und die war ganz anders. Nicht er war es, der graben, pflügen und säen, dem heiligen Hoem neues Land hinzufügen würde. Das Brausen der Meeresdünung, das Omen aller Konchylien und die Sonne, die durch alle blauen Himmel dröhnte, würden niemals zu einem Sphärengesang über sein Ackerland zusammenfinden. Nein, er wußte, daß nicht er es war, der das machen würde.

Irgendwann an diesem langen, hellen Tag in Kümiland kamen die Flurbereiniger und hielten eine Versammlung ab, deren Ziel die feierliche Vereinbarung zur Aufteilung der Allmende war. Über dem Warten auf die Flurbereiniger hatte der Vater seine Jugend hingehen sehen. Jetzt kamen die Männer von der Landwirtschaftskammer und der Flurbereinigungsrichter Skare mit seinen schlohweißen Haaren für die nächste Generation. Man traf sich mit lauten Stimmen in Bakken, und weil es ein großer Tag war, begrüßten sich die Bauern von Hoem mit Handschlag. Sie schlossen die Tür zur Stube, so daß man hätte lauschen müssen, um etwas mitzubekommen, und für so etwas war sich der Erstgeborene zu gut. Außerdem ging es da drin nicht schnell voran. Die Allmendefläche war viel größer als ihre Höfe, selbstverständlich gab es ein Tauziehen darum, wie sie aufgeteilt werden sollte. Einer meinte, es habe gar keine Eile mit der Flurbereinigung, das war der, der keine Nachkommen hatte. Einer meinte, der Wald an den Berghängen habe einen großen Wert, während andere fanden, daß diese paar Kiefern den Namen Wald gar nicht verdienten.

»Nehmt den Wald!« sagte der Prediger. »Ich will nur Ackerland.«

Die Leute von der Flurbereinigung hielten die Diskussion mit Dokumenten und fremden Wendungen in Gang, sie fragten nach Tauschurkunden und Unterlagen aus vergangenen Tagen, und sie verbrachten endlos viel Zeit mit dem Studium alter Karten. Die Mutter kochte in einem riesigen Kessel Kaffee und schnitt Berge von Brotscheiben, sie schälte gekochte Eier und schnitt sie in einem Tempo in Scheiben, daß die Eierstücke um Gnade flehten. Sie bestreute den Wurstbelag mit Petersilie und trug wackelnde Tabletts, beladen mit Kaffee und belegten Broten, zu dem Wolfsrudel in die Stube. In der Küche saß der Großvater, er konnte so wenig sagen, daß er sich nicht einmischen konnte, er stieß seinen Stock auf den Boden und sagte: hm! weil niemand ihn fragte. Dann verschwanden die Flurbereinigungsleute mit dem Versprechen wiederzukommen. Es sollte ein weiteres Jahrzehnt dauern, bis die Bereinigung fertig war.

Aber der Vater sagte: »Jetzt läuft es!« Er machte lange Spaziergänge durch die Allmende, um sich Vorschläge für die nächste Flurbereinigungsversammlung zu überlegen. Er kannte jeden Stein und jeden Buckel mit Namen, und er wollte, daß diese Namen für alle Zeiten in das Flurbereinigungsbuch eingetragen würden. Das machte ihm mehr Spaß als die anstehende Feldbestellung, er war ein pferdeloser Mann auf einem pferdelosen Hof. Sie konnten nicht mehr bei den nächsten Nachbarn die Runde machen und ausleihen. Also lieh er ein Pferd in Malmedalen, das knapp zwanzig Kilometer entfernt lag. Als das Pferd geholt werden sollte, mußte der Erstgeborene mitkommen. Sie fuhren so weit wie möglich mit dem Bus, danach mußten sie durch das endlose Tal zu Fuß gehen. Nach Hause rumpelten sie mit dem alten Tier, ohne Ladung. Das war furchtbar, nach Perle. Das vorsichtige Schnalzen, das Perle in Gang gesetzt hatte, half bei diesem Tier nicht, sie mußten schreien und mit den Zügeln schlagen, damit es losging. Irgendwie zog es die ganze Zeit nach links, es wich, wie der Vater das nannte. Daher mußten sie am rechten Zügel zerren. Wann immer sie wollte, blieb die Stute stehen und genehmigte sich eine Pause. »Ich kann nur froh sein, daß ich sie nicht gekauft habe«, sagte der Vater.

Bald darauf aber sagte er, in seiner blumigen Redeweise:

»Welch Freude und hohes Glück, auf dem Hof wieder ein Pferd zu haben!«

»Du wirst sehen, daß sie besser wird, wenn sie sich an uns gewöhnt hat«, sagte der Älteste, um den Vater zu trösten.

»Ja, so wird es sein«, sagte der Vater und warf ihm einen raschen Blick zu.

In diesem Moment kamen sie um eine Wegbiegung, sie hörten Traktorbrummen, und dem Jungen kam es vor, als habe er das schon einmal erlebt: Hoch auf einem nagelneuen Massey Ferguson kam ihnen ein Nachbar entgegen und pfiff.

»Jaha! Ihr habt ein Pferd gekauft«, rief er und hielt den Traktor an.

»Wir haben es nur geliehen«, sagte der Vater.

»Ja, der sieht gut aus«, rief der Mann auf dem Traktor.

»Es ist nur für den Sommer.«

»Du hast wohl dafür bezahlen müssen? Du hast es nicht umsonst geliehen?«

»Nur dreihundert Kronen.«

»Ach, das wird teuer. Denk daran, was das Futter kostet. Das ist das Futter für eine Kuh! Und der Gaul frißt, ob er arbeitet oder nicht.«

»Wieviel kostet der Traktor, auf dem du sitzt?« fragte der Vater, neugierig, aber mit düsterer Stimme.

»Nur achtzehntausend. Also jetzt muß ich mich aber beeilen, bevor in Aure die Geschäfte zumachen«, sagte der Mann und startete den Motor mit einem Schlüssel. Dann fuhr er fort.

»Wir hätten einen Traktor haben sollen, oder?« fragte der Junge den Vater.

»Es ist nicht so leicht, alles hinzubekommen«, antwortete der. »Wir sind jetzt zehn Leute am Tisch.«

Wenn er durchhalten sollte, mußte irgend etwas geschehen. Armut war das eine – aber das Alte, Verfallene!

»Warum steht der Sommerstall noch, wo er doch nicht mehr benutzt wird?«

»Ja, da hast du recht.«

Damit die neue Zeit etwas näher kam, oder weil es sinnlos war, das Dach instand zu halten – er wußte nicht, was den Ausschlag gab –, machten sie sich daran, den Sommerstall abzureißen. Der Vater befestigte mit Haken ein Seil am First des alten Schuppens, dann zogen die großen und kleinen Söhne zusammen mit dem Pferd. Der sechsjährige Magne, der eine schneeweiße Mähne hatte, zog mehr als alle anderen. Der Sommerstall klappte schräg um, die Wände rissen auseinander, alles fiel lautlos auf einen Haufen zusammen.

»Das ist sicher nichts für die Zukunft«, sagte der Vater.

Aber sie konnten ihm von weitem ansehen, daß die eigene Kindheit und Jugend ihn durchfuhren.

Das Brausen im Wiesenkerbel verstummte, die Gerüche verschwanden. Zurück blieben eine staubige Kreuzung und ein paar Mauerreste, über die Disteln und Sauerampfer wucherten. Ein alter Leihgaul aus Malmedalen durfte mithelfen, den Weg in die neue Zeit zu bahnen. Das Melklied der Kannen am Sommerstall war verstummt.

Nur er selbst

Da zeigte sich, daß die Kindheit hinter ihm zuklappte, so still, wie man ein großes Buch schließt. Kümiland wurde zu einem Ort auf dieser Welt, an der Nordwestküste Norwegens, nicht unähnlich anderen abseits gelegenen Orten in diesem Steinland am Atlantik. Die Leute stiegen in den Bus und waren gekleidet wie Leute aus anderen Dörfern, die Frauen von Hoem kauften in den gleichen Damenkonfektionsgeschäften in Molde die gleichen Mäntel wie die Frauen in der Stadt. Er saß in dem schäbigen Blaubus, in dem ihm immer schlecht wurde, und folgte mit den Augen dem zugewucherten Straßenrand am Julsund, um sich nicht übergeben zu müssen. Er sah die regennassen Milchrampen in Haukebø und Mordal, das graue Meer nach Aukra und Otterøy hin. Das war keine Stimmung, die zum Davonschweben einlud, das war ein normaler norwegischer Herbst und normaler Regen, eine normale Welt zum Aufwachsen, und doch war es nicht seine. Er wurde mit dem Nachmittagsbus zum Einkaufen nach Molde geschickt. Er ging zur Bolsøy-Molkerei, um Butter und Käse zu holen, die vom Milchkonto abgezogen wurden, er kaufte beim Bäcker Erling Outzen zwei Brote und in der Eisenwarenfabrik Molde Nägel.

Der letzte Bus von Molde ging um viertel nach fünf. Es stiegen ein paar Männer zu, die in Molde arbeiteten, in der Bolsønes-Werft und auf mehreren Baustellen in der Stadt. Richtung Julsund schlief einer nach dem anderen ein. Sie waren Arbeiter, und sie waren müde, aber ihr Tag war um diese Zeit jedenfalls zu Ende, lange bevor die Bauern in Hoem die abendliche Stallarbeit auch nur begonnen hatten. Er beneidete die Arbeiter nicht, aber sie bewiesen, daß es auf der Welt noch etwas anderes gab als die Arbeit auf einem Bauernhof. Aber er sprach mit keinem von ihnen, denn er war nicht mehr unschuldig. Das Merkwürdige, das in ihm vorging, war nicht danach, daß er sich offenbaren konnte, und wenn er den Mund öffnete, konnte jederzeit etwas herauskommen, das er nicht unter Kontrolle hatte. Man konnte nicht in einem Bus der Julsund-Linie sitzen und den Leute erzählen, daß man an ein Leben jenseits dieser steinigen Regen- und Nebelwelt dachte. Es redete auch sonst kaum jemand. Die meisten Gespräche versandeten. Vielleicht waren die Leute müde. Vor allem aber war es die erstickende, gedrückte Stimmung einer Übergangszeit, in der die Menschen nicht mehr wußten, wie sie miteinander sprechen sollten. Etwas Persönliches zu sagen war undenkbar, und es war natürlich absehbar, wie lange man belanglose Neuigkeiten über den Hof austauschen konnte, wenn man die ganze Zeit aufpassen mußte, nichts zu sagen, was nicht alle im Dorf erfahren sollten. Da die Menschen nicht wagten, mit dem herauszurücken, was sie im Inneren bewegte, wurden sie nicht zu Individuen, sondern waren nur Gesichter, das galt vor allem für ihn selbst. Er hatte nur sich, um Gespräche zu führen, es war wie damals, als er ganz klein war und Øre gehabt hatte, aber jetzt hing er Phantasien nach, die gefährlich waren. Er hatte keine Ahnung, was er werden sollte. Er sah sich selbst nicht als Ehemann oder Familienvater. Er wollte nicht Flugzeuge lenken oder Berge erklimmen. Er wollte ein wahrer Mensch werden, der den Klang seiner eigenen Stimme kannte. Jetzt staunte er oft selbst über seinen Tonfall, wenn er etwas sagte. Besonders nah ging ihm jedoch, daß er nur mit leeren Phrasen antworten konnte, wenn er, selten genug, von jemandem angesprochen wurde. So war es auch, als er das erstemal Geld verdiente. Der

Nachbar Ingebrigt Sandblåst wollte im Moor des Südhofs mit dem Bagger Gräben ausheben, und er sollte den Traktor fahren. Das war eine ziemlich langweilige Arbeit, aber besser als nichts, und sie warf zehn Kronen pro Tag ab, das war eine phantastische Summe. Wenn Sandblåst so weit gegraben hatte, wie er mit der Baggerschaufel kam, mußte der Traktor ein paar Meter weitergefahren werden, und wenn das der Junge machte, mußte er nicht vom Bagger herunterklettern. Der wohlbekannte Bethauserbauer bestellte jetzt den irdischen Acker, und bei einer der seltenen Kaffeepausen versuchte er, mit dem blonden, langen Jungen, der am Steuer saß, ein Gespräch in Gang zu bringen, aber das war nicht so einfach. Leicht wurde es nur, wenn es um Geographie oder Geschichte ging. Dann wurde das Geschöpf am Steuer sehr eifrig und konnte alle Hauptstädte Asiens und auch Afrikas nennen, für den Fall, daß Sandblåst ein besonderes Interesse daran hatte. Er konnte die Stammbäume von Königsgeschlechtern aufsagen und hatte einen lückenlosen Überblick über alle dramatischen Ereignisse auf der Welt. Aber wenn er nur ein Wort von all dem erwähnt hätte, wovon er insgeheim träumte, wäre es gewesen, als hätte er auf Sandblåst und dessen Leben gespuckt. Denn weder wollte er Bethauserbauer werden noch Traktorfahrer. Diese Kombination schien die nächstliegende von allen, und er dachte: Wenn ich hierbleibe, werde ich ganz sicher verrückt.

Das Klassenzimmer in Indre Hoem weitete sich. Er gehörte jetzt zu den Großen und saß mit allen Schülern bis zur siebten Klasse zusammen. Er konnte rechnen und schreiben und mithören, wenn sie in Geographie oder Geschichte abgehört wurden. Er entdeckte, daß die Welt des Wissens unendlich war, und das war in jedem Fall ein Ort, an dem er sein konnte.

Direkt neben ihm in der Küche, wo er sich an langen Nachmittagen fortlas, saß der Großvater, mager und zusammengesunken, wie das Überbleibsel einer vergangenen Zeit. Er war zornig auf Gott, der ihn nicht in sein Himmelreich heimholte. Meist blieb er tief in seine Gedanken versunken, aber hin und wieder schien es, als falle ihm etwas ein, dann wurde er lebhaft und wollte etwas sagen. Aber entweder fand er nicht die Worte, die er brauchte, oder sie verstanden nicht, was er sagte. Da konnten einige seiner Enkel herzlos sein und einfach fortgehen. Der Großvater zeigte am Ältesten kein besonderes Interesse mehr, er hatte vielleicht gesehen, daß an ihm nicht alles war, wie es sein sollte. Sie mußten sich damit abfinden, daß der alte Mann mit ihnen aß, obwohl es ihm große Schwierigkeiten bereitete, den Löffel zum Mund zu führen, wenn die Mutter die Fischfrikadellen und Kartoffeln in kleine Stücke geschnitten und er herumgestochert hatte, um sie zu erwischen. Um den Tisch in der Bakken-Küche herrschte ein Hunger, der an den Wolfshunger in einer Kaserne erinnerte. Sie radelten zum Einkaufen nach Aureosen und kehrten mit großen Pappkartons voll Lebensmitteln heim. Bei der ersten Mahlzeit danach machten fünf Jungen zwischen drei und zehn Jahren alles nieder, was Aufschnitt hieß. Die seltenen Male, wenn so etwas auf den Tisch kam, rissen sie einander die Salami- und Lammwurstscheiben aus den Händen und schoben sie auf der Brotscheibe weiter, um den Geschmack von Fleisch länger auszukosten. Danach gab es wieder tagelang nur die ranzige Butter von der Bolsøy-Molkerei und den ewigen braunen Ziegenkäse, der ihnen als Kontingent für die Milch zustand und in den leeren Kannen kam, die der Linienbus aus Molde zurückbrachte. Aber alles ging einigermaßen gut, weil der Vater jetzt wieder reiste und die Mutter seinen Lohn verwaltete.

So lebten die freien und selbständigen Bauern auf dem Hof Bakken in Kümiland, von ihren bescheidenen Illusionen umgeben. Mit den zahllosen Arbeiten auf den Höfen, dem Buttern, Käsen und Weben, war es vorbei, es existierten nur noch Reste der Selbstversorgung, so, wenn kurz vor Weihnachten Lars vom Südhof kam, mit einem Strick das Schwein aus dem Stall zog, mit dem Bolzenschußapparat schoß, zustach, so daß das Blut in einen Eimer schoß, und das tote Tier dann auf einer Schlachtbank mit heißem Wasser überbrühte, daß die Borsten mit dem Nordwind fortwehten. Dieser Nachbar scherzte gern, wenn er denn einmal vorbeikam. Er sah wohl auch, daß sich die Kristine vom Bakkenhof totarbeitete, aber daran konnten weder er noch der Erstgeborene etwas ändern. Kristine stand vor sechs Uhr morgens auf und kam nie vor Mitternacht ins Bett. Sie drängte den Erstgeborenen nie mitzuhelfen, und stellte Hausaufgaben und Spiel über alles, was auf dem Hof getan werden mußte. Nach der Stallarbeit war sie beim Abendessen manchmal so müde, daß sie einschlief und mit dem Kinn auf die Tischkante schlug. Der Älteste bedauerte sie nicht, aber er respektierte sie grenzenlos, denn er wußte, daß sie ebenso gescheit wie er selbst und dennoch nicht bitter war, weil es sie auf diesen Hof mit seiner endlosen Schufterei verschlagen hatte. Sie war kurz nach dem Krieg aus Øyer im Gudbrandsdal in ein Dorf gekommen, das wenig übrig hatte für Zugezogene. Während seiner ganzen Kindheit war sie dreimal in ihrem Elternhaus zu Besuch gewesen. Er konnte sie sich nicht vorstellen, ohne daß sie irgend etwas tat, sie war ein Mysterium in steter Bewegung. Ihre Mutter schickte ihr eine Strickmaschine, damit strickte sie wie am Fließband Pullover und Jacken, so daß die Kinder nie mit gestopften Sachen zur Schule gingen. Bis tief in die Nacht nähte sie Hosen und andere Kleidungsstücke um, schlief an der Nähmaschine ein, wankte zu Bett. Mißmut und Depressionen hielt sie für raffinierte Arten der Faulheit. Sie meinte, daß Leute ihre Schlafstörungen loswürden, wenn sie nur genug zu tun hätten. Man könne sich zusammennehmen, sagte sie, auch wenn man ein schwieriges Gemüt habe. Sie behauptete, daß Beständigkeit und Treue ebenso wichtig seien wie Liebe, und meinte, daß Ausbildung der Weg sei, um der mörderischen Schufterei zu entkommen. Wenn jemand abfällig über die Schule sprach, wurde sie böse. Einer ihrer Lehrer hatte mit ihrem Vater gesprochen, damit sie weiter zur Schule gehen konnte, aber das hatte sich der Vater nicht leisten können, und außerdem war sie ein Mädchen. Statt in einem Klassenzimmer zu sitzen, mußte sie in den großen Gudbrandsdalhöfen Mehlum, Lunken und Sjønsberg Schweinefutter schleppen, seit sie sechzehn Jahre alt war, später war sie in vornehmen Haushalten in Lillehammer Dienstmädchen. Das machte sie nicht zur kämpfenden Sozialistin, aber sie sagte, daß sie wisse, woher sie komme. Ihr Ziel war, jedes ihrer Kinder mit einer Studentenmütze zu sehen, dergleichen äußerte sie selbstverständlich niemals außerhalb der vier Wände von Bakken, aber das Dorf sah ja, woher der Wind wehte, und es führte selbstverständlich dazu, daß man sich in Bakken für etwas Besseres hielt.

Sie sprach mit dem Erstgeborenen, als wäre er erwachsen, sagte aber nicht alles, was hätte gesagt werden können. Der Älteste galt als lieb und hilfsbereit, er gab selten Widerworte. Aber er war zu sehr mit sich beschäftigt, um an etwas zu denken, was über den Augenblick hinausging. Vielleicht war das ihre eigene Schuld. Sie klagte nie und vertraute sich niemandem außer ihrem Mann wirklich an. Mit den Dörflern unterhielt sie sich nur bei Missionsversammlungen und Weihnachtsfesten, an denen sie mit fünf Buben in gleichen selbstgestrickten Norwegerjacken und einem kleinen Mädchen in weißen Strumpfhosen auf den Knien teilnahm. Die Kinder sollten sauber, gesund, satt und gute Schüler sein. Der Schwiegervater sollte sauber gewaschen und satt sein und ihr nichts nachsagen können. Die Milch für die Molkerei sollte bakterienfrei sein und den richtigen Fettanteil haben, die Kälber sollten sauber und gesund sein, das Schwein sollte nicht zu fett und nicht zu mager sein. Geschlachtet wurde bei zunehmendem Mond, die Kälber kamen bei Ebbe. Sie beachtete die Gezeiten, wenn ein Kalb anstand, legte sie sich schlafen, wenn das Wasser stieg, stand auf, wenn es fiel, dann kam in der Regel das Kalb. Wenn das mitten in der Nacht war, machte sie es allein und weckte die Kinder nicht, denn sie mußten vielleicht zur Schule. Wenn sie morgens aufwachten, war das Kalb in der Box.

Sie brachte ihren Kindern bei, daß sie jemand waren, aber sie sollten damit nicht angeben. Sie selbst konnte gut zeichnen und malen, aber weil ihr die Zeit fehlte, hatte sie keine Malsachen im Haus. Wirklich klug wurde der Erstgeborene aus ihr nie.

Er las sämtliche Bücher der Schulbücherei der Hoem-Schule, und als er den Bestand der vier, fünf Regalbretter mehrfach durchgelesen hatte, wußte er nicht, woher er neuen Lesestoff bekommen sollte. Sie hatten kein Geld für Bücher, es sei denn, der fliegende Buchhändler kam oder einer der christlichen Verlage verkaufte Titel billiger. Die Lehrerin erbarmte sich der Leseratte, des Bücherwurms, der nicht hörte, daß jemand mit ihm redete, wenn er in ein Buch versunken war. Inga war immer noch überzeugt davon, daß er allen anderen »meilenweit« voraus sei. Daher befürwortete sie, daß er trotz seiner jungen Jahre Bücher aus der Gemeindebücherei ausleihen durfte, und wenn sie so etwas sagte, war das beschlossene Sache. In einem Haus neben der Schule führte eine Hausfrau die Gemeindebücherei. Das waren ein paar Kisten mit Büchern, die von Zeit zu Zeit gegen Bücherkisten ausgetauscht wurden, die in anderen Weilern der Gegend standen. Er ging hin, klopfte an und übergab einen Brief von Inga. Daraufhin erhielt er einen Schlüssel.

An diesem Nachmittag vergaß er alles, absolut alles. In dem schlechten Licht draußen im Korridor lag er auf den Knien und öffnete Buch um Buch. Er konnte sich nicht entscheiden, welches er ausleihen sollte. Er mußte alle haben! Er wußte nicht, wie viele Stunden vergingen, in denen er den naßkalten Geruch der Buchseiten und den Duft alter Druckerschwärze einsog, in denen er den Staub von zerschlissenen Leinenrükken strich und sich die Daten auf allen Leihkarten ansah. Ihm war, als müsse ihm der Kopf platzen. Was Menschen nicht alles in Büchern schrieben! Und welche Sprache da erlaubt war! Hin und wieder setzte er sich auf, weil er dachte, daß die Frau, die die Bücherei hatte, kommen und nachsehen würde, was er las, aber sie kam nicht. Erst lange nachdem es dunkel geworden war, öffnete sie die Tür und rief halblaut: »Was in aller Welt!« Er hatte nicht einmal gewagt, im Korridor das Licht anzumachen, sondern lag mit dem Buch dicht ans Fenster geklemmt, um einen kleinen Lichtstreifen der Straßenlaterne zu nutzen, die zufällig vor der Haustür stand. Ja, er war immer noch da und stand widerstrebend mit den beiden Romanen auf, die er mit nach Hause nehmen durfte. Endlich hatte er die Bausteine jener Welt gefunden, die nur ihm gehörte, entdeckt, daß jeder einzelne von ihnen eine neue Welt war, daß Bücher eine endlose Reihe Welten waren, in einem kalten Korridor in Kisten gestapelt.

Eines Nachts erwachte er davon, daß er schrie. Es war an den Weihnachtstagen, der Vater war zu Hause. Der Erstgeborene hatte ein neues Buch, es gehörte ihm und war nicht ausgeliehen. Es war eine Art Märchenbuch, und er war eingeschlafen, bevor er das Buch hatte weglegen können, das Licht brannte. Er schlief mit dem Kopf im Buch, einige Seiten hatten häßliche Knicke bekommen. Nach und nach wurde ihm klar, daß der furchtbare Traum, aus dem er aufgewacht war, mit dem zusammenhing, was er vor dem Einschlafen gelesen hatte. Es war eine Geschichte über einen Jungen und ein Mädchen, die sich auf einem Waldweg trafen. Plötzlich und unerwartet wurden sie von Nebel eingehüllt, und im Nebel sahen sie, daß eine gewaltige Gestalt mit einer Sense an ihnen vorüberschwebte. Als die Sonne wieder hervorkam, war das Mädchen verrückt geworden. Sie hatte sich zu Boden geworfen und blutig gekratzt, während sie unablässig schrie. Es war deutlich, daß die beiden etwas gedacht oder getan hatten, was so furchtbar war, daß sie deswegen den Verstand verlieren würden. Er erfaßte nur nicht, worauf das Buch hinaus wollte. Er glaubte nicht, daß es *das* war, auch wenn *das* schlimm genug sein konnte. Aber man wurde doch *davon* wohl nicht verrückt? Im Traum hatte er die große schwarze Sense gesehen, die durch die Nebelschwaden trieb, und er hatte solche Angst, daß er nicht atmen konnte. Da war etwas, wofür es keine Worte gab. Was *war* das? Etwas jenseits jeder Sprache, jenseits aller Erklärungen, aller groben Sünden, etwas, das am *allerschlimmsten* war, schlimmer als alles, was er denken konnte. Würde er erfahren, was es war? Er hatte schon seit seiner frühen Kindheit das Gefühl, daß irgend jemand aus seiner Familie mit diesem Furchtbaren zu tun gehabt hatte, jedenfalls gab es etwas, worüber, da waren sich der Vater und der Großvater einig, nicht gesprochen werden durfte, etwas, das im Meer des Vergessens versinken sollte, im Frænfjord oder, wenn möglich, in einem noch tieferen Abgrund. Was verbargen sie? Wenn er das nicht erfuhr, würde es noch schwerer zu tragen sein. Ihm war, als gebe es in seinem Verstand einen großen weißen Fleck, über den er keine Kontrolle hatte. Er mußte erfahren, was das war. Er machte so etwas sonst nicht, aber jetzt wollte er zu den Eltern gehen und sie direkt fragen, und er kletterte aus dem Bett und ging zur Kammer, wo sie schliefen.

Im ganzen Haus herrschte eine geheimnisvolle, stille Atmosphäre. In der Stube stand der Weihnachtsbaum, geschmückt mit den neuen elektrischen Kerzen, und auf den Stühlen und dem Tisch verstreut lagen kleine Dinge, die sie als Geschenke bekommen hatten. Die Mutter und der Vater teilten ihr Zimmer mit der jüngsten, einjährigen Tochter, er konnte hören, wie sie drinnen im Dunkeln atmeten. Hätte er nicht solche Angst gehabt, er hätte es nie gewagt, das Licht anzudrehen. Jetzt tat er es, und da lagen sie. Der Vater und die Mutter lagen eng beieinander, die Arme umeinander, als hätten sie ebenso große Angst wie er, fänden aber beieinander Trost.

Da verstand er. Sie hatten einander. Die Schwester hatte auf der Mittelschule Freundinnen, mit denen sie reden konnte. Die kleinen Geschwister waren Kinder und konnten darum nichts verstehen. Nur er war mit den verrückten Bildern allein, die sein Gehirn zu sprengen drohten. Andere konnten ein Buch lesen, und wenn sie es weglegten, waren sie fertig damit. Bei ihm war es wie eine ansteckende Krankheit. Sie setzten sich fest, trotzdem konnte er nicht von den Büchern lassen. Es war sein Wahnsinn, daß er haben mußte, wovor er sich so fürchtete.

Ein tiefes Seufzen durchlief das Holzhaus, das sein Zuhause war. Es knarrte in den Holzwänden, auf dieses Geräusch folgte ein unbestimmbares Rauschen. Er erinnerte sich an die Zeit, als sie noch Petroleumlampen hatten, bevor die Elektrizität kam. Die Mutter blies die Lampe aus, und um sein Bett entstand eine lautlose Dunkelheit als Schutz gegen alles Böse, so daß er schlafen konnte. Jetzt, wo sie in allen Zimmern Licht hatten, hatte sich die Dunkelheit gleichsam in ihn hinein verzogen. Er begriff, daß er mit seiner Dunkelheit allein leben und allein sterben würde. Es war unmöglich, sie mit jemandem zu teilen, selbst wenn er erwachsen wurde und eine Liebste fand, die in einem Haus mit ihm lebte und in einem Bett mit ihm schlief.

Die Eltern machten keinerlei Anstalten aufzuwachen. Er mußte allein zurechtkommen. Er drehte das Licht aus und ging zum Fenster im Wohnzimmer. Es war eine schneelose Weihnacht, ohne Stimmung. Der Großvater lag im Altenteil, den Stock neben dem Bett, von den gelähmten Lippen sikkerte vielleicht ein Spuckefaden aufs Kissen. Alles Lebende verrottet am Ende und wird abstoßend. Nichts *bleibt*. Alles auf der Welt beinhaltete den eigenen Niedergang. Die Großmutter war gut, aber sie verweste in ihrem Sarg. Die Eltern würden sterben, er selbst würde sterben. Er war in seiner unermüdlichen Bibellektüre bis zu den Predigern gekommen, und jetzt, mitten an Weihnachten, schlug er die Bibel auf und las. Und da geschah es, daß er Hilfe bekam, wie die Gläubigen, die sagten, daß ihnen aus der Bibel Hilfe zuteil werde, nicht durch das, was da geschrieben stand, sondern durch die Art, wie es geschrieben stand, denn er fand Gleichnisse und Bilder, die alle Zeiten überdauerten, auch wenn sie noch soviel von Tod und Untergang sprachen:

Gedenke an deinen Schöpfer in deiner Jugend, ehe denn die bösen Tage kommen und die Jahre herzutreten, da du wirst sagen: sie gefallen mir nicht; ehe denn die Sonne und das Licht, Mond und Sterne finster werden und Wolken wieder kommen nach dem Regen; zur Zeit, wenn die Hüter im Hause zittern, und sich krümmen die Starken, und müßig stehen die Müller, weil ihrer so wenig geworden sind, und finster werden, die durch die Fenster sehen, und die Türen an der Gasse geschlossen werden, daß die Stimme der Mühle leise wird, und man erwacht, wenn der Vogel singt, und gedämpft sind alle Töchter des Gesangs; wenn man auch vor Höhen sich fürchtet und sich scheut auf dem Wege; wenn der Mandelbaum blüht, und die Heuschrecke beladen wird, und alle Lust vergeht (denn der Mensch fährt hin, da er ewig bleibt, und die Klageleute gehen umher auf der Gasse); ehe denn der silberne Strick weg komme, und die goldene Schale zerbreche, und der Eimer zerfalle an der Quelle, und das Rad zerbrochen werde am Born. Denn der Staub muß wieder zu der Erde kommen, wie er gewesen ist, und der Geist wieder zu Gott, der ihn gegeben hat. Es ist alles ganz eitel, sprach der Prediger, ganz eitel.

Diese Worte erfüllten ihn mit einer sonderbaren Ruhe, er legte sich zurück und konnte schlafen.

Der Sekretarius

Das war nicht seine Welt, und er hatte beschlossen, sie zu verlassen. Ein neues Jahrzehnt hatte begonnen, und in diesem Jahrzehnt würde alles passieren. In Jahrzehnten zu denken hatte er von seinem guten Freund, dem Radio, gelernt, das allein im ganzen Dorf eine Sprache sprach, die er respektieren konnte. Morgens vor der Schule hörte er die Nachrichten, wenn die Morgenandacht vorbei war, brach er nach Indre Hoem auf. Abends um sieben Uhr hörte er die Sendung *Aktuell*, um zehn Uhr, vor dem Schlafengehen, die letzten Nachrichten. Da draußen in der Welt durfte nichts geschehen, was er nicht mitbekam. Als der in der Todeszelle einsitzende Amerikaner Caryl Chessman um sein Leben kämpfte, wohnte er praktisch auf einem Stuhl in der kalten Stube, das Ohr an den Apparat gepreßt. Die Unterrichtszeit vor dem Katheder des Norwegischen Staatsrundfunks nahm mehr Stunden in Anspruch als der Schultag bei Inga. Er wußte die Namen aller Storting-Abgeordneten, die Lebensgeschichte des sowjetischen Regierungschefs Nikita Chruschtschow kannte er ebenso wie die des norwegischen Regierungschefs Einar Gerhardsen. Kümiland wurde ein Außenposten, wo ständig das Radio lief, eine Landschaft, der die grauesten Wettervorhersagen von Sturm und Regen an der Møreküste galten, ein zerrissener Küstenstrich, den Kirchenlieder aus dem Bethaus und der Morgenandacht golden umkränzten. Aber die Berichte aus Washington und London kamen auch hierher, begleitet von lokalen Brandreden des Leitartiklers des *Romsdals Budstikke* gegen Weltkommunismus, gelbe Gefahr und die Entchristlichung *Unseres Volkes*. Ja, in Molde hatte man keine Angst, die eigene Meinung zu sagen und auch zu drukken! Wenn er und die Mutter über Politik diskutierten, vergingen sie geradezu in Zweifeln und überlegten vor und zurück, was richtig war, aber der Leitartikler des *Budstikke* schwankte nie. Die Außengrenze der Weltpolitik verlief irgendwo bei der Zeitungsredaktion in Moldes Myrabakken. Wer jenseits davon wohnte, wurde informiert, aber nicht nach seiner Meinung gefragt. Er, der immer nur aufnahm, wollte auch etwas zur Weltpolitik sagen. Aber dafür durfte er in der Welt nicht als Kümiländer auftreten.

Er ging durch Molde und achtete darauf, wie die Leute dort redeten, denn Molde war eine notwendige Station auf dem Weg in die Welt. Er wollte kein heimatloser Ausreißer sein, daher beschloß er, die Stadt als Heimatort zu adoptieren. Es war wohl nicht so schlimm, aus Molde zu kommen? Als erstes wollte er den Dialekt lernen, um zu vertuschen, woher er wirklich kam.

Als in der Silvesternacht das alte Jahrzehnt ins Meer sank, stand er am Fenster und betrachtete die Raketen, die in Tornes am gegenüberliegenden Fjordufer abgeschossen wurden. Aus dem Radio erfuhr er, daß sich die ganze Welt unter Jubel von dem alten Jahrzehnt verabschiedete. Nur in Kümiland war es still und dunkel. Dort am Dachfenster faßte er einen Entschluß. Er glaubte wohl an Gott. Aber er war nicht mehr Sein Auserwählter. Er hatte sich für sich selbst auserwählt. Er mußte eine neue Kindheit finden und ein neues Heimatland an einem anderen Ort. Das konnte, wenn er es sich recht überlegte, durchaus ein Dorf sein. Aber der Ort sollte von Glanz umgeben sein. Er wollte nicht auf ein Feuerwerk schauen, das irgendwo weit weg am Firmament schäumte. Er wollte selbst dort sein, wo es strahlte. Er wollte echte Sterne, nicht Papiersterne auf einer Karte der Sonntagsschule. Also ging er nicht mehr zur Sonntagsschule, niemand kommentierte das. Sie wußten, daß sie für ihn zu kindisch geworden war. Aber es war auch kein anderer in der Nähe, auf den er jetzt hören wollte. Was war das für eine Erbsünde, die ihn zwang, Jauche zu verteilen, nur weil er zufällig der älteste Sohn war? Kümiland war eine Dreckloch. Die Frauen standen am Fenster und sahen den Autos nach, die auf der Straße vorbeifuhren, dabei war jetzt sogar Fernsehen mit bewegten Bildern nach Oslo gekommen. Er wollte nicht in Armut sein. Die Plackerei war eine Sache, aber diese Geldlosigkeit, wie er diese Geldlosigkeit haßte. Und am meisten haßte er, daß alles so häßlich wurde. Alles, was schön war, schien die Leute in diesem Dorf geradezu in den Augen zu schmerzen. Hatte ein Hof schöne Gebäude, konnte man ganz sicher sein, daß sie abgerissen wurden, statt dessen kamen Eternitkästen hin, rechteckig und häßlich. Die Leute verbrannten ihren alten Hausrat, als wäre plötzlich in allen Höfen Platznot ausgebrochen, Spinnräder, Schaukelstühle und Truhen gingen in Flammen auf. Die Weihnachtshefte und Missionsblättchen waren voller Kitschbilder, die Jesus als Marzipanfigur am Ufer des Jordans und am Kreuz zeigten. Im christlichen Jugendblatt war Jesus zu einem wohlgenährten Sechzigerjahre-Herrn geworden, glattrasiert und mit breitem amerikanischen Lächeln. Auf den Kaminsimsen der Bauernhöfe rundum drängten sich Gips und Nippes, hinter Windfangtüren stapelten sich Wochenzeitschriften, nur in Bakken mußten sie mit dem zufrieden sein, was die Innere Mission verschickte. Jene Handwerkskunst, die der Generation seines Großvaters noch in den Fingern steckte, schien die Effektivität der neuen Zeit geradezu zu bedrohen. Geschnitzte Türrahmen und Giebelbretter wurden abgerissen und durch einfache, grobbehauene Planken ersetzt.

Die Versammlungen im neu erbauten Bethaus, das ebenso häßlich und ärmlich war wie alles andere, schrumpften in dem Maße, wie die Höfe rundum Autos bekamen, die abendliche Geselligkeiten jenseits der christlichen Gemeinschaft eröffneten. Als er sich immer weiter von dem entfernte, was die Eltern ihn gelehrt hatten, geriet er in den eisigen Windzug zwischen Bethauschristen und Weltlichen. Die Verkündigung wurde langweilig, vor allem aber wurden die Rituale häßlich. Der Frauenverein sang die ewig gleichen einfältigen Lieder, und obendrein falsch. Die Freunde rebellierten ganz offen. Sie nahmen das Evangelium auseinander und ließen das vor allem an seinem Vater aus, dem Laienprediger, der das halbe Jahr fort war und Frau und Kinder daheim sitzenließ.

Es gab im Grunde nichts Schlimmeres, als der Sohn eines Laienpredigers zu sein. Es war ganz in Ordnung, wenn dein Vater trunksüchtig oder arbeitslos, Analphabet oder Müllkutscher in Molde war, alles war besser als Laienprediger. Als die Leute sich über den Beruf seines Vaters lustig zu machen begannen, ergriff er erst Partei gegen sie, denn zwischen dem, was an Gerüchten über die verketzerte Berufsgruppe, der der Vater angehörte, in Umlauf war, und dem, was er selbst erlebte, lag eine gewaltige Kluft. Aber daß die Welt der Inneren Mission eng war, erfuhr er durchaus. Die Kinder von Bakken durften nicht nach Aureosen ins Gemeindekino fahren, Tanzmusik im Radio wurde leise gedreht.

»Jetzt ist Schlachtzeit, da kommt sicher der Prediger!« sagten sie im Laden in Aureosen, dann lachten sie alle, wohl wissend, daß sein Vater Prediger war und daß sie den Jungen verletzen konnten, indem sie taten, als dächten sie dabei gar nicht an Knut. Wenn der Erstgeborene Beschimpfungen zurückgab, riefen sie ihm nach: »Das darfst du nicht sagen, dein Vater ist

Prediger. Jetzt kommst du in die Hölle, das hat dein Vater dir doch beigebracht!«

Aber in Bakken sprach niemand von der Hölle, und am wenigsten der Vater. Sie hatte in seiner Theologie keinen zentralen Platz. Sie saßen am neuen Küchentisch, den Erling Storvik geschreinert hatte, damit alle Platz hatten, und er und die Schwester versuchten, den Vater in die Enge zu drängen:

»Was *ist* die Hölle? Kannst du das beantworten? Ist sie in der Erde, hinter der Erde oder unter der Erde?«

»Sie hat wohl keinen bestimmten Ort«, sagte der Vater vorsichtig. Er wußte, daß sie den Sputnik in der Hinterhand hatten.

»Du glaubst also gar nicht an die Hölle?«

»Doch, das schon.«

»Jetzt sitze nicht da und winde dich wie ein Wurm. Gib uns eine vernünftige Antwort.«

»Hölle ist, von Gott geschieden zu sein«, sagte der Prediger.

»Was meinst du damit?«

»Nun, es ist eher ein Zustand als ein Aufenthaltsort.«

So stritten sie mit ihm über Erwachsenentaufe und über Widersprüche in der Bibel wie den, daß Gott die Sonne erschuf, nachdem er das Licht erschaffen hatte, und warum Jesus sich in den verschiedenen Evangelien widersprach. Sie mußten sich ein wenig für all das rächen, was sie auszuhalten hatten, sobald sie das Haus verließen. Schwester Wenche war jetzt ein großes Mädchen, aber sie durfte nicht mit den anderen Jugendlichen aus dem Dorf umherziehen. Sie ging zur Mittelschule, und an einem Sonntagabend war sie im Nachbarort nach Einbruch der Dunkelheit verschwunden. Dieses eine Mal stand Mutter still, sie stand stundenlang auf der

Treppe und horchte, ob das Mädchen kam. Als sie endlich kam, gab es einen furchtbaren Krach. Wovor hatten sie solche Angst? Nach einem aufwühlenden Streit weinte die Mutter, sie saß am Küchentisch und strich über das neue Wachstuch.

»Was ist denn am Tanzen so schlimm?« fragten die ältesten Kinder von Hoem.

»Na ja, nur tanzen ist wohl keine Sünde ...«

Dann also das, was dazugehörte! Ach, sie konnten all diese Antworten auswendig, hatten sie tausendmal gehört. Was also *gehörte* zum Tanzen dazu? Glaubte der Vater, daß jemand nur deswegen in den Himmel kam, weil er nicht tanzte?

Nein, das wohl nicht. Es war nämlich nicht das Tanzen, das darüber entschied, ob jemand in den Himmel kam, und auch das Trinken und Rauchen nicht. Es ist schön und gut, wenn man das alles läßt, aber nur eines erlöst, und das ist der Glaube an Jesus Christus als Sohn Gottes und Unseren Herrn!

Und was war dann das Schlimme am Tanzen?

Möglicherweise fürchtete der Vater nicht die Welt, ganz sicher aber fürchtete er, daß seine Freunde etwas an ihm auszusetzen hätten. Er mußte die Zügel straffer halten als andere, weil er so selten zu Hause war. Ständig bekamen die Kinder den Eindruck, daß Kino, Tanz und Vergnügungen nicht für sich genommen sündig waren, sondern weil »die Freunde« das sündig fanden. Darum durften die Predigerkinder von Bakken nicht nach Aureosen ins Gemeindekino, selbst wenn da noch soviel Ben Hur und andere halbchristliche und anständige Filme gezeigt wurden. Und im Jugendhaus in Aureosen sollten sie schon gar keine Filme sehen. Denn das war der Gegenpol und Konkurrent der christlichen Versammlungen im Bethaus. Wer dorthin ging, gehört der Freisinnigen Jugend an, sie waren auch Christen, aber die strengen moralischen Auffassungen der Bethauschristen im allgemeinen und der Laienprediger im besonderen hatten in ihren Vorstellungen von Gott keinen Platz. Mindestens einmal pro Monat erscholl dort am Wochenende Tanzmusik, daß sie den Windstoß davon noch auf der anderen Seite des Gjendemsfjell spürten.

Hatten sie in Bakken nicht auch etwas von diesem Geist? War nicht *Tanz* der Grund, warum der alte Geigenbauer Lars Hoem seine prächtigen Instrumente gemacht hatte? Einmal spielte sogar ein Musiker aus Molde im Jugendhaus, der eine Hoemfiedel hatte, und sie durften nicht hingehen, um ihn zu hören! Wer nicht in Stücke gerissen werden wollte, konnte nicht im Spannungsfeld zwischen Tanzwütigen und Bethäuslern stehen, er mußte in seiner eigenen Welt bleiben, in der für Geigenmusik ebenso Platz war wie für Verwunderung über das Große jenseits der Sterne.

An solchen Sternenabenden stand er in Bakken draußen auf dem Hof und hörte wirklich Fiedelmusik in sich. Er hatte angefangen, sich für Sternbilder zu interessieren, und rollte mit dem Großen Wagen davon. Von einem älteren Jungen, der in Molde zur Schule ging, hatte er etwas darüber erfahren, welcher Unterricht ihn erwartete, wenn er fort von hier kam. Erst würde er Englisch haben, dann Deutsch, in der Oberstufe Französisch. Was sollte er nach Französisch lernen? Er dachte, daß er gern Italienisch lernen würde. Im Radio sang Benjamino Gigli in einer unglaublichen Sprache, diese Sprache wollte er lernen. Irgendwo entlang der Küste saß sein Vater an einem Kai und wartete auf das Postschiff. Dort wäre der Erstgeborene zwar gern an Vaters Stelle gewesen, aber er war es nicht, dem er gleichen wollte. Er wußte so wenig darüber, wie er werden sollte, daß er darüber fast verschwand. Er wußte, daß er nicht wie sein Vater sein wollte, aber was sollte er an die Stelle des beschämenden Predigers setzen? Warum setzte sich der Vater dem aus? Er bekam doch nichts zurück, keine Ehre, kein Geld, keinen Dank. Er lebte bis zur Selbstauslöschung anspruchslos und einfach. Sein ganzer Lohn ging an seine Frau und die sieben Kinder, er selbst lebte von den paar Kronen aus der Kollekte, die er einsammelte. Er reiste mit Schiff und Zug, konnte sich aber keinen Schlafplatz leisten. Er war auch nicht überall willkommen, viele beherbergten ihn nur widerwillig. Aber er sprach selten bis nie über das, was auf seinen Reisen passierte, er wirkte in einer Art Geheimdienst, das meiste, was er dort erlebte, durfte nicht weitergetragen werden, denn viele Menschen öffneten ihm ihr Herz. Er war kein mahnender Erweckungsprediger, sondern ein zurückhaltender Grübler, der seine kleinen Anmerkungen über das Geheimnis der Erlösung auf Zettelchen schrieb, die er in die Bibel legte.

»Du mußt deinen Titel ändern!« riefen die Kinder ihm zu. »Du sollst dich nicht mehr *Prediger* nennen. Kannst du nicht statt dessen *Sekretär* schreiben? *Muß* das Prediger heißen?« Sie hatten gesehen, daß er in den Listen der Inneren Mission als *Reisesekretär* geführt wurde, und hätten das abscheuliche Wort Prediger am liebsten sofort verboten. »Prediger zu sein ist eine Ehre!« sagte er, willigte aber ein, sich im Telefonbuch als Sekretär führen zu lassen. Der Dorfspott taufte ihn sofort Sekretarius, und dabei blieb es. So wurden sie statt dessen die Kinder vom Sekretarius. »Wo ist denn der Sekretarius hin? Der treibt sich wohl wieder draußen rum?«

Nur wenn etwas anstand, eine Beerdigung oder andere feierliche Anlässe im Dorf, wurde der Sekretarius zu dem Mann, der für das Ganze stehen konnte. Er sprach in den umliegenden Ortschaften auf Weihnachtsfeiern, er vertrat eine eindeutig lutherische Theologie der Erlösung allein durch den Glauben, und er hatte einen Sinn für die poetischen Seiten der Bibel, was zur Folge hatte, daß er jeder Veranstaltung etwas Erhabenes verleihen konnte. Sehr gelegentlich predigte er Sterbenden und überbrachte Botschaften von ihrem Glaubensleben, die sie selbst nicht mehr vortragen konnten. Der Sekretarius war dabei, als Edvard Eliassen vom Bortehof starb, und konnte beim Leichenschmaus im Bethaus berichten, daß der alte Eigenbrötler, bevor er die Augen schloß, davon sprach, daß er Jesus gefunden habe.

Der Erstgeborene wollte nicht werden wie der Vater und ganz und gar nicht so, wie es der Großvater einmal erwartet hatte. Aber womit in aller Welt sollte er sich vergleichen? Er mußte ganz und gar er selbst werden, aber wer er war, wußte er nicht. Er kannte keine Sterbensseele, die so war, wie er werden wollte, aber im Äther hörte er das Rauschen um sie herum. Als die Olympischen Winterspiele in Squaw Valley in Amerika stattfanden, verschwand er volle vierzehn Tage lang. Er interessierte sich gar nicht besonders für Sport, aber Wettbewerbe, bei denen jemand Weltbester wurde, beschäftigten ihn sehr. Die Winterolympiade bewies in gewisser Weise, daß man aus einem abgelegenen norwegischen Landstrich kommen und zu den Besten der Welt gehören konnte. Roald Aas lief die fünfhundert Meter auf dem Eis ebenso schnell wie der große Grischin, der Skilangläufer Håkon Brusveen kam aus dem Gudbrandsdal, und doch ging sein Name für alle Zeit ein in eine Welt von unfaßbarem Glanz. Als der Eisschnelläufer Knut Johannesen die zehntausend Meter lief, zitterte er. *Er* wußte wohl nicht, daß Tausende von Norwegern genau so mitzitterten wie er. Knut Johannesen war *Der Siegreiche Norweger*, er glich eine endlose Reihe privater Niederlagen aus. Die Stube, wo er am Rundfunkgerät saß, war eiskalt. Knut Johannesen war dabei, einen neuen Weltrekord aufzustellen. Mit unfaßbarer Präzision blieb er Sekunden unter Hjalmar Andersens alter Zeit. Er saß zusammen mit allen Geschwistern, sogar der jüngste Bruder, der vierjährige Inge, war dabei, und sie alle brüllten und schrieen bei jeder neuen Runde, bis er ein schlechtes Gewissen bekam, weil die arme Mutter dieses Ereignis nicht mitbekam, wo sie doch so wenige Freuden hatte. Er rannte den vereisten Weg zum Stall hinunter, riß die Tür auf und rief, daß jetzt der Knut Johannesen einen ganz schrecklichen Weltrekord aufstelle! Und die Mutter setzte wirklich den Eimer ab und lief zusammen mit ihm zum Radioapparat, und vielleicht fanden es manche komisch, daß eine alte Bäuerin wegen Knut Johannesen zum Radio rannte, aber ihm ging auf, daß sie erst sechsunddreißig Jahre alt war. Sie bekamen noch die letzten Runden der Zehntausendmeter und die Nationalhymne bei der Goldmedaillenverleihung mit. Er befand sich in ungeheurem inneren Aufruhr und konnte abends vor Aufregung nicht einschlafen. Er warf sich die halbe Nacht schlaflos herum, erwachte steif und mißmutig, es war ein schneeloser Wintertag, er zog die Gardinen der Dachkammer auf und dachte:

Herrgott, wie es hier aussieht!

Er trottete zur Gemeindebücherei und entlieh aus den Kisten weitere Bücher über große Männer, denen er gleichen konnte. Er fand mehrbändige Werke über Nansens und Amundsens Polexpeditionen, und zum Geräusch der Axthiebe aus dem Verschlag, wo die Mutter die Holzklötze spaltete, die er hätte spalten sollen, las er von vorsichtigen Vorstößen in eine unbekannte Eisöde auf Hundeschlitten und mit Riedgras in den Stiefeln. Er ging völlig in den Vorbereitungen zur Präsidentenwahl in Amerika auf, wo Richard Nixon gegen John F. Kennedy kämpfte. Als sie in der Schule einen Aufsatz mit freiem Thema aufbekamen, schrieb er über die Präsidentenwahl, was Inga Moen als erneuten Beweis seiner überlegenen Fähigkeiten wertete. An die glaubte auch er, es war wie ein Rettungsanker in ihm, daß er intelligent war, auch wenn er nichts hatte, dem er glich, und er dachte nie daran, wie bitter nötig die Lehrerin in den letzten Jahren, die sie unterrichtete, einen Musterschüler hatte. Die überwältigenden Sympathien des Musterschülers galten Richard M. Nixon, den Schulmeistern in den Rundfunk-Nachrichten zufolge stammte er aus kleinen Verhältnissen und hatte sich langsam hochgearbeitet. Edvard schrieb sechzehn Aufsatzseiten über sein Vorbild, er wußte, daß er selbst bald erwachsen sein würde. Er war sicher, daß der Aufsatz gut war, denn nichts im Radio war ihm entgangen, und er konnte es kaum abwarten, bis sie die Hefte korrigiert hatte. Dann war die Stunde da. Einige bekamen ihre Hefte zurück, aber die Lehrerin sagte, mit seinem sei sie noch nicht fertig. Während die anderen anfingen, falsch geschriebene Wörter zehnmal richtig zu schreiben, kam die Lehrerin zu seinem Platz, sein Aufsatzheft in der Hand. Sie öffnete es ein wenig, damit er hineinsehen konnte. Er war völlig verzweifelt. Er hatte eine Eins bekommen, aber dahinter stand ein Minus, und das war ebenso groß wie die Eins. In der Pause fragte er, was an seinem Aufsatz nicht stimmte.

Ihr Gesicht wechselte die Farbe.

»An deinem Aufsatz stimmt alles, Edvard.«

»Ist er nicht lang genug?«

»Natürlich ist er das, mehr als das.«

»Ich habe die guten und die schlechten Seiten von Nixon

und Kennedy verglichen. Was hätte ich anders machen sollen?«

»Gar nichts.«

»Aber was fehlt denn dann!« rief er fast aus, »wenn Sie nicht sagen können, was Sie daran auszusetzen haben!«

Erst war sie rot geworden, jetzt war sie fast lila, beschämt oder durcheinander. »Ich ... wollte nur nicht, daß du glaubst, daß du nichts mehr zu lernen brauchst«, stotterte sie. »Es muß noch etwas geben, wonach du dich streckst.«

Er fand das nicht gerecht. Er beklagte sich bei den Eltern, die sagten, ja, ja, du bekommst schon noch eine Eins.

Es war Kartoffelernte, kurz bevor Vater wieder auf Reisen gehen würde. Sie waren auf dem Acker, nur der Vater und er, die Mutter war ins Haus gegangen, um etwas zu essen für sie zu machen. Es gab wohl nicht viel, worüber sie hätten reden können, denn der eine machte keine Anstalten, mit dem anderen als dem Hoferben zu sprechen. Er war kein Vater, der ständig seine Meinung darüber kundtat, wie der Hof zu führen sei. Statt dessen sprachen sie über Israel.

Es hatte neue Konflikte um den Suezkanal gegeben, es drohten Krieg und Maßnahmen von arabischer Seite. »Wann läßt man die armen Juden endlich in Frieden«, sagte der Erstgeborene, während er mit einem alten Pferd, das Rapp hieß, den Kartoffelroder fuhr. »Hört denn das nie auf, daß die Juden gequält werden!«

»Für die anderen ist es bestimmt auch nicht einfach«, sagte der Vater.

»Warum das denn?«

»Sie haben da gelebt und wurden von ihrem Land vertrieben.«

»Aber herrjeh! *Vorher* hat es den Juden gehört!«

Der Junge war stehengeblieben, er begriff nicht, was mit den Vater los war.

»Was würdest du sagen«, fragte der, »wenn ein Volk hierherkäme und sagen würde, daß sie vor zweitausend Jahren hier gelebt haben, daher müßten wir jetzt bitteschön verschwinden?«

Die Abenddämmerung fiel über die Felder von Hoem, nur die Kartoffelberge schimmerten im Halbdunkel, und ein Schwindelgefühl ergriff ihn. Fort von hier? Von hier fortgejagt? Ja doch, er wollte fort, aber selbstverständlich wollte er, daß es *da war*. Hoem sollte immer da sein und in gewisser Weise ihm gehören, auch wenn er nicht dort wohnen wollte. Es sollte sein Heimatland sein, ein Heimatland, das er in seiner Kindheit gehabt hatte, ja ein Heimatland, das Kindheit *war*, für ihn. Kurz flackerte in ihm der Gedanke an das Unmögliche auf – daß er nie mehr hierherkommen dürfe, das war, als ob eine Tür in ihm zuschlüge, und er brachte keine Silbe als Antwort heraus.

»Für heute machen wir Schluß«, sagte der Sekretarius.

Und schrieb an den Engel …

Das ist meine Erinnerung daran, wie mein Vater mit einem einzigen kurzen Satz mein gesamtes Denken über Palästina auf den Kopf stellte. Ein Laienprediger aus Hoem, der die Sammelbüchse für die Israel-Mission auf dem Regal stehen hatte, äußerte einen Gedanken und eine Gegenvorstellung, die meine Freunde *Romsdal Budstikke* und *Norwegischer Staatsrundfunk* niemals vorgebracht hätten. Ich begann mich zu fragen, wie viele meiner Gedanken außerhalb von mir entstanden waren und sich unbemerkt in mich einschlichen. Wenn ich schon *vor* meiner Einschulung begonnen hatte, mich von hier fortzuwünschen, bedeutete das, daß andere mich fortwünschten?

Nun wurden die letzten Schranken entfernt, die die Dorfjugend daran gehindert hatten, die gleiche Ausbildung zu bekommen wie alle anderen. Nach langem Streit zwischen den Dörfern wurde entschieden, daß die neue Mittelpunktschule für den Bezirk Südliches Frænen in Aureosen liegen sollte. Einige Männer aus Ytre Hoem wie Lars vom Südhof, der Sekretarius und Kristoffer aus Vågøy hatten dafür gekämpft, daß die Schule nach Gjendem kam, denn egal wohin sie wollten, dort mußten die Leute aus Kümiland immer durchfahren. Aber sie verloren, wie sie schon den Kampf um eine eigene Schule für den Kreis Hoem verloren hatten.

Das Torfdach des Schulgebäudes in Indre Hoem leckte. Der überwucherte Torf wurde heruntergerissen und durch Eternitplatten ersetzt, aber alle wußten, daß es sowohl mit der Schule als auch mit Inga Moe Kvalsnes, die seit fast vierzig Jahren unterrichtete, dem Ende entgegenging. Der Erstgeborene von Bakken stand an seinem Pult und leierte Jahr für

Jahr seine Gesangbuchstrophen herunter, und ich, der ich einmal er war, wußte, daß sie große Zukunftspläne für mich hegte. Außerhalb des Unterrichts war ich nicht gern in der Schule. Ein Klassenkamerad setzte mir ständig mit Fäusten und hinterhältigen Tritten zu, und ich war zu sanft und zu versponnen, um mich zu wehren. Als er sagte, daß er ein Messer mitbringen werde, um mich zu töten, und mir riet, einen Schubkarren mitzubringen, damit sie meine Leiche nach Hause schaffen konnten, rief Inga den Leiter des Schulbeirats an und klagte ihre Not, aber das bewies ja nur, daß sie keine Macht mehr hatte.

Mehrere Eltern begannen, sich in ihren Unterricht einzumischen. Sie meinten, es stehe nirgends geschrieben, daß die Schüler der ersten Klassen das Gesangbuch auswendig lernen müßten. Solche Diskussionen schufen eine Unruhe, die Inga nicht mehr so gut verkraftete wie früher. Ihr Unterricht in den höheren Klassen war überaus individuell angelegt, so daß die guten Schüler sowohl im Rechnen wie in Geschichte ihr eigenes Tempo bestimmen konnten. Dafür mußte das Klassenzimmer nicht nur frei von Widerrede sein, sondern auch mucksmäuschenstill. Der neue Lehrplan von 1959 verlangte eine andere Art von Pädagogik, und Inga bekam nicht mehr viel Lob. Daß sie aufhören wollte, war keine gute Nachricht für mich, schließlich hatte ich von ihrer Betreuung den größten Nutzen gehabt. Wir hatten etwas gemeinsam, an dem kein anderer teilhatte, und ich war zwölf, als sie dreiundsechzig war.

Ich hatte einen Freund, der auch ein guter Schüler war, aber nicht die gleiche Fürsorge abbekam, weil er ihr widersprach. Immer öfter konnte er beweisen, daß Inga unrecht hatte, er verwies auf *andere Quellen*, wie es im Radio hieß, ob das nun sein Vater war, eine Zeitung oder ein Lexikon. Die härteste Diskussion drehte sich darum, wie *Wales* richtig ausgesprochen wurde. Inga Moen Kvalsnes hatte auf dem Lehrerseminar kein Englisch gehabt, sie folgte der Aussprache, die in Klammern im Geographiebuch stand, oder sagte die Namen einfach so, wie man es auf Norwegisch getan hätte. Im Falle von Wales sagte sie also *Wahles*. Aber in den neuen Ausgaben des Lehrbuchs, das jetzt nicht mehr *Landeskunde* hieß, sondern Geographie, stand, daß man Wales *Uählz* aussprach, und es dauerte nicht lange, bis Johan Ivar darauf hinwies.

Ihr Gesicht wechselte die Farbe.

»Das heißt schon *Wahles*«, sagte sie.

»Hier steht es anders«, sagte Johan Ivar, marschierte direkt zum Katheder und zeigte es ihr, schwarz auf weiß.

»Es gibt zwei Aussprachen«, sagte Inga. »Man kann *Wahles* und das andere sagen.«

»Komisch, daß dann nicht beides dasteht!« sagte Johan Ivar ironisch.

Es wurde still.

Wir hatten neue Pulte bekommen, eigentlich waren es Tische und Stühle, und die machten mehr Krach als die alten, aber jetzt kam kein Laut. Ich litt, denn ich wußte, daß das A auf Englisch wie Ä gesprochen wurde.

»Wie heißen die größten Landschaften in Großbritannien, Edvard?« sagte sie.

»England, Schottland und *Uählz*«, kam es leise. Und es war das erstemal, daß ich sie verriet. »Uählz!« sagte Johan Ivar, sooft er einen Vorwand fand, diesen Landesteil zu erwähnen, von dem bis dahin in Kümiland nicht besonders häufig die Rede gewesen war. Inga nahm das Wort *Wales* nie mehr in den Mund, weder in der einen noch der anderen Aussprache. Und sie ließ auch ihren Musterschüler nicht fallen.

Am Ende des fünften Schuljahrs sagte sie zu meinem Vater, daß ich ebensogut auf die Mittelschule in Aureosen gehen könne, statt mich weiterhin auf der Hoem-Schule zu langweilen. Sie könne mir nichts mehr beibringen, sagte sie, aber auf der Mittelschule könne ich Englisch lernen. Das würde mir helfen, wenn ich auf die weiterführende Schule nach Molde käme.

Zum Beginn des neuen Schuljahrs war ein Vertretungslehrer gekommen, Inga war vorläufig beurlaubt. Sie kam, um ihren Nachfolger einzuführen, während die älteren Schüler dabeisaßen und zuschauten. Sie öffnete den hohen Schrank, in dem sie Hefte und andere Schulsachen aufbewahrte.

»Es ist üblich, daß jeder Schüler pro Jahr zwei Bleistifte und zwei Radiergummis bekommt.«

»Wird das für die, die viel schreiben, nicht knapp?« fragte der Vertretungslehrer vorsichtig.

»Das reicht!« sagte Inga. »Ich spitze immer ihre Bleistifte, damit sie nicht selbst an der Maschine stehen und so lange drehen, bis der ganze Bleistift weg ist!«

Nachdem sie ihrem Nachfolger noch einige andere Anweisungen gegeben hatte, nickte sie der Klasse kurz zu und ging aus der Tür, ohne sich noch einmal umzudrehen.

In jenem Sommer waren wir vier Jungen auf dem riesigen Rübenacker, der Lars vom Südhof gehörte. Dort jäteten wir in jeweils vier Reihen Unkraut und richteten uns den ganzen Tag kein einziges Mal auf, weil wir glaubten, daß Lars uns durch das Guckloch im Schuppen beobachtete. Als wir nachmittags gegen fünf Uhr bei ihm aßen, erzählte ich, daß sie auf einem anderen Hof in Hoem die Wohnzimmerwände tapeziert und dafür die Tapetenbahnen mit Dreizollnägeln angenagelt hatten, weil sie nicht wußten, daß man Tapeten *kleben* mußte. Das fand Lars unglaublich komisch, er lachte so sehr, daß der Kaffee übers Wachstuch spritzte.

»Und dann haben sie das Hochzeitsbild auf den Nagel gehängt, mit dem sie die Tapete angenagelt hatten!« sagte ich. Lars brüllte vor Lachen und verschüttete Kaffee. Als die Arbeit beendet war, gab er jedem zwanzig Kronen. Das war selbstverständlich eine unfaßbare Summe. Aber das wichtigste war, daß ich gewagt hatte, zu reden und zu versuchen, den Nachbarn zum Lachen zu bringen. Ich war freier geworden. Ich hatte Freunde und kickte Fußball. Alles war erledigt. Die Kindheit war vorbei. Ich hatte Überblick über mein Schicksal und meine Geschichte. Aus Molde kam jemand, der ein Buch über den Geigenbauer Lars Hoem schreiben wollte, und ich konnte ihm zeigen, wo die Häuser des Bortehof lagen, denn dort war Lars aufgewachsen. Aber auch in diesen späten Kindheitsjahren, den Jahren als Halbwüchsiger, als ich auf dem Weg zum Teenager war, lag hinter meiner Lebensgeschichte im Halbdunkel etwas Ungeklärtes, das viel furchtbarer war als alle normalen Familienskandale. Ich fand nie heraus, was es war, und wagte nie zu fragen. Aber als ich zwanzig Jahre später meinem Vater erzählte, daß ich ein Buch über Kümiland schreiben wolle, konnte ich ihm ansehen, daß ihm dazu etwas einfiel.

Wir standen in Bakken hinter dem Vorratshaus, wo früher der Kümmel so wild wucherte, und dengelten Sensen. Da erzählte er mir, daß ein Halbbruder des Geigenbauers Lars Olsen Hoem ein Dienstmädchen ermordet hatte. Der Täter war ohne Zweifel ungestraft davongekommen, die ganze Geschichte war zu einem Familiengeheimnis geworden, das nie erwähnt werden durfte. Der Großvater des Großvaters hatte es gewußt, der Mörder war sein Onkel väterlicherseits gewesen, von mir war das also alles recht weit entfernt. Aber in Großvaters und Vaters innerer Landschaft hatte die Geschichte bleibende Spuren hinterlassen. Vielleicht hatte der Großvater das Bethaus erbaut, um Gottes Reich so stark zu machen, daß es die Erinnerung daran löschte. Mein Vater sagte: »Ich saß in der Schule und hörte, daß der Herr die Missetat der Väter an Kindern und Kindeskindern bis ins dritte und vierte Glied heimsucht. Da lief es mir kalt den Rücken herunter!«

Ich selbst hatte in all den Jahren meiner Kindheit gewußt, daß »da etwas war«, von dem ich nichts erfahren durfte, etwas, das in Vergessen und Dunkel gehüllt werden sollte. Es war etwas verkehrt mit uns.

Mein Vater wußte nur, daß der Täter Messer-Pe genannt wurde. Er sagte, es wäre interessant zu erfahren, ob die Sache überhaupt je vor Gericht gekommen sei. Falls ja, wie hatte es Messer-Pe geschafft, dem Scharfrichterbeil zu entkommen? Soweit mein Vater wußte, hatte er später sogar geheiratet und als Bauer auf dem Nordhof direkt oberhalb von Bakken gewohnt. Mir war klar, daß ich dem nachgehen mußte. In die Musik der unglaublichen Hoemsgeigen mischte sich der Schrei eines Dienstmädchens. Die Angst vor der Geigenmusik, vor Trieben und starken Leidenschaften, die für meinen Großvater typisch gewesen war, erschienen in einem neuen und erklärenden Licht. Ich fuhr nach Trondheim ins Staatsarchiv und machte mich daran, alte Gerichtsakten durchzublättern. Es war die Suche nach der Nadel im Heuhaufen. Ich hatte keine Ahnung, wann das Verbrechen begangen worden sein konnte, ob Messer-Pe älter oder jünger war als sein Bruder, ich mußte daher über einen Zeitraum von dreißig Jahren suchen. Nach zwei Tagen im Archiv gab ich auf. Die altertümliche Handschrift der Akten war fast nicht zu entschlüsseln. Ich wartete auf das Auto, das mich abholen sollte, und blätterte im Archiv nur noch auf gut Glück in einem alten Gerichtsbuch, als ich auf einer vergilbten Seite plötzlich mehrfach den Namen Peder Olsen Hoem entdeckte, in annähernd lateinischen Buchstaben geschrieben und somit hervorgehoben.

Ich weiß nicht, warum ich in so großem inneren Aufruhr war, als ich die Archivarin bat, mir die Seiten zu kopieren. Ich kaufte die beste Lupe, die ich beim Optiker Iversen bekommen konnte, und ging direkt in mein Hotel. Unter dem Glasdach des Royal Garden sitzend, hatte ich einen Blick auf den ruhig dahinfließenden Nidelva und die einsetzende Dunkelheit, aber mich beschäftigte eine Finsternis anderer Art. Wie ein Ruf stieg aus den schwarzen Kopien der Name Guri Sachariasdatter auf, und ich buchstabierte mich langsam und mühsam durch die Einleitung bis zu einer Erklärung:

> »*Sacharias Christophersen Ødegaard ist vor Gericht erschienen und hat bekanntgegeben, daß er eine Tochter mit Namen Guri Sachariasdatter habe, die auf dem Hof* Hoem *bei Ole Pedersen diente und von Ole Pedersens Stiefsohn* Peder Olsen *geschwängert worden war, und als sie selbiges ihrem Bauern enthüllt hatte, was am dritten Sonntag nach Ostern dieses Jahres geschehen war, verschwand sie am Abend des gleichen Sonntags, und seither hat niemand von ihr gehört noch sie gesehen, obwohl nahezu alle Männer des Pfarrbezirks überall nach ihr gesucht haben, wo sie vermuten konnten, daß sie oder ihr entseelter Leib zu finden sein könnte.*«

Die Sache wurde am 19. Juni 1792 bei der Sommersitzung des Gerichts verhandelt, das in Bud für den Gerichtsbezirk Vågøy tagte. Peder Olsen erklärte, er sei an dem Abend, an dem Guri Sachariasdatter verschwand, vor den anderen zu Bett gegangen. Er sei vom Wohnraum in den Schlafraum gegangen, habe sich sofort ausgezogen und hingelegt. Sein Vater Ole Pedersen sagte, er habe früher im Jahr Guri Sachariasdatter gefragt, ob sie in gesegneten Umständen sei und seine Schwiegertochter werden würde, und da habe sie nein gesagt. Erst an diesem Sonntag, als Ole Pedersen die Hauspostille hervorgeholt habe, um sie seinen Leuten vorzulesen, sei die Wahrheit ans Licht gekommen. Peder Olsen, der Sohn, sei nicht zur Lesung erschienen, und da habe das unglückliche Dienstmädchen angedeutet, daß er vielleicht über etwas nachdenken müsse. Sie habe ihm am Abend zuvor gesagt, daß sie in gesegneten Umständen sei. Ihr Unglück war, daß er zur gleichen Zeit auch andere Frauen hatte und ihm bereits Vaterschaftsklagen anhingen.

Ein anderer Zeuge erklärte, er sei gleich nach Peder Olsen zum Schlafboden hinübergegangen, aber als er aus der Tür ging, habe ihm das Dienstmädchen Marit Olsdatter gesagt, daß Peder Olsen und Guri allein sein müßten, da sei er in das neue Wohnhaus gegangen, das gerade auf dem Hof gebaut wurde. Er habe eine Stunde gewartet, dann habe er durch einen Spalt in der Tür gesehen, wie Peder Olsen sich im Schlafzimmer auszog, er habe ein blaues Tuch in der Hand gehabt. Peder Olsen mußte erklären, warum er sich an diesem Abend zweimal ausgezogen hatte, worauf er antwortete, er sei draußen gewesen, um seine Notdurft zu verrichten, außerdem habe er einen Geldbeutel geholt, den er im Wohnraum vergessen hatte.

Aus den Akten ging klar hervor, daß die Leiche nie gefunden und Messer-Pe nicht bestraft wurde. In späteren Gerichtsakten taucht er erneut auf, mehrmals in Vaterschaftssachen, aber 1801 sitzt er als Bauer auf dem Nordhof und hat, wenn man der Volkszählung Glauben schenken will, sowohl Ehefrau als auch kleine Kinder.

Ich blickte auf die dicht gekräuselten Schnörkel, sie zitterten auf dem Blatt wie Kräusel auf dem Meer bei leichtem Wind. Plötzlich fiel mir Perle ein, die aus jener Tiefe aufgetaucht war, in die man sie versenkt hatte, um sie zu vergessen. Merkwürdig berührte mich auch der Gedanke, daß »Heimatland. Kindheit« das erste Buch war, das ich auf dem Bortehof schrieb, in dem erwähnten neuen Wohnhaus von Bortehaugen. 1972 konnte mein Vater die Hälfte des Hofs zurückkaufen, die die Familie 1874 verloren hatte, und als ich mein Erbrecht an meinen Bruder Mathias abtrat, übernahm ich das inzwischen verfallene »neue Wohnhaus«. Erst jetzt, über zehn Jahre danach, gelingt es mir, hier zu schreiben.

Nachdem der Geigenbauer Lars Ole Hoem aus dem Gefängnis zurückgekommen war, baute er etwa fünfhundert Fiedeln. Einige wenige existieren noch. Sie sind dafür bekannt, daß sie leicht zu spielen sind und daß ihr Ton gut trägt. In seinem Buch über den Geigenbauer beschreibt der Geiger Anders Gjendem das Rätsel um diesen Mann, der den Geigenkorpus vorsichtig über den Boden seiner Werkstatt schlittern ließ, um den Klang zu hören, und der geheime Rezepturen für seinen Firnis hatte. Ich dachte daran, daß der Geigenbauer an jenem dritten Sonntag nach Ostern, als Guri Sachariasdatter verschwand, neun Jahre alt gewesen war. Womöglich war er als einziger in der Gemeinschafts-Schlafkammer, dann hätte er bezeugen können, daß der Bruder nicht da war. Vielleicht hatte er auch das Gespräch belauscht, das zu Guri Sachariasdatters Verschwinden führte. Mehr als eine Stunde kann der Halbbruder für das Verbrechen nicht gebraucht haben, und es gehört nicht zu dieser Geschichte, daß ich zu wissen glaube, wo er sie verschwinden ließ. Im Spiegel des Hotelzimmers sehe ich die alte Schrift auf meinem Blatt, sie steht auf dem Kopf, und ein Spiegelbild kann mit einer Lupe vergrößert werden. Irgendwo, aber nicht im Hotel, erklingt Geigenmusik. In der tiefsten Finsternis des Daseins existiert irgend etwas, das nicht ist, wie es sein sollte, und wir suchen nach einem Ereignis, dem wir das zuschreiben können. Vor mir, im Spiegel, sitzt der Schriftsteller Edvard Hoem und beendet sein Buch in Spiegelschrift.

»Wenn er an frühen Sommermorgen durch die Hügel von Ytre Hoem streifte, war das Dorf nicht eng und rückständig. Der einzige hohe Berg in der Nähe war der Gjendemsfjell, sonst war der Horizont tief und der Himmel hoch, die äußerste Begrenzung waren die Hügelkette der Insel Aukra und der Berg jenseits von Tornes auf der anderen Seite des Fjords. In der Mitte des mächtigen Himmelsbogens stand die Kirche von Vågøy. Vom Haus auf dem Bortehaugen aus konnte er das große weiße Gebäude sehen. Eine Stelle namens Reithaugen nahe der Kirche war früher einmal der Ort des Sankt-Hans-Feuers gewesen, aber als es schon fast keine Dorfgrenzen mehr gab, war es nicht mehr so leicht, die Kümiländer zu einer eigenen Sonnwendfeier zusammenzubekommen. Der Jugendclub der Freisinnigen in Aureosen organisierte ein Sonnwendfeuer mit Tanz, die älteren Jugendlichen würden selbstverständlich hinfahren. Wohin aber sollten die gehen, die dafür zu klein waren und sowieso nicht zum Tanzen durften, wie die Predigerkinder von Bakken? Sie warfen ein Auge auf den alten Achtriemer, der mit kaputtem Rumpf im Bootshaus lag.

Der Vater fand das falsch, willigte aber nach anhaltendem Druck doch ein. Ein Jugendlicher kam mit einem geliehenen Traktor samt Anhänger aus Lindset, und unter großen Anstrengungen bugsierten sie den dreißig Fuß langen Achtriemer auf den Anhänger. Das geteerte Holzwunder wurde auf einen Berg Wacholdergestrüpp gekippt, eine große Schar Kinder und Jugendlicher aus Ytre Hoem kam mit und zog den Achtriemer an die richtige Stelle.

Abends war schlechtes Wetter, es regnete. Die Bakkenkinder standen mit sieben oder acht anderen Kindern und ein paar Müttern zusammen, die dabei waren, um nach ihren Kleinen zu sehen. Das übrige Dorf kam nicht. Als es viertel nach neun geworden war und sie rund um den Frenfjord mehrere Feuer sehen konnten, hatte es keinen Sinn mehr, noch länger zu warten. Jeder hielt ein Streichholz unter den Holzstapel, gleich darauf schlugen die Flammen in den Rumpf des Bootes. Vor dem großen Flammenmeer zeichnete sich kurz die Konstruktion ab, mit Kiel und Spanten, dann fraßen sich die Flammen durch die Außenhaut, bis das Gerippe zusammenstürzte und im Feuer verschwand. Das Wetter hatte sich rapide verschlechtert, so daß nur der Prediger und zwei der Bakkenbuben noch ausharrten. Ganz offensichtlich dachte der Vater, daß dies niemals hätte geschehen dürfen. Der Erstgeborene wußte es auch, wollte es aber nicht wissen. Er verließ das Feuer als letzter. Der Regen erstickte die Flammen, aus den Resten des schönen Gefährts stieg beißender Rauch. In der lichtarmen Regennacht sah er den Fjord und die Kirche von Vågøy, ihm fiel ein Kirchendieb ein, der einmal dort gewesen und die wenigen Gegenstände mitgenommen hatte, die das damals graue, alte Gotteshaus schmückten: einen Kelch und einen silbernen Oblatenteller, ein altes Meßgewand aus Schafsleder mit einem braunen Samtkreuz, ein rotes Antependium, ein Kelchtuch und zwei Altartücher, einen Einsatz für das Taufbecken, ein Altarbuch, ein Gesangbuch, ein Schränkchen mit Scharnieren und Schloß, ein Feuerbecken aus Kupfer, einen Oktav-, zwei Duodezbände und zwei Kerzenleuchter aus Messing:

Dem Engel der Gemeinde zu Ephesus schreibe: Das sagt, der da hält die sieben Sterne in seiner Rechten, der da wandelt mitten unter den sieben goldenen Leuchtern: Ich weiß deine Werke und deine Arbeit und deine Geduld und daß du die Bösen nicht tragen kannst. Aber ich habe wider dich, daß du die erste Liebe verlässest.

Dies ist ein Buch
Dies ist ein Tisch

Danach war es nur noch eine Frage von Zeit und Weg. Für alle Siebtklässler in der Gemeinde wurde Englischunterricht eingeführt, die Schüler von Hoem fuhren mit dem Bus um zwei Uhr zur Kreuzung bei Gjendem und gingen den letzten Kilometer zu Fuß, um zum Wissen zu gelangen. Er hatte ein weißes Hemd, dessen Ärmel zu kurz waren und die er deswegen bis zum Ellbogen aufrollte, damit es nicht beschämend aussah. Sie mußten zu zweit an einem Tisch sitzen, weil sonst nicht alle Platz gehabt hätten. Er, der die Hemdsärmel aufrollte, kam als letzter und mußte sich neben ein Mädchen setzen, das verlegen auf die Tischplatte starrte. Alle sahen ihn an, hier und da kicherte jemand. Wie sehr du auch versuchst zu tun, als sei nichts, das Äußere zeigt, wie es dir geht. Dein Körper verrät dich, und er haßte seinen langen, linkischen Körper, der nun bald drei Ellen maß. Ein bärtiger Student unterrichtete, er begriff durchaus, warum es unruhig geworden war, bemühte sich aber zu tun, als sei es das Natürlichste auf der Welt, daß ein dreizehnjähriger Junge beim Englischunterricht neben einem Mädchen saß. Der Junge mußte das ganze Schuljahr über dort sitzen. Etwas weiter vorne saß ein Wesen namens Anne-Britt Gjendem. Er fand, das sei ein singender Name, leicht wie ein Windhauch, aber er wagte selbstverständlich nie, sie anzusprechen, obwohl sie schöne Haare hatte und flüsterte, wenn sie etwas sagen wollte. Sie war seine erste Liebe. Nach dem Unterricht fuhr der Bus wieder nach Hause. Das waren lange Nachmittage, aber weil Hoem so weit weg war, konnte er hin und wieder ein wenig mit Johan Ivar reden, und ihr Thema war die Zukunft.

Er fing jedoch zu spät an. Die gleichaltrigen Kinder in Molde lernten seit Jahren Englisch. Würde er das jemals aufholen können? Die Schreibung vieler Wörter kannte er schon. Unsicher war er bei der Aussprache. Er ging über die Felder, sammelte die Heureiterstangen ein, rollte den Stahldraht auf Haspeln und kämpfte dabei mit dem stimmhaften d-Laut, den sie als Hausaufgabe hatten. *This* is a book! *That* is a table! Etwas stimmte mit seiner Zahnstellung nicht. Er bekam den Laut nicht hin. Die Jugendlichen in der Stadt, die auch so schiefe Zähne hatten, bekamen sie gerichtet, aber er, wie gut er sich daran erinnerte, hatte vom Zahnarzt gesagt bekommen, daß er keine Regulierung brauche, weil sich das von allein richten werde. Er wußte, daß das gelogen war, denn die Mutter hatte die gleiche Zahnstellung. Er übte den stimmhaften d-Laut, ging spazieren und sagte: *This* is a book! *That* is a table, bis es ihm wie mahnende Bibelworte durch den Kopf rauschte: Buch und Tisch sollten sein Leben werden. Dies war ein Gebot höherer Mächte, übermittelt durch die Verfasser von *Learning English*.

This is a book! Am Montag und Dienstag bekam er es langsam hin, und als am Mittwoch wieder Englischunterricht war, glaubte er, daß er es richtig machte. Als das Abhören begann, sah er den Lehrer an und betete zu Gott, daß er als erster lesen durfte. Das hatte Erfolg. ›Vielleicht du, Edvard‹, sagte der Lehrer in seinem scharrenden Südnorwegisch. Und dann las er die ganze Seite, als gehe es um Leben und Tod, mit Büchern, Tischen, Stiften, Bleistiften, Äpfeln, Häusern, Mädchen und Pulten. Der Lehrer unterbrach ihn nicht, und als er zu Ende gelesen hatte, war es still. ›Das war gut‹, kam es schließlich. ›Du hast vielleicht jemanden zu Hause, der mit dir übt?‹ Das hatte er nicht, seine Eltern konnten kein Englisch. So etwas zuzugeben war natürlich erniedrigend, andererseits vergrößerte es seine eigenen Verdienste, wenn er die Schwierigkeiten mit dem stimmhaften ›d‹ allein bezwungen hatte. Darum beantwortete er die Frage nach der Hilfe zu Hause laut und deutlich mit Nein. Aber es machte ihn nicht froh, als er dann gelobt wurde, wie tüchtig er sei. Er war zu alt, um Wunderkind zu sein.

Die vergeudetste Zeit seines gesamten Lebens kroch im Schneckentempo voran. Einmal in der Woche gab es im Gemeindezentrum Unterricht in Werken und Hauswirtschaft, sie fuhren zusammen mit Schülern aus allen Ortsteilen im Schulbus, aber das bescherte ihm keine neuen Freunde. Er wurde, ganz im Gegenteil, ständig daran erinnert, daß er ein Bethausbengel, ein Predigerblag war. Es kam vor, daß ältere Schüler der Mittelschule, die im Bus neben ihm saßen, mit der Bemerkung aufstanden, er rieche fromm. In solchen Situationen dachte er daran, daß er eines schönen Tages zurückkommen und den Schlimmsten das Maul stopfen würde, er würde weggehen, und dann würde er wiederkommen und es ihnen zeigen.

Eines Tages verschlief die Mutter zum erstenmal seit mehreren Jahren, und er verpaßte den Schulbus zum Hauswirtschaftsunterricht in Elnesvågen. Er bekam panische Angst, daß sein Fehlen eine Sechs in Hauswirtschaft und eine ruinierte Zukunft zur Folge haben könnte. Er würde deswegen vielleicht nicht auf die weiterführende Schule gehen können. Er brachte den Vater dazu, ihn über den Fjord nach Tornes zu rudern, wo er einen Bus erwischte, der an Elnesvågen vorbeifuhr. Und dann stand er da, briet und kochte Kartoffeln und war ein guter Schüler in Hauswirtschaft, auch wenn er überhaupt nicht begriff, warum in aller Welt er lernen sollte, wie man weiße Soße macht.

Die Erziehung zum wahren Christentum war die Aufgabe des Vaters, und er hielt sonntags Hausandachten, aber im Winter holte die Mutter einmal beim Abendessen, als das Vieh versorgt war, das Andachtsbuch für Kinder hervor. Der Großvater saß in seinem Stuhl wie eine schweigende Mumie. Edvard mußte den Abschnitt lesen, der für den 23. November vorgesehen war. Um den Tisch saßen sechs Kinder zwischen dreizehn und vier Jahren, in stummem Staunen über diesen Einfall. Plötzlich begann die Mutter ohne ersichtlichen Grund zu weinen, sie saß nur da und strich über das geschlossene Buch. Er verstand und verstand doch nicht, er ahnte, woran sie dachte, aber das war zu groß, als daß er es hätte zulassen können. Er hatte eine Heidenangst vor Zärtlichkeiten, aber er begann, ihre Hand zu streicheln. Sie tätschelte gedankenverloren zurück und trocknete die Tränen. Alles war eben, wie es war, es würde noch etwas dauern, bis sie vierzig wurde, aber sie war keine junge Frau mehr, und an diesem Abend hatte sie zum erstenmal Zeit gehabt, um zurückzublicken.

Das entscheidende Examen stand bevor. Starr vor Angst ging er in die Norwegisch-, Englisch- und Rechenprüfungen hinein. Alle wußten, daß er direkt, ohne den Umweg über die Mittelschule, auf die weiterführende Schule wechseln wollte. Jetzt konnte es passieren, daß er nicht aufgenommen wurde. Sollte das eintreten, würde er, da war er sicher, am schadenfrohen Grinsen des Dorfs zerbrechen. Um sich sicher zu fühlen, mußte er in allen drei schriftlichen Fächern eine Eins bekommen, und die bekam er auch. Er war nicht der einzige, dem das gelang, die Namen von weiteren Schülern mit drei Einsen kamen in die Zeitung. Das war also in Ordnung. Es kam ein Brief, in dem stand, daß er als Schüler in die Allgemeine Weiterführende Schule in Molde aufgenommen worden war. Wo sollte er wohnen? Den ganzen Sommer lang suchten sie im *Romsdal Budstikke* nach freien Zimmern, aber die Zeitung kam zu spät nach Kümiland, und wenn sie anriefen, waren die Zimmer schon vermietet. In seiner Verzweiflung wollte der Vater ihn bei einem Bekannten aus der Inneren Mission einquartieren, zehn Kilometer außerhalb der Stadt. Was für ein Leben sollte das werden? Er wollte nach Molde, nicht wieder an einen Ort, wo er eingesperrt sein würde, wenn nachmittags um fünf der letzte Bus abgefahren war. Gerettet wurde er schließlich von Inga. Er konnte im Zimmer ihres Sohnes wohnen, der in Oslo Theologie studieren wollte.

›Er scheint jetzt nicht mehr so furchtbar zu grübeln wie früher‹, sagte der Vater. ›Man könnte fast meinen, daß er froh ist!‹ Ja, er war froh, sie wußten, worüber er froh war, und wollten ihm die Freude nicht verderben, obwohl sie sie auch schmerzlich empfanden. Einige Tage vor Schulbeginn war er mit seinem Vater im Konfektionsgeschäft S. Petterson in Molde, um neue Sachen zu kaufen. Und es wurden, zügig und militärisch, drei Unterhosen, drei Paar Strümpfe, zwei Hosen, Jacke und Pullover gekauft, und als der Geschäftsführer alles zusammenrechnete, mußte Vater ein paar hundert Kronen anschreiben lassen, aber das durfte er, weil er und der Geschäftsführer immer noch Brüder im Herrn waren.

Die Schule sollte an einem Montag beginnen, am Sonntag mußte er abfahren.

›Also dann mach's mal gut‹, sagte der jüngste Bruder, der jetzt mit der Schule anfangen sollte. Sein großer Bruder würde sogar mit dem örtlichen Taxi wegfahren, weil sonntags von Kümiland keine Busse gingen. Den Schlüssel zu seinem Zimmer hatte er sicher in einer Hosentasche verwahrt und außerdem ganze fünfzig Kronen, um damit das neue Leben zu beginnen. Die Mutter wollte ihm mit dem Zwei-Uhr-Bus das Mittagessen schicken, damit er sein Geld nicht in Lokalen ausgeben mußte, und so würden die fünfzig Kronen lange reichen. Dann kam Oskar Pump, der Taxifahrer, mit seinem großen Auto. Seine Eltern wollten zu einer Feier ins Bethaus von Hoem, oder *in die Hoffnung*, wie man früher einmal gesagt hatte. Bis dorthin fuhren sie mit. Da nahm er Abschied von ihnen. Er würde nicht weit weg sein, aber das Gesicht der Mutter war eigenartig zusammengekniffen, und er wußte, daß sie wußte, daß er für immer wegging und daß er nicht nur nach Molde ging. Er fuhr durch ein sonnenbeschienenes, sonntägliches Dorf. Aber das war nicht das Dorf seiner Kindheit, es war ein normales, norwegisches Dorf der sechziger Jahre, mit frisch gestrichenen Häusern, Traktoren und Autos, Vögeln auf den Stromleitungen, gelb werdenden Getreideäckern und Fjordarmen mit einem Gewimmel von Booten. Einzig der knallblaue Himmel war unveränderlich, gehalten nur von ein paar dahinziehenden Wolken in Weiß. Der Wind wehte hoch über der Landschaft, hoch wie ein Lied, die Kindheit stieg in ihm auf wie das Brausen einer Orgel, der Fahrer saß vorne und redete über dieses und jenes, und sie schaukelten dahin, als wären sie auf dem Meer. Sie hielten vor einem Haus im Langmyrveg in Molde, er ging mit zwei Koffern die Treppe hinauf und schloß auf. Inga war nicht zu Hause, ihr Mann auch nicht. Es war ganz still im Haus. Der Schlüssel zum Zimmer paßte, er betrat einen kleinen Raum mit bereitgestelltem Obst und einer stickigen Sommerhitze, die wie eine ferne Erinnerung war.

Er stellte die Koffer ab. Da passierte es. Die Welt drehte sich. Er hatte überhaupt keinen Halt. Jetzt hatte er es getan. Er schwebte in einem leeren Universum, und niemand konnte hören, daß er rief. Er war ein normaler, tüchtiger, ängstlicher Junge, der allein zurechtkommen wollte, aber nichts hatte, um sich zu beweisen. Ihm mußte etwas einfallen, er sah sich verzweifelt um. Seine alte, umsichtige Lehrerin hatte ihm Bleistift und Papier hingelegt, und er setzte sich auf den Stuhl am Schreibtisch. Er mußte etwas schreiben, irgend etwas, mit Worten auf Papier würde er die Schatten vertreiben, die durch ihn hindurchjagten. Er schrieb immer wieder seinen Namen. Er wollte etwas schreiben, das etwas war, er war, er wollte schreiben – und es durchzuckte ihn, daß vielleicht … aber gleich darauf stürzte er hinaus, um Luft zu schöpfen, damit er nicht erstickte. Aus der Haustür im Langmyrveg lief ein Vierzehnjähriger, der nichts hatte, worüber er schreiben konnte, denn er war nur in Kümiland gewesen, und dieses Dorf, das hatte er beschlossen, würde er vergessen.«

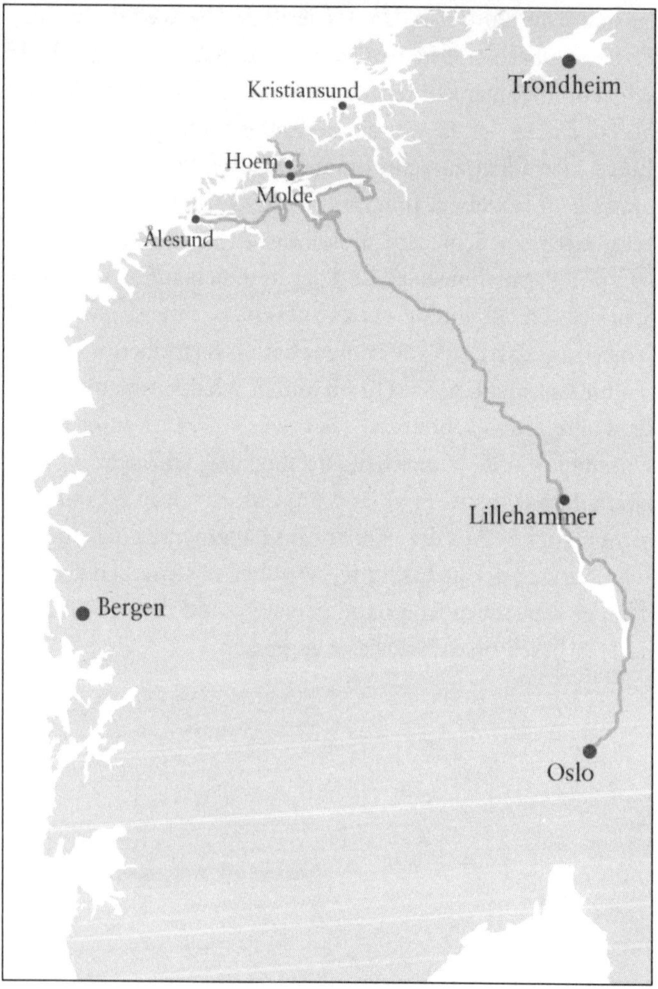
Kristiansund
Trondheim
Hoem
Molde
Ålesund
Lillehammer
Bergen
Oslo

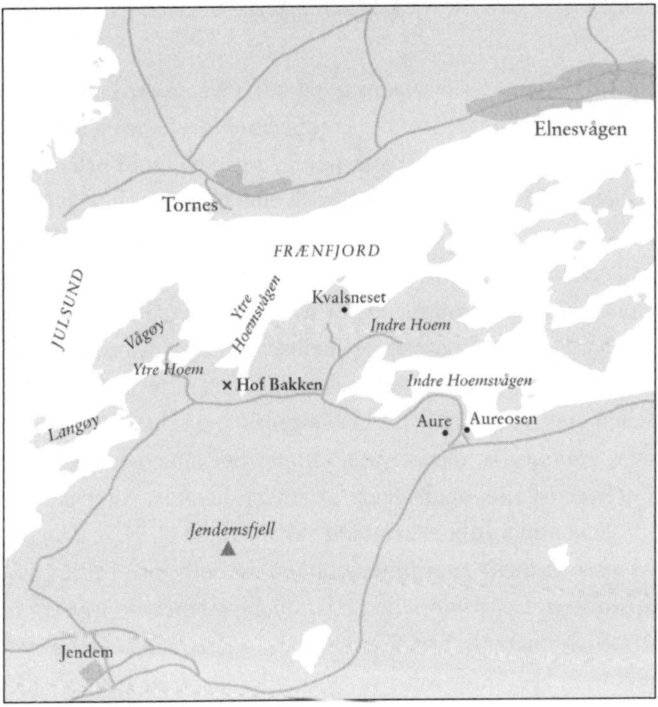
Elnesvågen
Tornes
FRÆNFJORD
JULSUND
Ytre Hoemsvågen
Kvalsneset
Vågøy
Indre Hoem
Ytre Hoem
× Hof Bakken
Indre Hoemsvågen
Aure
Aureosen
Langøy
Jendemsfjell
Jendem

Edvard Hoem ist in einem *bygd* aufgewachsen. Das ist die typische Siedlungsform des ländlichen Norwegen. Zu einem *bygd* gehören mehrere Bauernhöfe, die in einiger Entfernung voneinander liegen, aber dennoch eine Gemeinschaft bilden. Sie stehen inmitten der eigenen Felder und Weiden, traditionell gehörten dazu große Allmendeflächen, die von den Höfen eines *bygd* gemeinsam genutzt wurden. Die überlebenswichtige Verbindung zwischen gemeinschaftlicher Allmende und privaten Nutzflächen zeigt sich daran, daß diese im Norwegischen durch ein linguistisches Gegensatzpaar bezeichnet werden: *innmark* ist der private, *utmark* der allgemeine Grund. Ein *bygd* ist also, auch wenn es mangels besserer Alternativen oft nicht anders übersetzt werden kann, kein *Dorf*, in dem die Menschen dicht zusammenwohnen und auf ihre Felder hinausfahren. Es ist eine kleine ländliche Gemeinde mit traditionellen, pietistischen Werten und starkem sozialen Zusammenhalt, aber auch mit einer lückenlosen sozialen Kontrolle. Wie Edvard Hoem tragen viele Norweger den Namen des *bygd*, von dem sie stammen.

Wie eng aufeinander man früher in diesem *bygd* lebte, verrät die Sprache: Das Norwegische hat für Cousins und Cousinen zweiten Grades eine eigene Verwandtschaftsbezeichnung; so etwas deutet auf eine Gesellschaft hin, die inzestgefährdet ist.

Die Höfe bestehen aus mehreren Gebäuden und haben immer einen Namen, oft ist er sprechend: *Bakken*, Edvard Hoems Elternhaus, heißt wörtlich übersetzt *Hügel*, tatsächlich liegt der Hof auf einem Hügel. Der nahe *Borte*hof ist vermutlich der älteste Hof des *bygd*. Edvards Vater Knut meinte, er heiße vielleicht so, weil er, von der Kirche auf Vågøy aus gesehen, »da drüben« lag, denn *borte* heißt *drüben*. Aber *Bortehof* ist auch ein recht häufiger Hofname in dieser Gegend: Ein solcher Hof liegt nicht im Süden und nicht im Norden, sondern zwischen den anderen. So auch in Hoem. Zu Edvard Hoems engstem Kindheits-*bygd* gehören neben Bakken und Bortehof die Höfe Südhof und Nordhof.

Das gesamte *bygd* Hoem grenzt an den Atlantik, genauer: an die Meeresenge Julsund, und besteht aus den Teilen Indre Hoem und Ytre Hoem – Inneres Hoem und Äußeres Hoem. Wie in ganz Norwegen spiegeln die Begriffe die Lage zum Meer: *Innen* ist dem Land, *außen* dem Meer zugewandt. Die Höfe liegen in Indre Hoem, von Ytre Hoem im Westen führt eine schmale Brücke hinüber zur Insel Vågøy. Dort steht, neben weiteren Höfen, die große, 1904 erbaute weiße Holzkirche. Sie ist vom Bortehof aus zu sehen, den Edvard Hoem heute bewohnt.

Zwischen dem Hügel, auf dem Bakken steht, und dem 633 Meter hohen Gjendemsfjell (auch *Jendemsfjell* geschrieben) schlängelt sich die Landstraße, die einmal um den Berg herumläuft. Einige hundert Meter in westlicher Richtung, an der Grenze zwischen Indre und Ytre Hoem, lagen die Sommerställe, einen knappen Kilometer in östlicher Richtung, direkt an der Straße, befindet sich das Bethaus. Ebenfalls in östlicher Richtung, über die Landstraße oder, wie Edvard Hoem es beschreibt, querfeldein durchs Moor erreichbar, steht das winzig kleine, rotgestrichene Schulhaus. Es beherbergt heute eine kleine Ausstellung, mitsamt den Bänken, auf denen Hoem während seiner ersten Schuljahre saß.

Die nächstgrößeren Orte sind Aure und Aureosen, die, wie der *bygd* Hoem, zur Großgemeinde Frænen gehören. Molde, mit heute 24000 Einwohnern die größte Stadt der Gegend, ist etwa 20 Kilometer von Hoem entfernt.

Ein LENSMANN, wie Lensmann Harald Aarønæs auf Seite 39, ist ein hochstehender Beamter. Er ist der Leiter einer ländlichen Polizeibehörde, hat aber auch Aufgaben im Steuerwesen und der Rechtspflege, z. B. als Gerichtsvollzieher.

Im Text finden sich mehrere Hinweise auf die vielen Facetten des protestantischen Glaubens, die in Norwegen bis in die sechziger Jahre des letzten Jahrhunderts hinein sehr lebendig waren. Die auf Seite 103 erwähnten WISLØFFIANER waren ein Kreis von Laien und Laienpredigern um die Familie Wisløff, der mehrere namhafte und einflußreiche Theologen entstammten. Die Familie hatte sich schon früh der Haugianischen Erweckungsbewegung angeschlossen. Drei Wisløff-Theologen kannte Knut Hoem persönlich, weil sie in der Norwegischen Lutherischen Gesellschaft der Inneren Mission hohe Stellungen innehatten. Zwei unterrichteten an der Osloer Schule der Inneren Mission, die Knut Hoem besucht hat, einer ist Verfasser eines außerordentlich erfolgreichen Andachtsbuches. Hans Edvart Wisløff, in den fünfziger Jahren Generalsekretär der Inneren Mission, hatte in den Jahren der deutschen Besatzung zusammen mit anderen Geistlichen den Kirchenwiderstand organisiert. BERTRAM BROCHMANN, Seite 124, schuf in den zwanziger Jahren eine »Bewegung geistesrevolutionärer Neuorientierung«, die Elemente aus Protestantismus, Sozialpsychologie und Wirtschaftslehre verband. Er unterstützte die deutsche Besatzung und wurde nach Kriegsende wegen Landesverrats verurteilt.

Auf Seite 97 erwähnt der Laienprediger Knut Hoem im Gespräch mit dem Buchverkäufer den Roman *Der Rote Rubin* von AGNAR MYKLE. *Das Lied vom Roten Rubin*, wie der Roman richtig heißt, erschien 1956 und wurde zum literarischen Skandal Norwegens schlechthin. Er brachte Mykle eine Anklage wegen Verbreitung pornographischer und unmoralischer Schriften ein, 1957 wurde das Buch konfisziert und verboten, in letzter Instanz aber wurden Verlag und Schriftsteller freigesprochen. *Das Lied vom Roten Rubin* war Auslöser für die umfassendste norwegische Kultur- und Moraldebatte des vergangenen Jahrhunderts, es war der große Kampf um die Freiheit des Wortes. Der »unzüchtige« Roman wurde selbstverständlich von allen führenden Personen des religiösen Lebens auf das schärfste verdammt. Ob der strenggläubige Knut Hoem und der ebenfalls gläubige Buchverkäufer es dennoch gelesen haben, ist nicht bekannt.

ARNJOT GELLINE auf Seite 64 ist ein norwegischer Sagenheld, bekannt vor allem als Namensgeber eines großen Epos von Bjørnstjerne Bjørnson. Gelline kam auf Skiern aus dem schwedischen Jämtland und schloß sich den Truppen des norwegischen Königs Olav an, der von 1015 bis 1028 regierte und als Olav der Heilige bekannt wurde. Der vom Großvater im gleichen Atemzug erwähnte TRYSIL-KNUT ist die legendäre Figur einer Geschichte aus einem Lesebuch, das Generationen von norwegischen Schülern und Erwachsenen kannten. Sie erzählt von dem Patrioten Knut Skaret aus dem Örtchen Trysil – daher der Name *Trysil-Knut* –, der allein dank seiner einzigartigen Skikünste den Ausbruch eines Kriegs zwischen Norwegen und Schweden verhindern kann.

Terje Vigen, der auf Seite 121 erwähnt wird, ist Hauptfigur eines epischen Gedichts von Henrik Ibsen. Die Handlung spielt zur Zeit der Napoleonischen Kriege 1808-1811, als England eine Handelsblockade verhängt und Norwegen von Dänemark abgeschnitten hatte. Die Folge war eine schwere Hungersnot in Norwegen. Viele Südnorweger ruderten über das offene Meer nach Dänemark, um Lebensmittel für ihre Familien zu holen. Einer von ihnen war der Fischer Terje Vigen, der auf dem Heimweg von einem englischen Schiff aufgegriffen und in ein Gefängnis nach England gebracht wurde, wo er fünf Jahre lang bleiben mußte.

Daß der Geigenbauer Lars Hoem und der Fischer Terje Vigen, wie Hoem augenzwinkernd behauptet, zusammen im Gefängnis saßen, muß indes bezweifelt werden. Man nimmt an, daß Ibsen in dieser Figur ein paar Geschichten zusammenfaßte, die er über südnorwegische Fischer, Bauern und Soldaten aus jener Zeit gehört hatte. Jedenfalls ist keine historische Gestalt dieses Namens nachgewiesen.

Eine Elle soll Edvard Hoems Vorfahre Lars Olsen Hoem bei der Geburt groß gewesen sein, als erwachsener Mann drei Ellen »ohne Schuhe und Strümpfe«. Das war damals tatsächlich ungewöhnlich, denn die letzte in Norwegen gebräuchliche Elle maß 62,75 Zentimeter.

E.D.D.

Die Pflichten des Hoferben

Als Erstgeborener wurde Edvard Hoem in ein vorbestimmtes Leben hineingeboren: Nach der Tradition des Landes würde er eines Tages den Hof der Familie übernehmen. Das zumindest meinte der Großvater, der bereits seinen Sohn Knut, Edvards Vater, gegen jede Neigung und Befähigung zur Übernahme des Hofs gezwungen hatte, obwohl dieser sich zum Prediger berufen fühlte. Knut beugte sich letztlich dem Willen des Vaters, erzwang sich aber den Raum, den er brauchte, um zeitlebens Gottes Wort verkünden zu können.

Wer ein solches Erbe ausschlug, schien den vorangegangenen Generationen die Achtung und den Respekt dafür zu versagen, daß sie das Land bestellt und den Hof erhalten hatten, damit ihre Nachkommen es besser haben würden. Aber Edvard wußte schon als Kind, daß ihm Neigung und Befähigung zu einem Leben als Bauer fehlten. Das erkannten auch seine Eltern, doch obwohl der Vater ihn nahezu beiläufig mit einem munteren »Ich habe der Söhne fünf« von seinem Schicksal als Hoferbe entband, bereitete es Edvard Schuldgefühle, daß er sich der Verpflichtung entzog, die Großvater und Tradition ihm bei der Geburt auferlegt hatten.

Er war vierzehn Jahre alt, als er sein Dorf verließ, um das Gymnasium zu besuchen. Nach dem Abitur zog er nach Oslo. Kaum fünfundzwanzig Jahre alt, gelang ihm mit dem Roman *Fährfahrten der Liebe* bereits der Durchbruch als Schriftsteller. Es folgten fünfzehn weitere Romane, einige sind an der Westküste angesiedelt, die er seine »literarische Landschaft« nennt. Er schrieb Gedichte, Biographien, Theaterstücke und Opernlibretti, Kirchenlieder sowie eine Sammlung biblischer Geschichten, und er übersetzte Shakespeare. Edvard Hoem wurde einer der führenden Schriftsteller Norwegens. Den Hof der Familie übernahm tatsächlich ein anderer der »Söhne fünf«, sein Bruder Mathias.

Dreißig Jahre nachdem er aus Hoem fortgegangen war, kehrte Edvard nicht nur als Sohn, Bruder und Besucher, sondern als Schriftsteller nach Hause zurück, um das vorliegende Buch zu schreiben. Darin erzählt er die Geschichte seiner Kindheit und seiner Familie, er zeichnet auch ein Bild des Landlebens im Norwegen der fünfziger und frühen sechziger Jahre. Das ländliche Norwegen bewohnte eine Gesellschaft mit strengen Regeln, und eine der wichtigsten lautete, daß man um jeden Preis die Fassade wahren mußte: »Etwas Persönliches zu sagen war undenkbar, und es war natürlich absehbar, wie lange man belanglose Neuigkeiten über den Hof austauschen konnte, wenn man die ganze Zeit aufpassen mußte, nichts zu sagen, was nicht alle im Dorf erfahren sollten.« (Seite 161)

Hoem sagte einmal, daß seine Eltern ihn und seine Geschwister dennoch in einer relativ freien Atmosphäre erzogen hätten. Es habe wenig gegeben, worüber innerhalb der Familie nicht gesprochen werden durfte, es sei allerdings verpönt gewesen, Klatsch zu verbreiten und sich herablassend über andere zu äußern. Aber über Persönliches zu sprechen, gar mit Außenstehenden, sei damals generell, nicht nur in seiner Familie, völlig unüblich gewesen. Daher war bereits der Einblick, den Hoem in diesem Buch in den Alltag seiner Familie gewährt, mit dem Schweigegebot seiner Herkunftskultur kaum vereinbar. Aber er ging noch einen Schritt weiter und enthüllte etwas, was sogar innerhalb der Familie tabuisiert war.

Er war vierzig Jahre alt, als Vater Knut ihn in das Familiengeheimnis einweihte: Ein Vorfahre hatte vermutlich eine junge

Frau ermordet, die von ihm schwanger war. Edvard überraschte die Enthüllung nicht: »Ich selbst hatte in all den Jahren meiner Kindheit gewußt, daß ›da etwas war‹, von dem ich nichts erfahren durfte, etwas, das in Vergessen und Dunkel gehüllt werden sollte. Es war etwas verkehrt mit uns.« (Seite 190) Denn obwohl die Tat vor langer Zeit, am Ende des 18. Jahrhunderts, begangen worden war, empfanden sowohl Knut als auch dessen Vater den Mord als reale Bürde in ihrem eigenen Leben und als eine unauslöschbare Schande für die ganze Familie.

Als Edvard wußte, »was da war«, tat er die Geschichte nicht als irrelevant ab. Er machte sich im Gegenteil sofort daran, ihren Wahrheitsgehalt zu überprüfen, und fand in Gerichtsakten tatsächlich die Worte seines Vaters bestätigt, daß Messer-Pe, ihr weit entfernter Vorfahre, im Sommer 1792 freigesprochen worden war. Auch wenn niemand mehr wissen kann, was damals geschah, blieben Vater wie Sohn überzeugt, daß er den Mord begangen hatte und ungestraft davongekommen war.

Dann wählte Edvard, ganz im Einklang mit den Werten und Idealen seiner eigenen Generation, einen dazu konträren Umgang mit dieser »Schande«. Er nahm dem vermeintlichen Fluch die Kraft, indem er über das Unaussprechliche zu sprechen begann und es in seinem Buch öffentlich machte.

Ein Jahrzehnt später wandte er sich erneut der Geschichte seiner Familie zu. Und erst jetzt – seine Eltern waren tot, er selbst bereits Mitte Fünfzig – näherte er sich dem, was in den engen ländlichen Verhältnissen seiner Kindheitsjahre mit seinen Eltern und seiner Familie *wirklich* und überaus sichtbar »verkehrt war«: Der Vater, der den größten Teil des Jahres als Laienprediger umherreiste und an den daher besonders hohe moralische Anforderungen gestellt wurden, hatte kein nettes

»unschuldiges« Mädchen aus dem Nachbardorf geheiratet, sondern eine Frau aus dem Süden des Landes, die bereits eine uneheliche Tochter hatte. Das war in den vierziger und fünfziger Jahren schlimm genug; zum Skandal wurde es, weil der Vater des 1945 geborenen Kindes ein deutscher Besatzungssoldat war. Eine solche Verbindung zum Feind galt in Norwegen als äußerst verwerflich, viele der Frauen wurden deswegen jahre-, manchmal jahrzehntelange sozial geächtet. Die uneheliche Geburt gehörte zu den wenigen Dingen, über die in Edvard Hoems Kindheit selbst im engsten Familienkreis »auf gar keinen Fall gesprochen werden [durfte]. Dem Jungen wurde schlecht vom Verschweigen.« (Seite 142)

Kern auch dieses Familiengeheimnisses war die Scham über ein regelwidriges Sexualleben und dessen Folgen. Was Hoem 1985 kaum zu streifen wagte, wurde nun sein zentrales Thema. Er begann die Geschichte jener jungen Menschen zu recherchieren, die seine Eltern vor ihrer Ehe gewesen waren, und fand heraus, daß beide, Mutter wie Vater, als junge Menschen Liebesbeziehungen eingegangen waren, die auf dramatische Weise scheiterten. Er schrieb ihre Geschichte auf, sie trägt den ebenso schlichten wie zutreffenden Titel *Die Geschichte von Mutter und Vater.* Hoem sagte, nur eines könne rechtfertigen, »daß ein Mensch über das schreibt, worüber seine Eltern nicht sprachen: Daß das Leben, das sie lebten, auf die eine oder andere Weise ein Licht auf uns wirft, die wir jetzt leben.« Er ist übrigens sicher, daß sein Vater diese »gefallene« Frau nicht *trotz* seiner religiösen Überzeugungen heiratete, sondern weil er wirklich und unerschütterlich glaubte, daß vor Gott niemand ohne Sünde sei.

Zusammengenommen, schildern die beiden Bücher die Geschichte des Hofes Hoem und seiner Bewohner von 1920 bis in die frühen sechziger Jahre hinein. Als *Die Geschichte von Mutter und Vater* in Norwegen erschien, hielt Edvard Hoem in der Bibliothek seiner Heimatgemeinde einen Vortrag. Er sei kein Heimatdichter, der über die Provinz Møre og Romsdal schreibe, betonte er. »Ich bediene mich dieser Landschaft, um menschliche Verhältnisse zu beschreiben, die ebensogut an einem anderen Ort stattfinden könnten. [...] Ich will keine Bücher über die Romsdalsküste schreiben, sondern diese Küste in ein literarisches Universum einfügen, das Universum der Literatur.«

In seinem bisher letzten Roman, der 2008 herauskam, zeichnet er das Leben einer seiner Ururgroßmütter nach, die 1821 die erste Hebamme ihres Heimatdistrikts Romsdal wurde. Es scheint fast, als plane er ein mehrere Jahrhunderte umspannendes Porträt des ländlichen Norwegen und einer Gemeinde an der äußersten Westküste – erzählt am Beispiel seines Kindheitsdorfs und seiner eigenen Familie. Wie er das tut, hätte der Großvater weder verstanden noch gar gebilligt, Hoems Vater und Mutter hingegen hätten ihn sicher bestärkt. Seine Geschwister jedenfalls tun es.

Mit seinen Büchern ehrt er seine Vorfahren, er macht seine Familie und den Hof unsterblich. Kurz: Er erfüllt seine Pflichten als Hoferbe. Er hat – auf seine Weise und mit seinen Mitteln – die Aufgabe angenommen, der er Anfang der sechziger Jahre meinte entflohen zu sein.

Ebba D. Drolshagen